KB230905

디지털 시대의 문학하기

김요한 지음

  ‘디지털’, ‘유비쿼터스’, ‘컨버전스’, 이 세 단어는 최근 우리 시대의 매체환경이 어떠한지를 보여주는 키워드이다. 우리 시대는 이제 디지털 시대를 넘어 유비쿼터스, 컨버전스 시대로 접어들고 있다. 과거 문자를 통해 소통되었던 모든 정보의 커뮤니케이션 양상이 새롭게 변화하는 것이다. 문자에 견고한 기반을 두고 있는 문학도 이러한 흐름에서 완전히 벗어나있기 힘들게 되었다. 이제 문학은 종이를 통해서만 소통되지 않는다. 문학은 디지털 기술에 힘입어 종이를 뛰쳐나가 가상공간으로 항해를 떠난다. 종이에 문자로 고정되었던 문학은 이곳에서 0과 1의 비트로 분해되어 마음껏 이곳저곳을 떠돌아다니다 마음에 맞는 대상을 찾아 짝짓기를 한다. 그 결과로 문학은 영화가 되기도 하고, 게임, 광고, 음악 등으로 융합된다.

  한 시대의 지배적인 매체가 새로운 매체에 그 자리를 양보하게 되면, 문화적으로도 새로운 형태의 양식들과 변화가 나타난다. 문학에도 이제는 소위 ‘디지털’이라는 단어가 앞에 붙어야 하는 형식이 생겨난다. 그리고 이것이 네트워크로 묶여 전통적인 개념과는 다른 새로운 문학적 현상들이 나타난다. ‘디지털’이라는 것을 통해서 읽고 쓰는 방식부터가 달라지고, 독자와 작가라는 개념부터가 달라진 것이다. 무엇이 달라졌고, 또한 그것이 전통적인 것과는 얼마나 다르며, 앞으로는 어떠한 방향으로 전개될 것인가? 이 책은 이러한 물음에 대한 가능한 답을 구하는 시도로 기획된 것이다.

이러한 구상이 이미 2000년도에 시작되었고 2003년에 완성된 것이니까, 기술적 속도의 빠르기를 감안해 보면 이미 그 내용이 조금 낡은 것으로 보일 수도 있을 것이다. 하지만 이 책에 실린 기획의도와 이론들은 아직 척박한 국내의 디지털 문학 분야에 단초를 놓기에 부족함이 없으리라 생각된다. 부족한 글에 관심과 사랑을 가져주고 출판을 기꺼이 허락해준 한국학술정보(주) 관계자들에게 이 자리를 빌려 깊은 감사를 표한다.

표현하고, 이야기하고, 상상을 변형하려는 욕구는 인간 감성의 변할 수 없는 부분이다. 문학은 인간의 바로 이러한 욕구를 문자를 빌어 표현한 예술 장르다. 여기에 디지털 매체는 무엇을 표현하고, 어떻게 이야기하며, 그것을 다시 어떻게 변형시킬 것인가 하는 문제에서 문자와는 비교할 수 없을 정도의 많은 가능성을 제공한다. 디지털 기술이 우리 삶에 제공하는 가능성만큼이나 디지털 문학이 제공하는 문학적 가능성이 새롭고 크다는 것인데, 그러한 부분들에 대한 체계적인 정리의 차원에서 이 책이 도움이 되기를 바란다.

2005년 10월

김요한

목 차

I 들어가는 말

　문학에 대한 여러 개념정의가 있지만, 어원적으로 문학(Literatur)은 문자를 매체로 사용하는 특성을 지니는 예술 장르라 할 수 있다.[1) 문학의 이러한 속성은 구텐베르크(Johannes Gutenberg)의 인쇄 혁명 이후 문학을 규정하는 중요한 잣대가 되어 왔다. 물론 음악이나 미술과 같은 인접 장르와의 실험적 연계 작업을 통해 자신의 매체적 속성을 벗어나거나 확장하려는 시도가 있기는 했지만, 문자를 매개로 하는 문학의 고유한 속성은 여전히 유효한 가치를 지닌다. 이처럼 문학을 문자를 매체로 하는 예술 장르라 정의할 때, 여기에는 '문자'와 관련하여 '작가', '독자', '쓰기', '읽기' 등과 같은 다양한 하위 개념들이 부가되어 문학의 전반적인 개념이 형성된다.

　그러나 이와 같은 문학의 기본적 속성이 새로운 매체의 등장으로 인하여 변화되고, 문학의 고전적 정의가 그 유효성의 상실로 인해 전반적인 개념 수정이 요구될 때, 문학은 어떻게 자신의 정체성을 찾아야 하는가? 원고지에 글을 쓰다가 컴퓨터의 모니터에 글을 입력

---

　1) 좀 더 넓은 의미에서 문학(Literatur)은 전통 문학과 비교하여 문자 혹은 글자를 사용하는 모든 인쇄물을 가리키는 것으로, 이때 'Literatur'는 '문학'보다 '문헌'의 의미에 가깝다고 할 수 있다. Vgl. Günter Schweikle/Irmgard Schweikle(Hrsg.): Metzler Literatur Lexikon, 2. Aufl., Stuttgart 1990, S. 273.

한다고 할 때, 문학은 기존의 전통적인 것과 어떻게 달라지는가? 작가는 글을 쓰고 독자는 이를 서점에서 구입하여 읽는 전통적인 문학의 생산, 유통, 소비가 붕괴되어, 작가와 독자의 전통적 개념이 모호해지고, 작가와 독자 사이의 직접적인 교통이 가능해질 때, 문학은 또한 어떤 모습을 띠게 될 것인가? 문학이 더 이상 문자만으로 되어 있지 않고, 그림이나 소리, 색과 혼합된다고 할 때, 어떻게 달라질 것인가? 문학이 인쇄 형태로가 아니라 0과 1의 비트(bit)[2]라는 형태로 쓰이고 읽힌다고 할 때, 그리고 완결된 작품으로서가 아니라 임시적, 가변적 텍스트로 쓰이고 읽힌다고 할 때, 문학은 어떻게 보일 것인가? '문학'이라는 단어 앞에 '디지털(digital)', '하이퍼(hyper)', '사이버(cyber)', '네트(netz)', 혹은 '컴퓨터(computer)'라는 수식어가 붙을 때, 그것은 무엇이며, 전통적인 문학과는 어떻게 다르고, 또 서로 간에는 어떠한 차이들이 있는가?

Ⅱ장에서는 먼저 이러한 의문들이 생겨난 배경을 살펴본다. 지난 500년 동안 우리의 문화를 지배해왔던 것은 "구텐베르크 은하계(Gutenberg-Galaxis)"[3]의 인쇄문화였다. 하지만 다양한 매체의 발

---

2) 비트는 0과 1의 조합으로 이루어진 디지털 정보를 처리하는 최소단위를 가리킨다. 정보를 구성하는 가장 작은 원자적 요소로 이해되는 비트에 대해서는 다음을 참조. 니콜라스 네그로폰테(백욱인 역): 디지털이다, 커뮤니케이션북스, 1996, 15쪽.

3) '구텐베르크 은하계(Gutenberg-Galaxis)'는 캐나다의 매체이론가 맥루한(M. McLuhan)이 같은 제목으로 출간했던 저서에서 인쇄매체의 종말과 전자매체의 등장으로 나타나게 되는 새로운 시대의 반대 개념으로 제시한 용어이다. 구텐베르크의 인쇄기술 발명 이후, 이를 둘러싼 책의 증가와 함께 출판, 저작권, 학문제도의 문제 등 지식체계 전반에 걸친 다양한 개념들과 형식들이 폭발적으로 증가하며 문제시되는데, 이러한 세계를 구텐베르크 은하계라 한다. 이 저서에서 맥루한은 '책'을

달, 특히 컴퓨터와 인터넷을 통한 네트워크의 발달과 아날로그에서 디지털로 바뀌어 가는 문화의 형질 변화는 영상 매체를 지배적인 매체로 등장시키고 있다. 이와 더불어 글쓰기와 글읽기의 환경은 전에 없이 달라지고 있다. 다시 말해 텍스트의 생산, 소비 및 유통이 예전과는 전혀 다른 방식으로 바뀌어가고 있다. 이러한 변화는 작가와 독자의 개념 변화와 더불어 작품이라는 개념 대신 텍스트라는 개념이 우위를 차지하게 되고, 텍스트의 개념마저도 바뀌게 만들어 전통적인 문학 개념을 수정해야 하는 결정적인 원인을 제공한다. II장에서는 이러한 변화를 가져온 전반적인 매체적 환경을 살펴본다.

III장에서는 II장에서 다룬 매체적 환경 변화로 인해 인쇄매체의 대안으로 등장한 하이퍼텍스트를 다룬다. 전통적인 텍스트가 그 기술적 조건의 발전으로 인해 어떻게 변화하고 있으며, 새롭게 등장한 하이퍼텍스트가 전통적인 텍스트와 어떻게 다르고, 어떠한 변별적 특징들을 가지고 있는가를 살펴본다.

IV장에서는 이러한 배경하에 등장하는 하이퍼텍스트 문학을 그 개념정의와 함께 다루어본다. '하이퍼텍스트'의 개념과 이것을 문학에 사용했을 때 어떠한 특성들이 나오게 되는가, 그리고 하이퍼텍스트를 이용하는 문학적 활동에는 어떠한 것들이 있는가를 살펴본다. 하이퍼텍스트 문학은 글자 그대로 인터넷에서 사용되는 언어인 '하이퍼텍스트 언어'를 텍스트에 응용시킨 문학인데, 구체적으로 이로 인해 어떠한

중심으로 해왔던 학문의 전통과 방법론이 그 인과론적, 선형적 사고와 함께 쇠퇴하고, 전자매체를 중심으로 하는 이질적, 비선형적 사회화 과정이 도래할 것을 확신하고 있다. Vgl. Marshall McLuhan: Die Gutenberg-Galaxis. Das Ende des Buchzeitalters, Düsseldorf, Wien 1968.

문학적 특징들이 기존의 문학과 달리 새롭게 등장하는가를 살펴본다.

하이퍼텍스트 문학은 80년대 미국에서 처음 등장하여 90년대 폭발적으로 증가하기 시작한 개인용 컴퓨터의 보급과 인터넷의 발달로 주목을 받기 시작한 새로운 문학 장르라 할 수 있다. 기존의 문학과 달리 하이퍼텍스트의 글쓰기 방식을 사용하기 때문에 하이퍼텍스트 문학은 텍스트의 비선형성(Unlinearität)으로 인한 새로운 다양한 속성들이 나타난다. 열린 시작과 열린 결말, 작가와 독자의 역할 변화로 인한 작독자(wreader)[4]의 등장, 비연속적 글쓰기, 텍스트 형태에 대한 관심과 각 장르 간의 모호한 경계 구분, 공동 작업, 멀티미디어의 등장 등과 같은 것들이 그것이다.

또한 여기서는 이처럼 새롭게 등장하는 개념들을 중심으로 하이퍼텍스트 문학과 좀 더 넓은 의미에서 사용되는 디지털 문학의 특징들을 살펴보고 미국과 독일과 한국에서의 상황을 몇몇 대표적인 작품들을 중심으로 살펴본다. 독일에서 디지털 문학은 90년대에서야 비로소 관심을 얻기 시작한다.[5] 하지만 독일의 경우는 스토리스페이스

---

4) 작독자(wreader)라는 단어는 작가(writer)와 독자(reader)를 합친 합성어로, 작가와 독자의 명확한 역할 구분이 없어지는 시대의 작가이자 독자, 독자이자 작가를 가리키는 용어이다. 앞의 비선형성과 작독자에 대해서는 각각 Ⅲ장과 Ⅴ장에서 다루기로 한다.

5) 이러한 분야에서 독일을 비롯한 유럽은 미국에 비해 10년 정도 뒤져 있다. 이는 컴퓨터의 보급과 인터넷 사용자의 증가라는 시스템적인 측면에서 미국에 그만큼 뒤져 있었기 때문이기도 하지만, 기술적인 것에 대한 문학의 전통적 거부감이라는 측면에서 미국이 상대적으로 자유로운 분위기를 가지고 있기 때문이라 할 수 있다. 하이퍼텍스트 문학이 문학과 컴퓨터기술을 새로운 형태로 창조적, 실험적으로 결합시키는 것이라 할 때, 앞의 두 가지 측면은 디지털 문학을 위한 기본적인 요인이

(StorySpace)[6]와 같은 글쓰기 전용 프로그램을 사용하는 미국에서와 달리 인터넷 환경을 적절하게 이용하는 형식을 취하고 있는데, 이러한 차이와 더불어 독일에서의 디지털 문학의 역사와 대표적인 작품들을 소개하고, 그 이론적 배경 및 여러 형식 등도 함께 살펴본다.

하이퍼텍스트 문학에 대한 한국에서의 움직임은 아직 초보적인 수준을 넘지 못하고 있는 것이 사실이다. 하지만 90년대 초반 잠시 주목을 받았던 통신문학을 통해 컴퓨터를 이용한 문학 활동에 관심이 커져갔고, 2000년대에 들어서는 구체적인 프로젝트들이 등장, 이에 대한 문단의 관심도 점차로 확대되고 있다. 그 대표적인 프로젝트 가운데 하나인 「디지털 구보 2001」[7]을 중심으로 한국에서의 새로운 문학적 활동도 아울러 살펴보기로 한다.

라 하겠다. 참고로 99년을 기준으로 한 독일의 인터넷 사용자는 이미 천만 명을 넘어선 것으로 확인된다. Vgl. Beat Suter: Hyperfiktion und interaktive Narration im frühen Entwicklungsstadium zu einem Genre, Zürich 2000, S. 9.

6) ‘스토리스페이스(StorySpace)’는 미국의 소프트웨어 회사인 Eastgate System에서 만든 글쓰기 저작도구이다. 미국에서는 대체로 이와 유사한 글쓰기 전용 프로그램을 이용해 하이퍼텍스트 소설을 만드는데, 이에 대해서는 IV장에서 다루기로 한다.

7) 「디지털 구보 2001」은 KAIST의 인문사회과학부 교수인 최혜실을 중심으로 일단의 작가들과 기술자들이 공동작업을 통해 소위 "문학의 위기와 새로운 소설의 가능성"을 모색해 보고자 전시중인 프로젝트다. 이들은 기존 문학의 위기를 텍스트의 위기로 규정하여 새로운 서사 방식으로서 하이퍼텍스트 구조를 이용한 통합 매체적(audio-visual)작업을 수행한다. 이 프로젝트는 인터넷 문화방송 URL: http://ebook._imbc.com /main.asp, 그리고 인터넷 전자서점인 북토피아 URL: http:// www .booktopia.com/booktopia/contents/ hypertext/site.asp에서 전시 중이다. 최혜실: 하이퍼텍스트 소설 이렇게 만들었다. 실린 곳: 포엠Q픽션, 웅동, 2001년 2호, 6쪽 이하 참조.

Ⅴ장에서는 이러한 형태의 문학적 실험들이 가져온 쓰기와 읽기에
서의 새로운 개념변화들을 살펴본다. 쓰기와 읽기는 문학의 기본적
인 행위이다. 기본적인 행위가 변할 때, 문학 자체의 개념도 함께 변
화를 보이는데, 여기서는 이와 더불어 나타난 새로운 문학적 활동의
가능성을 살펴보기로 한다. 소위 '문학의 위기'라고 하는 시대에 문
학의 새로운 대안으로서 디지털 문학의 가능성을 함께 생각해 보도
록 한다.

우리나라에서는 하이퍼텍스트 문학으로 대표되는 디지털 문학에
대한 실험 및 연구가 아직은 시작 단계에 머물고 있다. 90년대 후반
부터 빠르게 발전된 디지털 환경과 인터넷 환경이 새로운 매체에 대
한 관심을 끌었지만, 대부분 상업적인 기대에 머무른 것이었고, 이를
문학을 포함한 예술적인 매체 기술로 응용한 것은 아니었기 때문이
다. 하지만 2000년대에 와서 외국의 이론서 및 연구서들이 소개되고,
문화관광부 프로젝트로 지원된 하이퍼텍스트 시 「언어의 새벽」과 인
터넷 서점 북토피아와 문화방송의 인터넷 자회사인 iMBC가 프로젝
트로 함께 만든 「디지털 구보 2001」이 발표되어 이에 대한 관심이
커져가고 있는 추세다.

이러한 추세에 따라 국내에서도 새로운 문학에 대한 이론서와 연
구가 나오고 있다. 먼저 2000년 영문학을 전공한 류현주는 경북대에
서 「하이퍼텍스트 문학이론 연구」[8]로 박사학위 논문을 쓰고, 이를
일반인들의 이해를 위해 쉽게 정리하여 같은 해 『하이퍼텍스트 문학』[9]

---

8) 류현주: 하이퍼텍스트 문학이론 연구, 경북대학교 영문과 박사학위 논
문, 2000.

이란 제목의 단행본으로 출간, 하이퍼텍스트 문학을 소개하고 있다. 이 저서는 하이퍼텍스트 문학에 대한 기본적인 개념과 소개를 담고 있지만, 미국의 예와 하이퍼텍스트 문학의 한 형태인 하이퍼픽션에만 치중하고 있어 다양한 형태로 나타나는 하이퍼텍스트 문학을 단편적으로 접근하고 있다. 같은 해 철학을 전공한 배식한은 『인터넷, 하이퍼텍스트, 그리고 책의 종말』[10]이라는 단행본을 출간, 하이퍼텍스트에 대한 기초지식을 전달하고, 하이퍼텍스트와 책이라는 인쇄매체를 비교하여 이를 철학과 포스트모던 이론까지 연결시키고 있다. 최혜실은 『모든 견고한 것은 하이퍼텍스트 속으로 사라진다』[11]에서 디지털 시대가 가져오는 여러 패러다임의 변화를 하이퍼텍스트의 특징을 빌어 설명하고 하이퍼텍스트 문학의 한 형태인 하이퍼픽션에 대한 소개를 담고 있다. 이러한 연구서들은 미국의 예에만 치중하고 있어 다른 나라의 상황에 대한 설명이 부족한데, 2003년 독일에서 수학중인 유현주가 『하이퍼텍스트. 디지털미학의 키워드』[12]를 출간, 하이퍼텍스트를 문학적인 측면에서 접근하여 기본적인 이론과 함께 하이퍼텍스트 문학의 여러 형태와 미국 이외의 나라들에 대한 실례들과 정보를 제공하고 있다.

---

 9) 류현주: 하이퍼텍스트 문학, 김영사, 2000.
10) 배식한: 인터넷, 하이퍼텍스트 그리고 책의 종말, 책세상, 2000.
11) 최혜실: 모든 견고한 것은 하이퍼텍스트 속으로 사라진다, 생각의 나무, 2000.
12) 유현주: 하이퍼텍스트. 디지털미학의 키워드, 연세대학교 출판부, 2003.

이 책은 앞서 소개된 논문 및 저서들에서 다루고 있는 하이퍼텍스트에 대한 기초적인 지식과 더불어 매체적 환경변화에 따른 텍스트 개념의 변화를 살펴보고, 하이퍼텍스트의 특성과 이론 및 하이퍼텍스트를 응용한 하이퍼텍스트 문학과 그 다양한 형태들을 고찰한 것이다. 그리고 하이퍼텍스트 문학의 등장으로 전통적인 문학이 가지고 있던 기본적 개념들이 어떻게 변화하고 있는가를 몇몇 작품을 통해 살펴보고 새로운 문학 형태의 가능성을 모색해 본 것이다. 아직까지도 이러한 종류의 문학에 대한 뚜렷한 개념 정의도 부족하고 그 가능성에 대한 모색이 많지 않은 실정이지만, 문학을 둘러싼 급격한 환경변화를 고려해 볼 때, 하이퍼텍스트 문학에 대한 연구 및 구체적인 이론 작업을 통해 문학의 발전방향을 가늠해보는 것은 의미 있는 작업이 될 것이다.

Ⅱ 매체 환경의 변화

커뮤니케이션 매체는 문화의 형성에 적지 않은 영향을 미친다. 인간의 모든 생활을 규정하는 시간과 공간에 대한 개념을 중심으로, 사고하는 방법과 사물을 받아들이고 표현하는 방식, 세계를 인식하고 경험하는 수단, 자신의 의사를 서로 교환하는 내용과 형식에 커뮤니케이션 매체는 중요한 영향력을 가진다. 그래서 어느 한 문화 공간 내에서 이전 문화가 점차 사라지고 새로운 문화가 만들어지는 시기에는 대부분 새로운 매체가 나타나 현저한 영향력을 갖게 된다.

문학도 예외는 아니어서 문화의 매체적 변화에 커다란 영향을 받는다. 오늘날 매체 변화의 중심에는 무엇보다 아날로그에서 디지털로 넘어간 시대적 흐름이 놓여있다. 독서환경이 책에서 스크린으로 넘어간 변화 속에서 내용 자체가 커다란 변화를 보이고 있지는 않다 하더라도, 내용을 담는 수단과 방법의 변화에 따라 문학은 이제 새로운 관심과 새로운 관점이 필요하다.

1. 구텐베르크 은하계의 종말

미국의 커뮤니케이션 학자인 인니스(Harold A. Innis)는 커뮤니케이선 매체와 문화의 상관관계에 주목하면서, 각 시대별로 새롭게 등장하는 매체는 사회, 문화, 정치적으로 새로운 변화를 가져온다고 말한다.[1] 그에 의하면 나일 강을 중심으로 문화를 발전시켰던 이집트의 경우는 규칙적으로 범람하는 나일 강의 홍수와 절대 권력의 유지, 피라미드의 건설 등과 같은 사회, 정치, 종교적인 현상들과 관련해 문자와 기호체계가 필요했고, 이로 인해 상형문자와 파피루스가 발전했다는 것이다. 이런 식으로 인니스는 13세기의 종이매체와 16세기의 인쇄기술의 발전에 주목하는데, 그에 의하면 이러한 인쇄문화가 상업 교역 및 이와 관련된 정치와 동·서양의 지식 교류를 가능하게 하였고, 이후의 민족국가 성립과 새로운 "근대적 학문의 형성(zur Entstehung der modernen Wissenschaft)"[2]에 절대적인 영향을 미쳤다는 것이다. 여기서 그가 말하고 있는 "근대적 학문의 형성"이란 책을 중심으로 하는 읽고 쓰는 체계, 합리성과 논리성, 추상성, 체계성이 강조되는 체계, 일정한 지점에 중심이 있고, 이를 정점으로 하는 선형적이고 위계적인 지식체계 전반의 형성과정을 가리킨다.

캐나다의 매체이론가인 맥루한(Marshall McLuhan)은 이 같은 인쇄문화의 특징이 두드러지게 나타났던 지난 세기까지의 문화를 "구텐베르크 은하계"[3]로 표현한다. 구텐베르크 은하계의 시대는 활자로 표현된 책을 중심으로 세계를 인지하고 지식을 형성하며 자신의 의사를 표현하고 교환하는 시대다. 세계를 책을 통해 인지하는 시대는 활

---

1) Vgl. Harold A. Innis: Tendenzen der Kommunikation. In: Kreuzwege der Kommunikation. Ausgewählte Texte. Hrsg. v. Karlheinz Barck, Wien 1997, S. 96.
2) Ebd., S. 113.
3) 구텐베르크 은하계에 대해서는 Ⅰ장의 각주 3)을 참조.

자적 특성이 지배하는 시대다. 이 시대는 세계를 활자[책]를 통해 보고, 그 세계로 깊이 침잠하여 그 속에서 하나의 통일적 세계상을 구상하는 시대다. 따라서 선형적이며 인과적이고, 이성적, 합리적이며 일정한 순서를 가져야 하고, 질서정연하며, 마침표가 있어야 하는 시대다. 활자[책]는 시각적, 공간적으로 고정되어 있고, 일정한 규칙을 따라야 하며, 그 속으로 침잠해 올 것을 요구하기 때문이다.

그러나 이러한 시대는 지금 새로운 매체의 등장으로 인해 사회 문화적으로 전반적인 변혁의 요구를 수용해야 하는 시대에 직면해 있다. 이 시대는 특히 컴퓨터와 전자 매체의 등장으로 인하여 구텐베르크 은하계가 그 종말을 고하고 있는 시대다. 구텐베르크의 활자발명 이후 책을 중심으로 자신의 선형적 통일성을 유지해왔던 한 세계가 붕괴되어가는 시대, 더 이상 우리가 오늘날 생각하는 바를 행이나 책의 형태로는 기록할 수 없는 시대다.[4] 또한 구텐베르크 은하계가 새로운 매체의 등장으로 인해 자신의 종말을 맞이하는 시대는 단순히 한 시대의 소멸을 의미하는 것이 아니라, "인과론적 사고과정(Kausalprozess)", 일정한 선을 중심으로 하는 "선형적 사고(das lineare Denken)"의 유효성이 상실되고, 그 대신 "이질적인 공간, 이질적인 인간, 이질적인 사회(heterogene Orte, Menschen, Gesellschaft)"가 등장하여 "모자이크적인 사고(mosaik-artiges Denken)"[5]가 그 자리를 대신하는 시대이다.

---

4) Vgl. Jacques Derrida: Grammatologie, Frankfurt am Main 1974, S. 155: "Was es heute zu denken gilt, kann in Form der Zeile oder des Buches nicht niedergeschrieben werden."

5) Angela Spahr: Magische Kanäle. Marschall McLuhan. In: Medientheorien. Eine Einführung. Hrsg. v. D. Kloock/A. Spahr, München 1997, S. 41.

독일의 커뮤니케이션 학자인 볼츠(Norbert Bolz)는 이러한 새로운 시대를 "문자라는 구텐베르크적 세계로부터의 이별(Abschied von Gutenbergs Welt der Schrift)"[6]로 표현하며 새로운 커뮤니케이션의 상황들이 등장하는 "지식디자인(Wissensdesign)"[7]의 시대를 예고한다. 활자매체를 중심으로 한 아날로그 매체와 달리 디지털 매체는 전에 없는 새로운 특징들로 이전과 전혀 다른 문화적 지형을 그리고 있으며, 이로 인해 문학을 포함한 예술생산이 새로운 단계에 접어들었기 때문이다.[8]

매체는 정보를 전달하는 가치중립적 수단이 아니라 정보의 소통 가능성을 구성하는 기술이다.[9] 따라서 매체를 논할 때 매체의 형식과 내용보다는 어떻게 매체를 통해 전달된 세계를 인지하고 표현할 것인가 하는 문제가 더욱 중요하게 대두된다. 문학이 텍스트의 생산과 소비를 통해 세계를 인지하고 표현하며 지식을 공유하는 중요한 수단이라고 할 때, 새로운 매체의 등장으로 인한 인지방식의 변화와 사고방식의 변화 및 표현 수단의 변화는 문학 자체에 중요한 변화를 아울러 초래한다.

---

6) Norbert Bolz: Am Ende der Gutenberg-Galaxis. Die Neuen Komunikations-verhältnisse, München 1995, S. 183.
7) Ebd.: 볼츠는 문자라는 구텐베르크적 세계로부터 이별하고 하이퍼미디어 세계로 진입하는 지금의 시대에 전통적으로 지식을 전달하는 중요한 매체로 여겨졌던 글을 쓰는 것은 단순히 책을 만드는 것이 아니라, 인용들과 사고의 편린들로 이루어진 모자이크를 만드는 것이라 주장한다. 따라서 글쓰기는 디자인의 특수한 경우이며, 이것이 하이퍼미디어로 이루어져있을 경우에는 더욱 디자인적인 요소가 요구된다고 말한다.
8) 강내희: 디지털 시대의 문학하기. 실린 곳: 문화과학, 1996년 여름호, 69쪽 참조.
9) Vgl. Daniela Kloock/Angela Spahr: Medientheorien. Eine Einführung, München 1997, S. 8.

특히, 구텐베르크 은하계가 종말을 맞이하는 시대에 상호작용의 커뮤니케이션과 디지털 정보를 특징으로 하는 새로운 매체가 보편화될 때, 그것은 사회, 문화, 정치, 역사적인 변화를 아울러 초래한다. 그렇다면 이 같은 변화 속에서 지식체계에 일정한 부분을 담당하고 있는 문학의 세계는 어떠한 모습을 띠게 될 것인가? 이를 위해서 먼저 디지털 매체가 기존의 아날로그 매체와 어떠한 차이를 가지고 있고, 또한 그것이 문학을 비롯한 예술 전반에 어떻게 적용되고 있는가를 살펴보도록 한다.

2. 아날로그에서 디지털로

기술적 의미에서 정보를 처리하는 방식 중에는 아날로그 방식과 디지털 방식이 있다. 좁은 의미에서 아날로그 방식은 정보의 신호를 전기 신호로 변조하여 전송하는 방식을 말한다. 각 신호는 개별 신호들의 전압이나 전류의 강도와 지속성에 따라 전기적인 강약 신호로 변환된다. 이것이 전파나 유선망을 통해 수신자에게 전달되면, 다시 전기 신호를 변조하여 원래의 신호를 재생하는 것이다. 따라서 아날로그 신호는 각 신호들이 시간적인 연속성을 가지고 흐름을 형성하는 형태를 띤다. 하지만 전기의 강약 신호를 이용하기 때문에 원래 신호가 전기 신호로 변환되는 과정에서 잡음이 섞일 수 있으며 변환된 신호가 전파나 유선망과 같은 전송로를 이동하는 과정에서 여러 가지 환경의 영향을 받게 된다. 그 결과 정보의 왜곡이나 변형이 심하다는 단점을 가지고 있다.[10]

---

10) 이광형: 디지털 문화 시대. 실린 곳: 디지털 시대의 문화 예술. 통합의 가능성을 꿈꾸는 KAIST 사람들, 최혜실 편, 문학과 지성사, 1999, 26 쪽 이하 참조.

넓은 의미에서 아날로그 방식은 자체에 물질적인 속성을 가지고 있는 모든 매체의 전달방식을 가리킨다. 예를 들어 그림은 물감과 붓이라는 물질적 속성을, 문학은 종이와 문자라는 속성을, 음악은 각종 악기와 음파라는 속성을 고유하게 지니고 있다. 또한 영화는 필름을, 방송과 카세트테이프는 변조된 전류를 자체 전달방식으로 사용하고 있는데, 이러한 것 모두가 아날로그 방식이다.

이에 비해 디지털은 모든 정보를 0과 1의 조합으로 이루어진 비트로 처리하는 방식을 말한다. 이것은 반도체와 컴퓨터의 발달로 가능해진 방식으로, 정보를 꺼짐과 켜짐(off-on), 혹은 0과 1이라는 이진법으로 처리하는 기술이다. 0과 1이 선택되는 자리가 바로 비트인데, 이 비트가 여덟 개 모여서 바이트(byte)가 된다. 이 바이트 하나에 자모 하나씩을 할당할 수 있는데, 예를 들어 'ㄱ'이라는 문자는 00000000으로, 'ㄴ'이라는 자음은 00000001 등으로 표현하는 방식이다. 이런 식으로 바이트들이 모여 일정한 단어나 문장이 만들어진다. 이러한 방식은 물론 문자나 숫자뿐만 아니라 점이나 색, 소리 등 모든 정보를 처리할 때도 같은 방식으로 사용된다. 정보를 이런 식으로 처리하게 되면 아날로그 방식과 달리 신호 전송 과정에서 손실과 왜곡을 줄일 수 있어 원본의 형태를 그대로 유지할 수 있게 되는 장점을 지닌다. 아날로그 방식의 경우 신호가 매번 복제되어 전송될 때마다 전기 충격의 차이에 따라 원본과 약간씩 차이를 보인다. 따라서 디지털 신호는 아날로그 신호에 비해 데이터의 전달과정에서 그만큼 더 정확성을 가지게 된다.

아날로그에서 디지털로 정보를 처리하는 방식이 바뀌게 되면, 이를 응용하는 문학을 비롯한 예술 분야는 전통적인 그것들과 여러 면에서 차이를 보이게 된다. 우선은 창작의 과정에서 물질적 속성이 없어지게 됨으로,11) 원본과 복사본의 차이가 사라지게 된다. 원본이 가지는 권위적 속성이 없어지고 복사본에 대해 가지고 있던 우월감이 사라진다. 예를 들어 그림을 그리는 경우, 기존 아날로그 방식은 화가가 캔버스에 물감을 사용하여 그리는 방식으로 이해될 수 있다. 이 경우, 화가의 그림은 본인 스스로가 그린 그림임에도 불구하고 아무리 애를 써도 한번 그린 그림을 완벽하게 똑같이 재생할 수 없다. 때문에 이 그림은 일회적인 속성을 가지며 원본이라는 특권을 지닐 수 있게 된다. 하지만 컴퓨터를 이용하여 그림을 그리는 경우, 그림은 그림 자체뿐만 아니라 그림에 대한 데이터가 디지털 방식으로 남기 때문에 언제든지 똑같은 그림이 생산될 수 있다. 따라서 처음 그림과 이후의 그림은 차이가 없어지게 되고 원본과 복사본에 대한 논의 자체는 무의미하게 된다.

디지털 방식의 정보처리 방식에 있어서의 또 다른 중요한 특성은 손쉬운 복사 및 수정의 가능성이다. 위에서 논한 바와 같이 디지털 방식이 물질적 속성이 없이 데이터를 비트로 처리하기 때문에 언제든지 데이터의 복사 및 수정이 별 어려움 없이 가능해진다. 데이터의 일부 및 전체가 복사되고 수정된다는 것은 창작의 과정이 개인의 일회적인 노력과정뿐만 아니라 이에 더불어 가변적이고 역동적이며, 끊임없는 수정작업의 과정으로 이해된다는 것을 뜻한다. 따라서 다른 사람의 창작물을 일부 복사 내지는 수정하는 방식으로, 혹은 여러 사람의 창작물을 자신의 것에 재조립하는 방식으로도 얼마든지 창작이 가능하다는 것이다. 물론 여기에는 모방이나 표절의 시비가

---

11) 강내희: 디지털 시대의 문학하기, 앞의 책, 72쪽 참조.

있을 수 있지만, 디지털 방식의 창작 과정에 있어 이러한 작업 방식은 그 속성상 일정 부분 타당성을 지닌다고 할 수 있다.

앞에서 예를 든 그림의 경우, 그것이 디지털 방식으로 제작되었다면, 초기의 데이터를 가지고 여러 변형된 그림을 재생산할 수 있다. 예를 들어 같은 그림이라도 색이나 그림의 각도 등을 변화시켜 얼마든지 다른 느낌을 줄 수 있기 때문이다. 또한 여러 그림의 특정 부분을 따로 떼어 내어 마치 퍼즐을 맞추듯이 전혀 다른 그림을 만들어 낼 수도 있다.

문학 텍스트의 경우에는 이미 상호텍스트성(Intertextualität)이라는 개념이 일반화되어 있어 이와 같은 논의에 비교적 손쉽게 접근할 수 있다. 하나의 텍스트가 다른 여러 텍스트와 맺고 있는 관계에 주목하는 상호텍스트성은 디지털이라는 개념이 등장하기 이전에 이미 디지털 데이터 방식의 위와 같은 속성과 비슷한 특징을 보여준다. 이에 따르면 한 작가의 텍스트는 자신의 고유한 새로운 창작 텍스트가 아니라 여러 작가들의 의식적, 무의식적인 모방 텍스트라는 것인데, 이는 디지털 글쓰기 시대에 와서 더욱 명확해지는 개념으로 이해될 수 있다. 원고지에 펜으로 글을 쓰지 않고 자판을 이용해 컴퓨터 모니터에 글을 입력시킬 때, 그리고 그 텍스트가 비트로 저장되어 네트워크로 서로 연결되고 소비될 때, 이 텍스트는 누구에게나 개방되어 출력될 뿐만 아니라 수정, 첨삭 내지는 재가공 될 수 있다. 따라서 텍스트와 텍스트의 저자에 대한 접근이 용이해지고, 앞선 텍스트의 인용과 재활용이 손쉬워지게 됨에 따라 텍스트 상호 간의 관계가 중요한 문제로 떠오른다.

문학 텍스트가 디지털 방식으로 변화한다는 것은 달리 말해 필기도구를 사용하는 수공업적인 '쓰기'에서 기계를 이용하는 '치기'로의 변화로서, 글쓰기에서의 도구적 전환으로 이해할 수 있다. 이로 인해 작가가 세계를 이해하고 사물을 인식하는 방법까지도 달라지는데, 이는 원고지에 글을 쓸 때의 전체적이고 일관적이며, 총체적인 의식이 컴퓨터로 글을 쓸 때의 부분적이고 즉흥적, 감각적인 의식으로 변화되기 때문이다. 텍스트의 창작방법에 있어서도 컴퓨터를 이용한 디지털 글쓰기는 수미일관된 논리적 체계보다는 몽타주를 콜라주하는 방식에 익숙하도록 요구하여, 이야기를 체계적이고 종합적이고 일관된 논리구조 속에 놓는 것이 아니라 발췌되고 쪼개지고 분열되도록 유혹한다.12) 이와 같은 방식의 글쓰기에서는 텍스트를 처음부터 끝까지 완결되고 일관된 방식으로 쓰는 것이 아니라 일단 먼저 쓰고 나중에 이를 종합, 배열시키는 것이 중요하기 때문이다.

이와 같은 문학적 텍스트에서의 글쓰기 특징들은 전통적인 문학에서도 이미 그 단초가 보인 것들이다. 조이스(James Joyce)나 되블린(Alfred Döblin) 등과 같은 작가들에게서 보이는 단편적이고 모자이크적인 텍스트들은 이미 위와 비슷한 형식을 드러내고 있다.13) 그렇다면 아날로그 시대의 텍스트에 이미 디지털 텍스트의 주요 특징이 내재되어 있다는 주장이 가능한데, 문학 텍스트의 경우는 그보다는 다음에서 다룰 멀티미디어와 네트워크의 도입으로 인한 변화가 더욱 크게 나타난다.

---

12) 장석주: 글쓰기와 글읽기의 혁명적 전환 —PC통신과 미래의 문학. 실린 곳: 문학사상, 1994년 11월호, 114쪽 참조.

13) Vgl. Ruth Nestvold: Das Ende des Buches. Hypertext und seine Auswirkungen auf die Literatur. In: Hyperkultur. Zur Fiktion des Computerzeitalters. Hrsg. v. Martin Klepper u. a., Berlin, New York 1996. S. 15. 여기서 네스트폴트는 조이스나 되블린의 작품에서 이야기의 시간적 순서가 깨지는 것에 주목하여 하이퍼텍스트와의 유사성을 발견한다.

3. 멀티미디어와 네트워크

정보를 아날로그 방식에서 디지털 방식으로 처리하게 되면 다양한 종류의 정보 사이에 상호 호환성이 높아져 각각의 매체를 통합시킬 수 있는 특성이 생긴다. 예를 들어 음성은 전화로, 화면은 텔레비전으로, 문자는 종이와 같은 각각의 고유한 매체를 사용하여 커뮤니케이션이 이루어지지만, 이를 디지털 방식으로 전환하면 상이한 커뮤니케이션 방식 간의 변환이 자유롭고 상호 호환성이 높아져 개별적인 매체를 디지털 신호로 통합 처리할 수 있게 된다.

우리가 '멀티미디어'라고 부르는 것도 정보를 디지털 방식으로 통합하는 기술 덕분에 가능하게 된 개념이다. 멀티미디어란 음향기기·텔레비전·전화·팩스 등을 하나의 매체에 통합한 형태를 말한다. 이것이 가능하기 위해서는 각 매체의 기능을 서로 통합하고 조정해주는 호환 장치가 필요한데, 이 기능을 컴퓨터의 디지털 시스템이 담당하게 된다. 즉, 이 기능에 따라 문자, 음향[소리], 영상 등이 하나의 매체를 통해 한꺼번에 전달되는 것이다. 따라서 예전에 각각의 매체를 통해 사용되었던 단일한 정보형태들이 컴퓨터를 이용해 통합, 결합되어 처리되는데, 이에 더불어 디지털 시스템은 이러한 통합정보를 저장·편집 및 수정을 용이하게 하는 가능성을 제공한다.

이를 예술 분야에 적용시켜 보면, 그림에 소리나 문자를 결합시킬 수 있고, 텍스트에 동영상과 음악을, 소리에 색을 덧입힐 수 있게 된다. 이렇게 되면 한편으로 각각의 고유한 매체가 지니고 있는 뚜렷한 속성이 희미해져 각각의 예술 분야가 가지고 있는 경계의 구분이 사라지게 되는 특징이 나타나기도 한다. 하지만 여러 예술 분야가 디지털 방식의 정보처리를 통해 자신의 물질적 속성을 벗어나 인접 장르와 결합하게 되면, 이전과는 다른 새로운 특징들이 발견된다. 예를 들어, 시각적인 그림은 음악과 결합하여 청각적인 특성을, 시간적인 음악은 그림과 결합하여 공간적인 특성을, 텍스트는 동영상과 결합하여 다차원의 특성을 얻는다. 다매체인 멀티미디어의 사용을 통해 예술은 자신의 한계를 넘어 다차원적인 감각의 확대를 가능하게 한다.

디지털 시스템은 이러한 멀티미디어적 특성뿐만 아니라 좀 더 촘촘해진 디지털 네트워크의 도입으로 각 예술 분야에 또 다른 특징들을 가져온다. 원래 네트워크(network)란 같은 방송 프로그램을 다른 지역에 있는 두 개 이상의 방송국에서 동시에 중계 방송하는 방식과 그 제도를 가리키는 방송망을 뜻하는 방송용어이다. 이에 따라 네트워크에 가입되어 있는 방송국들은 자신이 제작하지 않은 프로그램을 서로 공유할 수 있게 되는데, 이러한 개념이 사회적으로 확대 적용되어 오늘날에는 인간의 모든 사회적 관계망을 일반적으로 네트워크라 부르기도 한다.

인간은 수많은 집단과 조직에 속해 있으면서, 그곳에서 그물과 같은 수많은 연결망으로 서로 관계를 맺으면서 사회적 활동을 한다. 가족, 학교, 직장, 국가 등과 같은 공동체 속에서 나와 부모, 나와 선생님, 나와 친구들과 같은 다양한 인간관계를 맺으며 서로 정보를 주고받는다. 그리고 그러한 공동체의 안과 밖에는 동문회, 동우회, 동기모임 등과 같은 또 다른 수많은 크고 작은 공동체들로 얽혀 있어 일종의 그물망과 같은 관계를 형성하는데 이것 또한 네트워크라 부를 수 있다.[14]

---

14) 시정곤: 디지털 네트워크와 커뮤니케이션 구조. 실린 곳: 디지털 시대

하지만 시·공간적으로 제한이 따르는 물리적, 아날로그적 네트워크와 달리 디지털 네트워크는 정보를 주고받는 커뮤니케이션의 새로운 패러다임을 제공한다. 유·무선망을 통해 디지털 방식으로 연결된 네트워크는 우선 시간과 공간의 제약을 뛰어넘는다. 정보교환을 위해 시간을 정하고 서로 얼굴을 마주보며 만나야 했던 커뮤니케이션의 방식은 시·공간의 제약에 얽매일 필요 없이 원하는 시간에, 원하는 공간에서 네트워크에 접속만 하면 이루어질 수 있게 된다. 커뮤니케이션의 문제가 과거 시간과 공간의 문제에서 이제는 '접속'의 문제로 바뀌게 된 것이다.

뒤에서 살펴보겠지만, 커뮤니케이션의 문제가 접속의 문제로 이루어지면 다양한 현상들이 등장한다. 디지털 기술의 발달로 가능해진 상호작용성[쌍방향성](Interaktivität)의 기능이 정보의 생산자와 소비자 사이를 실시간으로 중계해주기 때문이다. 이로 인해 우선은 물질적 재화를 비롯한 정보의 생산 및 소비가 용이하게 되어 생산자와 소비자의 수가 늘어나게 되며, 생산자에 대해 소비자의 요구가 많아지게 되고, 생산자는 이를 수용해야 하는 상황이 발생하며, 정보의 복제 및 끊임없는 수정이 가능하게 된다. 특정한 대상에 대한 정보 소비자의 적극적인 참여와 다양한 의사 표출로 인해 정보 생산자의 위치가 그만큼 줄어들게 되기도 한다. 또한 접속을 통한 가상공간의 생성으로 인해 생산자와 소비자의 비인격적인 익명적 관계가 가능해지고, 이에 따라 가상의 공동체, 가상의 사회적 활동의 실험 등이 가능해진다.[15]

의 문화 예술. 통합의 가능성을 꿈꾸는 KAIST 사람들, 최혜실 편, 문학과 지성사, 1999, 114쪽 참조.

특히, 문학 텍스트의 경우에는 이전에 저자가 가지고 있던 권위가 줄어들고 독자의 위치가 상대적으로 높아지며, 극단적인 경우 저자와 독자의 구분이 없어지는 현상 등이 나타나기도 한다. 또한 집단 창작이나 이어쓰기를 비롯해 전에 볼 수 없던 새로운 현상들이 나타나게 되는데, 다음에서 대표적으로 아우어(Johannes Auer)[16]의 시 한 편을 통해 이를 살펴보기로 한다.

4. 요하네스 아우어의 「시를 죽여라」

저자인 아우어 스스로가 "최후의 서정시 혹은 독자에 의한 시의 치명적 해체(Finale Lyrik oder letale Dekonstruktion eines Gedichtes durch den Leser)[17]"로 명명하고 있는 「시를 죽여라(Kill the Poem)」[18]

---

15) Vgl. Sherry Turkle: Leben im Netz. Identität in Zeiten des Internet, Reinbeck 1999, S. 297.

16) Vgl. Johannes Auer: "Homepage". URL: http://www.s.netic.de/auer [1. März 2001].

17) Johannes Auer: Wie sich Kunst Gehör verschafft. In: Hyper- fiction, Hyperliterarisches Lesebuch: Internet und Literatur (mit CD-Rom). Hrsg. v. Beat Suter/Michael Böhler, Basel, Frankfurt am Main 1999, S. 203.

18) Johannes Auer: "Kill the Poem". In: "kill the poem", digitale-konkrete poesie und poem art(CD-Rom), Zürich 2000.
Oder URL: http://www.s.netic.de/auer/kill/killpoem.htm [1. März 2001]. 인터넷에서 출판된 텍스트들의 출판시기를 확인하는 작업은 쉽지 않다. 소스에 처음 출판된 시기가 기록되어 있지 않고, 또한 텍스트의 버전이 바뀌면서 날자가 계속 바뀌기 때문이다. 이 시의 경우에도 처음 모습을 드러낸 것은 1998년으로 확인되지만, 정식으로 출판사에 의해 단행본으로 출간된 년도가 2000년도이기 때문에, 위에서처럼 2000년을 출판 기준년도로 보기로 한다.

는 앞서 언급했던 다양한 텍스트의 형질 변화 요소들로 인해 앞으로
의 텍스트와 문학이 어떠한 방향에서 만들어지고 소비될 것인가를
단적으로 나타내준다.

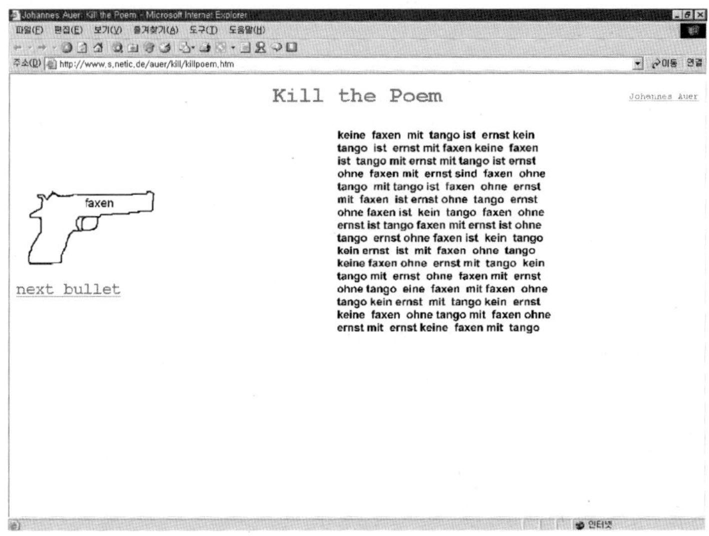

[그림 1] Johannes Auer의 「Kill the Poem」 초기화면

  우선 형식적으로 위의 시 「시를 죽여라(Kill the Poem)」는 전체
구도를 반으로 나누어 쓰고 있다. 왼 편에 러시안 룰렛과 같은 권
총[19]이 있고 오른 편에는 텍스트가 있다. 권총 안에는 단어 하나가
들어있는데, 이 권총을 직접 클릭하게 되면 오른 편의 텍스트에서

---

19) 데데킨트(Henning Dedekind)는 저자인 요하네스 아우어를 소개하면서
    여기서 사용되고 있는 권총을 구멍을 뚫는 천공기, 혹은 웹-딱총
    (Web-Knarre)으로 부르고 있다. Vgl. Henning Dedekind: Was aber
    macht die originäre Netzliteratur aus? In: Stuttgarter Nachrichten,
    17. 10. 2001.

권총 안에 있는 단어가 총소리와 함께 사라진다. 권총 아래에는 "다음 탄환(next bullet)"이라는 글자가 붉은 색으로 쓰여 있는데, 이곳을 클릭하면 권총 안에는 오른 편 텍스트에 남아 있는 단어들 중 다른 한 단어가 다시 나타난다. 다시 권총을 발사하면 또다시 오른 편의 텍스트에는 해당 단어가 사라진다. 계속해서 권총을 클릭 할 때마다, 오른 편에 있는 텍스트에서 권총 안에 들어있는 단어가 모두 사라지게 되고, 이런 식으로 결국 텍스트에는 아무런 단어도 남지 않게 되어 그림 2)와 같은 모양이 된다.

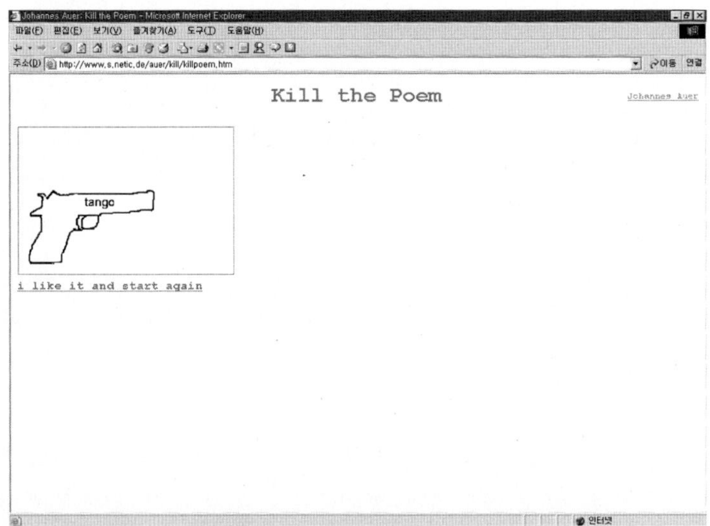

[그림 2] 「Kill the Poem」에서 텍스트가 모두 사라진 화면

결국 제목처럼 이 시는 시를 읽고, 보고, 듣는 독자의 적극적인 개입[클릭]으로 인해 '죽게' 되는 결과를 보여준다. 하지만 마지막 남아 있는 단어를 클릭 하여 오른 편의 전체 텍스트가 모두 사라질 때,

권총 아래에는 <u>next bullet</u> 대신에 <u>i like it and start again</u>이 나타나
는데, 이를 클릭하면 다시 처음의 모습대로 시가 나타나 다른 한편
으로 죽었던 시를 다시 살릴 수도 있고 다시 죽일 수도 있게 된다.

1998년 키닝어(Martina Kieninger) 등과 함께 우루과이 몬테비디
오의 독일문화원에서 있었던 「탱고 프로젝트(Tango Projekt)」[20]에
함께 전시되었던 이 시는 내용적으로 "텍스트의 파괴와 저자의 문제
제기(Text-Zerstörung und Infragestellung des Autors)"를 "치환적
텍스트(ein permutationeller Text)"[21]를 통해 다루고 있다. 즉, 단어
의 위치를 변화시키거나 아예 단어를 제거함으로써 텍스트의 구조와
내용상의 의미를 파괴시키고, 또한 독자의 개입을 통해 과연 텍스트
의 저자가 누구인가를 다시 한번 고민하도록 해 준다.

> "keine faxen mit tango ist ernst kein tango ist ernst mit faxen
> keine faxen ist tango mit ernst mit tango ist ernst ohne faxen
> mit ernst sind faxen ohne tango mit tango ist faxen ohne ernst
> mit faxen ist ernst[······]"[22]

위의 예문을 보면, 독자의 의도에 따라서 만들어지는 일정한 내용
을 볼 수 있다. 이 시에는 기본적으로 "그 누구도 탱고를 통해 허튼
짓거리를 하지 않는다(keine faxen mit tango)", "탱고는 진지하다

---

20) Vgl. Martina Kieninger: "tanGo". URL: http://www.textgalerie.de/tango
　　[1. März 2001].

21) Reinhard Döhl: "TanGo & Co". -Bericht über einige Stuttgarter Internet
　　Projekte. URL: http://www.uni-stuttgart.de/ndl1/tangoundco.htm [26.
　　Dezember 2001].

22) Johannes Auer: "Kill the Poem". a. a. O.

(tango ist ernst)", "탱고는 진지하지 않다(kein tango ist ernst)" 등과 같은 다양한 의미가 주어져 있다. 총 쏘기와 더불어 위의 텍스트는 faxen, ohne, mit, kein(e), ist/sind, ernst, tango와 같은 단어들이 독자의 결정에 따라 순서대로 혹은 전체가 한꺼번에 소멸되는데, 이에 따라 그 의미가 조금씩 달라진다. 예를 들어, 첫 문장 "keine faxen mit tango ist ernst"에서 첫 번째로 주어진 단어 "faxen"을 없애면 그 의미가 "탱고를 추는 사람은 누구도 진지하지 않다(keine mit tango ist ernst)"가 된다.

이때 사라지는 단어의 순서는 임의로 바뀔 수 있다. 이에 따라 개개 단어가 앞선 단어를 포함하여 텍스트에서 사라지면서 텍스트의 모양과 자의적 문장의 순서도 달라지고 그 의미도 달라진다. 마치 여러 사람이 탱고의 스텝을 밟는 것처럼 텍스트의 모양이 움직이는 듯한 시각적 효과를 보여주기도 한다. 텍스트가 모두 사라지면 새롭게 텍스트를 불러 올 수도 있다. 그렇다면 이와 같은 작업을 통해 저자 아우어가 말하고자 하는 것은 무엇일까?

탱고 프로젝트는 선정적인 라틴아메리카 춤인 탱고를 소재로 몇몇 작가들이 실험적인 텍스트를 전시한 작업이다. 역동적이고 흥겨운 춤인 탱고는 단순히 눈으로만 보는 춤이 아니다. 그것은 시각적이고 음악적이며 역동적으로 움직이는, 그래서 모두가 함께 참여하고 싶은 그러한 춤이다. 이러한 춤과 같이 텍스트도 시각적이고 감각적이며 음악적인 성격을 통해 모두가 참여하는 역동적인 춤이 될 수도 있다는 생각에서 탱고 프로젝트는 출발한다. 아우어가 이 시에서 자신들이 한편으로 "탱고를 추는 사람은 누구도 진지하지 않다(keine mit tango ist ernst)"고 말하고, 또한 그것이 독자에 의해 의미가 변하기도 하지만, 다른 한편으로 "탱고는 진지하다(tango ist ernst)"[23]고 말하는 것도, 자신들의 이러한 실험이 탱고의 스텝과 같이 다분히 유희적이며 역동적인 의미를 지닌 것임을 전달한다.

이와 관련하여 아우어는 자신의 시에서 시가 이제는 더 이상 읽는 시가 아니라 보고, 듣고, 읽고, 움직이며, 독자에 의해 함께 만들어지는, 동시에 해체되는, 그리고 다시 재구성되는, 역동적인 것임을 말하고자 한다. 아우어와 함께 슈투트가르트에서 작업을 같이 하고 있는 될(Reinhard Döhl)[24]은 조심스럽게 이러한 실험적 시도를 새로운 매체를 통한 "예술품의 해체와 동시에 그것의 파괴불가능성에 대한 실연(die Demontage eines Artefaks und zugleich die Demonstration seiner Unzerstörbarkeit)[25]"으로 표현한다.

1996년부터 슈투트가르트에서 될, 키닝어와 함께 공동 문학 네트 프로젝트(kollaborative literarische Netzprojekte)를 이끌고 있는 아우어는 이 시의 제목 "시를 죽여라"를 모든 디지털 문학의 모토로 사용하고 있다.[26] 여기서 말하는 '시'가 은유적으로 넓게는 텍스트와 문학 전체를 가리킬 수도 있다면, 새로운 문화적, 예술적 조건 속에

---

23) Ebd.

24) Vgl. Reinhard Döhl: "Homepage". URL: http://www.uni-stuttgart. de/ndl1 [1. März 2001].

25) Reinhard Döhl: "TanGo & Co", a. a. O.

26) Vgl. Michael Braun: Hügelzeit und Hyperfiction/"Kill the poem": Die 23. Solothurner Literaturtage. In: Frankfurter Rundschau, 29. 05. 2001.

서 기존의 텍스트와 문학을 해체하고 재구성하는 일이 무엇보다 중
요한 일임을 아우어는 이 시를 통해 주장한다. 종이에 펜으로 썼다
면 불가능했을 이 시는 글쓰기의 수단이 달라질 때, 그리고 그 달라
진 수단으로 시를 쓰고 읽을 때, 무엇이 다르고, 무엇이 달라질 수
있는지를 단편적으로 나타내준다.

이 시의 시각적 움직임과 청각적 자극은 컴퓨터를 통해 독자를 시
작(詩作)에 함께 참여하도록 유혹한다. 시의 제목 옆에 있는 저자의
이름은 이 시의 저자와 직접 메일을 주고받으며 작품에 대한 의견을
서로 나눌 수 있도록 메일 주소와 링크 되어 있는데, 이 역시 글을
쓰고 읽는 수단이 달라지면서 가능하게 된 방식이다. 하지만 컴퓨터
와 인터넷이라는 새로운 매체를 통해 기존의 문자가 가지고 있는 한
계를 넘어 새롭게 등장하는 이 같은 방식의 작업은 그렇다고 기존의
활자매체를 완전히 부정하는 것은 아니다. 오히려 새롭게 부가되는
특성들은 기존의 활자기반의 시 혹은 문학에 더욱 넓고 다양한 가능
성을 열어준다. 시를 모두 사라지게 해도 다시 부활시킬 수 있는 가
능성이 남아 있다는 사실은 이를 잘 표현해준다. 이 시에서 시는 소
멸되지만 그렇다고 시 자체가 완전히 사라지는 것은 아니다. 시를
죽이는 것이 독자의 역할처럼 보이지만, 그러나 독자는 클릭 한번으
로 죽었던 시를 다시 살려낼 수도 있다. 오히려 죽은 시를 새롭게
살려내는 것이 독자의 역할처럼 보인다. 마지막 총 쏘기 후에 나타
나는 i like it and start again에서, 결국 독자가 마음에 들지 않으면
죽은 시를 살려내지 못하게 되기 때문이다. 여기서 '그것(it)'이 가리
키는 것이 단순히 옆의 텍스트일 수도 있고, 아니면 시를 죽이는 행
위로 해석될 수도 있겠지만, 앞서 언급한 바와 같이 시를 문학으로

치환(置換)시킨다면, 옛 문학을 해체시키고 새로운 문학을 만드는 것은 저자보다도 독자에게 맡겨진 역할로 보인다. 저자는 독자로 하여금 수동적인 읽기에서 벗어나 적극적으로 시작(詩作)을 시작(始作)하도록 해야 한다. 텍스트를 생산하고 소비하는 주체들이 전통적인 역할에서 크게 벗어나는 이러한 시도는 디지털 형태의 다양한 문학 실험에서 구체적으로 드러난다.

Ⅲ 텍스트 개념의 변화와 하이퍼텍스트의 구조적 특성

원래 '직물(Gewebe)'이나 그물과 같은 촘촘한 '편물(Geflecht)'을 의미하는 라틴어에서 유래한 '텍스트(Text)'는 일반적으로 텍스트의 응집성(Kohärenz)이라고 하는 일정한 의미관계를 갖는 문장의 연결 형태나 커뮤니케이션 기능을 수행하는 언어적 행위로 이해된다.[1] 텍스트 이론이나 텍스트 언어학의 관점에 따라 서로 상이하면서도 다양한 정의를 갖기도 하는 텍스트는 따라서 기본적으로 쓰여 있거나 말하여지는 어떤 것을 의미한다.

그러나 최근에 와서는 텍스트의 구조나 기호체계, 전달매체와 관련하여 좀 더 넓은 의미에서 텍스트라는 용어가 사용된다.[2] 예를 들어 사진이나 그림, 사물, 음향 같은 것들도 텍스트의 범주에 포함시키려 하는 시도가 있는데, 이러한 텍스트의 개념 변화는 매체의 변화에 따라 텍스트의 개념도 함께 변화함을 나타내준다. 여전히 텍스트의 근간을 이루는 매체로 문자가 선호되고 있지만, 문학의 영역에

---

1) Vgl. Helmut Glück(Hrsg.): Metzler Lexikon Sprache, Stuttgart, Weimar 1993, S. 636.
2) 이 책에서는 텍스트의 개념을 언어학적 차원에서 논의되는 개념으로서가 아니라 문학의 영역에서 분석되는 대상으로서의 개념을 사용하도록 한다.

서도 하이퍼텍스트의 등장으로 문학이 '글로 쓴' 것이라는 사고가 점차 퇴색되어 가는 모습을 보이기도 하는데, 이는 텍스트의 개념이 매체의 발달과 더불어 그 형질이 함께 변화하고 개념이 확장되고 있음을 보여준다.[3]

텍스트의 개념 변화는 곧 쓰고 읽는 전통적 텍스트의 위기를 가져오면서 텍스트의 개념과 그 종류를 다시 설정할 것을 요구한다. 이번 장에서는 문학에서의 이러한 텍스트 개념 변화와 더불어 하이퍼텍스트의 등장으로 인한 전통적 텍스트의 형질과 개념의 변화, 그리고 하이퍼텍스트의 특징을 살펴본다.

1. 텍스트의 형질 변화

문학의 분석 대상으로서 텍스트는 기본적으로 쓰여 있는 것을 가리킨다. 시, 소설, 희곡 등, 무엇이 되었든 간에 '쓰여 있다는 것'은 종이에 문자로 고정되어 있고, 따라서 물질적 속성상 움직이지 못한다는 특징을 갖는다. 그리고 텍스트는 어떠한 방식으로든 시작하는 부분과 끝나는 부분이 정해져 있는 완결된 형태를 지니고 있으며 일정한 순서를 따라 읽어야 하는 선형적인 특성을 가진다.

하지만 이러한 문학적 텍스트의 형태상 특징들이 텍스트의 개념

---

3) 여국현: '사이버문학'과 사이버시대의 텍스트 짜기. ─『사이버문학의 도전』에 대한 비판을 중심으로. 실린 곳: 문화과학, 1997년 봄호, 208쪽 이하 참조.

확대와 더불어 변화할 때, 기존의 전통적인 문학이 지니고 있는 개념상의 특징들 역시 함께 변화한다. 이는 앞에서도 언급한 바와 같이 매체의 발달과 더불어 문학의 개념이 텍스트의 개념 변화와 함께 자체적으로 확장되고 있기 때문이다. 여기서는 먼저 텍스트의 형질을 변화시키는 요인들을 살펴보기로 한다.

1. 1. 기술복제 시대의 텍스트

지난 세기에 이미 발레리(Paul Valéry)는 예술의 개념 변화를 논하면서 물, 가스, 전기처럼 스위치를 켜면 우리 안방에 음성, 그림, 기호 등이 쉽게 왔다가 사라지는 시대의 예술을 조심스럽게 예견한 바 있다.[4] 실제로 우리는 인터넷을 이용하여 지구 반대편에 있는 파리의 루브르 박물관을 가지 않고서도 모나리자의 그림을 마우스 클릭으로 감상할 수가 있고, 필요한 경우 프린터로 인쇄하여 보관할 수도 있는 시대에 살고 있다. 이처럼 우리가 살고 있는 시대의 예술은 생산과 소비의 조건이 이전과 크게 달라지면서 그 접근방식이 급격하게 바뀌어 가는 시대에 있다. 문학을 포함한 예술의 생산과 소비 조건이 현저하게 변화, 발전하고 있고, 벤야민(Walter Benjamin)의 말대로 기술의 혁명적 발전이 예술의 진보에 있어 가장 중요하고 가장 근본적인 새로운 요소로 등장하고 있기 때문이다.[5]

---

4) Vgl. Paul Valéry: Pièces sur l′art. Paris [o. J.], p.105(La conquéte de l′ubiquité). Hier zitiert nach Walter Benjamin: Das Kunstwerk im Zeitalter seiner technischen Reproduzierbarkeit. In: Gesammelte Schriften I. 2, Frankfurt am Main 1980, S. 475.

5) Vgl. Walter Benjamin: Erwiderung an Oskar A. H. Schmitz. In: Gesammelte Schriften II. 2, Frankfurt am Main 1980, S. 753: "[⋯⋯]

문학을 포함한 예술 개념의 변화가 급속하게 이루어지기 시작하는 처음 시기는 기술복제가 가능해지기 시작하던 때부터이다. 사진과 영화로 대표되는 현대 복제 기술의 가능성과 그 기능에 초점을 맞추었던 벤야민은 현대 예술을 기술복제로 인한 '아우라(Aura)'의 위축으로 특징짓는다. 그는 아우라를 은유적 표현으로 "가까이 있는 듯 하면서도 먼 것의 일회적인 현상(als einmalige Erscheinung einer Ferne, so nah sie sein mag)"6)으로 규정하면서, 진품인 예술 작품이 수용자에게 전달하는 심미적인 일회적 분위기를 아우라로 나타낸다. 하지만 벤야민은 예술 작품의 일회적 성격인 아우라가 기술복제 시대로 접어들면서 점차로 사라져 가고 있음을 발견한다. 여기서 벤야민이 언급하고 있는 예술작품의 기술복제란 수작업에 의한 일반적 복제와 달리 예술 작품의 진품성이 복제품에 대해 완전한 권위를 유지하지 못하는 기술적 단계를 의미한다. 기술 복제된 작품이 원본과는 또 다른 독자적인 위치를 갖기 때문이다. 즉, 손으로만 이루어져 왔던 일반 복제와 달리 기계를 이용한 복제품의 대량생산과 정교함은 인간의 감각이 미치지 못하는 부분까지를 복제하여 결과적으로 진품이 지니고 있는 전통적인 분위기와 속성을 흔들어 놓기 때문이다. 다시 말해, 예술 작품의 원본과 복제본의 차이가 사라지게 되면서, 원본에 대한 감상자의 태도 변화와 함께 작품의 유통과정에 커

예술에 있어 중요하고도 기본적인 발전들은 새로운 내용이나 형식이 아니다-기술의 혁명이 이 두 가지에 앞서 나타난다. [……] die wichtigen, elementaren Fortschritte der Kunst sind weder neuer Inhalt noch neue Form-die Revolution der Technik geht beiden voran."

6) Walter Benjamin: Das Kunstwerk im Zeitalter seiner technischen Reproduzierbarkeit, a. a. O., S. 479.

다란 변화가 나타나게 된 것이다. 이를 통해 기술복제는 사물을 공간적으로 자신에게 좀 더 가까이 끌어오고자 하는 현대 대중의 욕구를 충족시키며 모든 전통적 예술 작품의 진품이 지니고 있는 사물의 일회적 성격인 아우라를 위축시킨다.[7]

예를 들어 하나의 그림을 감상한다고 할 때, 이 그림의 원본은 특정한 장소에 전시되어 사람들을 자신의 공간 속으로 끌어들인다. 또한 작품 감상자는 원본 그림을 앞에 두고 그 속으로 침잠하여 그림의 외적 모습 이외에 그림이 전달하는 독특한 분위기를 함께 감상한다. 하지만 같은 그림을 복제된 형태로 특정한 전시 장소가 아닌 집이나 학교에서 감상한다고 할 때, 수용자가 느끼는 작품의 분위기는 앞에서의 그것과 다를 수밖에 없다. 벤야민이 말하는 아우라는 전자에서처럼 작품의 원본이 수용자에게 전달하는 일회적이고 독특한 심미적 분위기를 뜻한다.

하지만 기술복제 시대의 문학 텍스트 대량 복제는 미술과 조형예술에서와 달리 작품의 원본이 전달하는 분위기인 아우라가 문제되지 않는다. 여기서 더욱 중요한 것은, 문학적 분석 대상으로서의 텍스트가 기술복제가 가능해지면서 오히려 이전보다 더욱 독자적인 영역을 구축하게 되는 전기를 맞는다는 점이다. 인쇄기술의 발달은 문학 텍스트를 대량으로 복제하는 것을 가능케 하여 소비층을 넓히며 문학을 대중적인 예술 장르로 자리 잡게 한다. 텍스트의 대량 복제는 이를 복제하는 출판사의 개입으로 저작권과 같은 개념이 등장해 저자와 독자에게 고유한 위치를 부여한다. 즉, 문학 텍스트를 만들어내는

---

7) Vgl. Ebd.

저자, 텍스트를 생산하고 유통시키는 출판사, 그리고 이를 소비하는 독자의 역할이 서로 엄격하게 구분되고 각각의 경계를 넘어서지 못하도록 개별적인 위치가 정해진다. 인쇄술의 발달은 또한 그동안 거의 독점되어 왔던 지식의 생산과 소비를 급격하게 촉진시켜 문학을 포함한 여러 분야의 텍스트 소유구조에 커다란 영향을 끼친다. 그러면서 한 사람의 저자와 다수 독자와의 익명적 관계로 인해 텍스트의 직접적인 소유자로 생각되는 저자에게 텍스트의 해석 및 의도와 관련하여 절대적인 권위를 아울러 부여한다.

이와 같은 기술적 발전은 텍스트에서 이전과 달리 문어적(文語的)인 표현을 우세하게 하고 시각적인 특징들을 더욱 중요하게 부각시킨다. 하지만 이 같은 기술복제의 수준에서의 텍스트는 여전히 종이라는 물질적 속성으로 인해 고정되고 선형적이라는 특징을 극복하지 못하는 수준에 머무른다. 예를 들어 크기나 페이지의 번호에 따라 텍스트의 내용을 순차적으로 배치시키는 형식들은 책이라는 형태에서 벗어나기 어려운 것이다. 원래 글을 쓰는 작업은 인간의 사고를 유형화시키는 작업이다. 글쓰기는 문자기호들을 정돈하고 배열시키는 하나의 동작이다. 따라서 글쓰기는 글 쓰는 이의 사고를 정리하고 정돈하는 동작이라고 할 수 있다.[8] 수작업으로 행해진 글쓰기 작업을 이처럼 문자들을 배열시키는 유형화 작업이라고 할 때, 그것을 기계적으로 찍어내고 복제하는 작업에서의 텍스트는 아무리 복제 기술이 뛰어나도 작가가 탈고하여 인쇄된 텍스트에서 형태적으로 벗어날 수 없다. 따라서 기술복제 시대의 텍스트는 대량 복제로 인해 그

---

8) 빌렘 플루서(윤종식 역): 디지털 시대의 글쓰기, 문예출판사 1998, 19쪽 참조.

유통구조에서 소수만이 소유할 수 있었던 필사시대의 전통적인 텍스트와 확연한 차이를 보이지만, 형태적으로 볼 때 형질 자체가 변하는 위치에까지는 이르지 못하는 단계의 텍스트라 할 수 있다.

1. 2. 디지털 시대의 텍스트

하지만 텍스트가 디지털 방식으로 처리되면, 텍스트는 복제의 차원을 넘어서고 원본의 복제라는 기술적 기능을 뛰어넘는다. 우선은 종이가 아닌 비트로 기록, 저장, 유통되어 전통적인 텍스트의 물질적 속성이 사라진다. 앞서 언급한 바와 같이 비트로 처리되기 때문에 동영상이나 그림, 음악과 같은 다른 장르들과의 손쉬운 통합이 가능해진다. 그리고 텍스트가 전달하고자 했던 문자적 형태는 자신의 전달매체였던 종이를 벗어나기 때문에 더 이상 고정되지 않고 자유롭게 움직일 수 있으며, 따라서 텍스트에서 그동안 우위를 차지해왔던 문자는 다만 전체 텍스트의 일부 구성요소로서 기능하게 된다. 즉, 텍스트의 형질변화가 급격하게 이루어지고, 이에 따라 텍스트의 개념 확대 및, 재설정의 요구가 정당한 근거를 확보하게 된다.

텍스트가 이 같은 방식으로 변화, 확대되면, 텍스트를 생산하고 소비하는 각 주체들의 텍스트에 대한 시각 또한 달라진다. 텍스트가 담지하고 있는 내용(정보)뿐만 아니라 이제는 텍스트 모양새 자체에 대한 관심이 증가하기도 하며[9], 자유롭게 수정 및 첨삭이 가능한 텍스트로서의 개념, 즉 가변적, 임시적 텍스트로서의 개념이 나타난

---

9) 강내희: 디지털 시대의 문학하기. 실린 곳: 문화과학, 1996년 여름호, 72쪽 참조.

다.10) 필기도구를 사용하는 수공업적인 '쓰기'에서 기계를 이용하는 '치기'로의 글쓰기에서의 도구적 전환과 저장과 유통과정에서의 디지털화는 텍스트의 읽기와 쓰기에 의식적·무의식적 영향을 미친다. 디지털 방식으로 글을 쓰는 입장에서는 자신의 텍스트가 가변적이기 때문에 일단 써 놓고 나중에 수정 및 편집하는 사고방식이 우세하게 되어 작가는 처음부터 완성된 텍스트보다는 이후의 모자이크적인 짜깁기 방식의 글쓰기에 쉽게 익숙해진다. 글을 읽는 입장에서는 단순한 읽기뿐만 아니라 컴퓨터를 이용한 텍스트의 재가공이 가능하기 때문에, 독자는 적극적인 쓰기로서의 읽기가 가능해진다. 디지털 시대의 텍스트는 따라서 본질적으로 잠정적인 글쓰기와 잠정적인 글읽기로서의 텍스트라 할 수 있다.11)

이러한 디지털 텍스트가 네트워크로 연결되면 네트워크가 가지고 있는 특성인 실시간 상호작용성으로 인해 작가와 독자 사이에 놓여져 있던 경계가 자연스럽게 무너지고 자유로운 소통의 장이 열리게 된다.12) 이로 인해 텍스트는 공간적으로 가변적인 성격을 띠게 되며, 저자와 독자는 시간적으로 동시적인 선상에 놓인다. 예전에 저자가 자기의 텍스트에 대해 가지고 있던 절대적 권위는 자연스럽게 가변적인 텍스트의 속성상 독자에게로 일부분 넘겨지고 누구나 텍스트의

---

10) 김병익: 컴퓨터는 문학을 어떻게 변화시킬 것인가. 실린 곳: 동서문학, 1994년 여름호, 261쪽 참조.
11) 장경렬: 컴퓨터로 글쓰기, 무엇이 문제인가? 실린 곳: 현대 비평과 이론, 1992년 가을/겨울호, 33쪽 참조.
12) 이용욱: "정보화 시대의 문학, 그 문학적 상상력의 세 가지 토대" 참조. URL: http://www.jjujjubar.co.kr/webzine/offoff/critic/c__icerain01.html [2000년 11월 24일].

생산에 참여할 수 있는 가능성이 확대된다.

디지털 시대의 텍스트는 그 물질적 특성과 유통 구조에서뿐만 아니라 형식과 내용, 생산과 소비에서부터 이전의 텍스트와는 전혀 다른 특징들을 만들어낸다. 과거 구체시(konkrete Poesie)가 인쇄술에 의존하여 시에서의 시각적인 특성을 강조하였던 것과 비교해보면, 디지털 텍스트는 구체시가 보여주었던 것 이상의 가능성을 제공해준다. 다양한 타이핑이나 인쇄 효과를 이용하여 문자들의 순서나 위치를 조직적으로 뒤바꾸고, 무의미한 음절, 문자, 숫자 등을 사용하여 관습적인 읽기를 거부했던 구체시의 실험이 디지털 텍스트에 와서 좀 더 세밀하게 이루어진다. 구체시의 텍스트보다 더욱 "돌발적이고(aufbrechbar)", "전복적이며(umbrechbar)", "조작가능하고(manipulierbar)", 따라서 "다양한 의미를 가능케 하는(uneindeutig)", "움직이고 지속적으로 변하는(beweglich und fluktuierend)"13) 텍스트로서의 디지털 텍스트는 또한 멀티미디어와 결합하여 역동적인 특성을 더하게 된다.

1. 3. 멀티미디어 시대의 텍스트

우리가 살고 있는 시대는 멀티미디어의 시대로, 다매체를 선호하는 시대이다. 또한 이미지와 사운드가 대량생산되고 유통되는 시대, 다감각적이고 인간의 지각 전체와 연결되는 복합미디어[멀티미디어]로의 급속한 변화가 이루어지는 시대이다. 이는 우리의 감각 자체가 텔레비전과 영화, 오디오, 비디오, 휴대폰 등과 같은 매체에 이미 길

---

13) Beat Suter: Hyperfiktion und interaktive Narration im frühen Entwicklungsstadium zu einem Genre, Zürich 2000, S. 120.

들여 있고, 이제는 이들 모두를 뛰어넘어 모든 매체를 통합시키는 기계적 장치에 익숙해져 가고 있기 때문이다. 최근 미술에서 설치미술이 중요하게 부각되어 있고 뮤지컬이나 영화가 새롭게 선호되고 있는 것도 우리의 심미적 대상이 느끼는 감각의 변화와 무관치 않다.

이러한 시대에 멀티미디어는 새로운 종합예술화의 경향을 구체적으로 실현시킨다. 이와 더불어 문학의 분야에서도 새로운 형태의 문학에 대한 관심이 증대되고 문학의 본질에 대한 유연한 포용력이 요구된다. 새로운 형태의 문학이란 기존에 문자로만 쓰여 있던 정적인 텍스트에 시각적이며 청각적인 유연성을 부여하는 문학으로, 문학적 텍스트의 개념을 그 기술적 조건에 따라 크게 확장시켜 여타 매체와의 통합적 작업을 이루는 것이다. 이에 따라 전통적인 문학의 본질을 이루었던 문자의 역할이 그만큼 축소되어, 한편으로 문학의 전달 매체에 대한 의문과 함께 문학 본질에 대한 의문이 제기되기도 하는 반면,[14] 다른 한편으로 소위 멀티미디어 문학과 같은 새로운 형태가 등장하기도 한다.

이러한 문학은 먼저 텍스트에서 멀티미디어를 사용하면서 시작된다. 멀티미디어를 사용하는 텍스트는 정보의 디지털화가 가져온 종합적 문학 텍스트라 할 수 있다. 기존의 문자로만 쓰인 텍스트에 시각적, 청각적 요소가 첨가되면서 멀티미디어 시대에 들어와 문학 텍스트는 이제 종합적 예술 장르로서의 가능성을 엿보이게 된다. 이는 각기 다른 매체를 사용하는 예술 장르가 디지털 기술에 의해 손쉽게 통합이 가능해졌기 때문이다. 소위 멀티미디어 예술이라 부를 수 있는 이러한

---

14) 문학평론가 김병익은 이를 두고 "'문(文)'자가 지워진 것은 아니지만 흐릿해지거나 불순해진 문학"으로 말하기도 한다. 김병익: 컴퓨터는 문학을 어떻게 변화시킬 것인가, 앞의 책, 262쪽 참조.

멀티미디어 텍스트는 단일한 인터페이스인 스크린을 이용하여 시·공간의 제약을 넘어 종합예술의 가능성을 극대화시킨다. 바그너 오페라와 브레히트 서사극, 혹은 구체시 등에서 조심스럽게 보이던 다매체 사용을 통한 종합 예술적 통합형식이 멀티미디어 시대에 들어와 그 기술적 발전에 힘입어 통합적인 서사의 가능성을 더욱 확장시킨다.15)

이 같은 통합 서사의 가능성은 문학 텍스트의 개념 확대뿐만 아니라 문학 텍스트의 생산과 소비에도 영향을 미친다. 서로 다른 상이한 매체가 컴퓨터를 이용하여 통합되면 컴퓨터를 사용하는 기술적 조건과 편집의 기능이 상대적으로 중요하게 부각된다. 이제 문학 텍스트의 저자는 텍스트의 생산자로서 뿐만 아니라 프로그래머, 그래피커와 같은 다양한 재능이 필요하게 되고,16) 저자와 독자라는 개념보다는 사용자와 프로그래머의 개념이 등장하게 된다.17) 소위 그동안 문학을 구성하던 내용과 형식 사이의 조화의 문제가 '디자인'의 문제로 제기되는 것도 다양한 매체의 통합적 사용과 관계가 있는 것이다. 하지만 컴퓨터와 네트워크를 이용한 멀티미디어 텍스트는 전통적인 텍스트를 완전히 대체하기보다는 문자 텍스트와 병행하여 각기 독립적으로 발전할 것으로 보인다. 다만 멀티미디어 텍스트에서 문자적 텍스트는 여전히 사용되기는 하지만, 종합적 기능의 일부분을 수행하는 정도로 기능할 것이다. 이에 대해서는 이 책의 후반부에 가서 논해보기로 한다.

---

15) 안문영: 문학적 담론의 새로운 가능성으로서 가상공간의 이론적 근거. 실린 곳: 독일언어문학 제16집, 독일언어문학연구회, 2001, 320쪽 참조.

16) Vgl. Sabrina Ortmann: Netzliteraturprojekt. Entwicklung einer neuen Literaturform von 1960 bis heute, Berlin 2001, S. 91.

17) Vgl. Ebd., S. 89.

2. 텍스트 개념의 변화

텍스트의 생산과 소비의 조건이 기술복제시대를 넘어 디지털 시대와 멀티미디어 시대에 들어와 현저히 바뀌게 됨에 따라 자연스럽게 텍스트의 개념은 확장된다. 이제 텍스트는 변화된 조건 속에서 자신의 물질적 한계와 시·공간의 제한을 넘어선다. 고정적이고 불변하는 텍스트에서 시각적으로 움직이는 역동적인 텍스트로, 시작과 끝을 선형적으로 이어가는 완결된 텍스트에서 파편화되고 개방된 텍스트로 확대된다. 결과적으로 청각적 기능과 시각적 기능이 좀 더 강조된 텍스트로, 다른 매체를 수용하는, 그래서 다른 매체를 사용하는 이웃 장르 간의 경계가 희미해지는 텍스트로, 탈중심의 텍스트로, 전통적인 텍스트 개념을 넘어서는 텍스트로 확장된다.

2. 1. 움직이는 텍스트

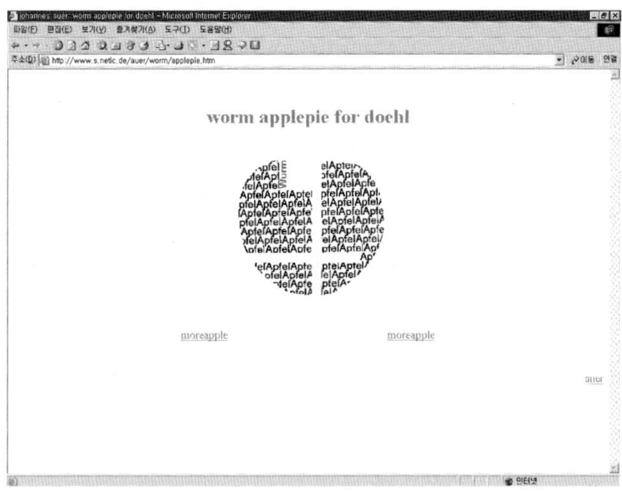

[그림 3] Johannes Auer: 「worm applepie for doehl」

위의 시 「될에게 바치는 벌레 사과파이(worm applepie for doehl)」[18]
는 60-70년대 방속극과 구체시 작가로 활동했던 될(Reinhard Döhl)[19]
의 사과시(Apfelgedicht)를 그의 63번째 생일을 맞아 아우어가 97년
애니메이션 형식의 디지털 버전으로 새롭게 만든 것이다. 원래는 될
이 그림 4)와 같이 단어 '사과(Apfel)'를 사과 모양에 맞게 만들어
1965년 「벌레가 있는 사과(Apfel mit Wurm)」라는 제목의 우편엽서
그림으로 제작한 것이었다.[20] 아우어는 이를 「될에게 바치는 벌레
사과파이(worm applepie for doehl)」라는 제목으로 바꾸고, 벌레라는
글자가 사과모양의 시를 지나가면서 갉아먹는 형식으로 재구성한다.
그림 3)의 아래쪽에는 양쪽으로 <u>moreapple</u>이 보이는데, 이곳을 클릭
하면 사과모양의 시 전체 크기가 일그러지거나 좌우로 움직이는 형
태로 바뀐다. 원래는 아래에 보이는 것처럼 단어의 분절 혹은 잘라
냄으로써 조판기술을 이용하여 형태상으로만 사과 모양이었던 것을
디지털 기술을 응용하여 좀 더 역동적인 모습으로 바꾼 것이다.

방송극과 구체시 작업을 통한 될의 관심은 언어를 좀 더 세밀하고
비판적으로 관찰하며 미래에 다가올 보고 듣는 책에 있었다. 그래서

---

18) Johannes Auer: "worm applepie for doehl". In: Hyperfiction.
   Hyperliterarisches Lesebuch: Internet und Literatur(mit CD-Rom). Hrsg.
   v. Beat Suter/Michael Böhler, Basel, Frankfurt am Main 1999. Oder
   URL: http://www.s.netic.de/auer/worm/applepie.htm [1. März 2000].
19) 방송극과 구체시 작가로 활동하면서도 최근에 와서는 멀티미디어 예술
   가로 활동 중인 될은 아우어와 함께 새로운 매체를 이용한 예술실험을
   주로 하는 슈투트가르트 그룹(Stuttgarter Gruppe)에 참여하고 있다.
20) Vgl. Ahn Mun-Young: "Die poetologische Bedeutung der Konkreten
   Poesie in zenbuddhistischer Sicht". URL: http://www.reinhard-
   doehl.de/doehlahnmun.htm [1. März 2000].

될은 자신의 구체시에서 사물과 텍스트, 소리를 꼴라주 시키는 작업을 주로 했다.[21] 이러한 될의 시도는 텍스트에서 이전에 비해 감각적인 움직임을 더욱 강조하지만, 그러나 텍스트 자체가 움직이는 것에까지는 이르지 못한다. 이는 전적으로 텍스트를 만들어내는 도구 자체가 다르다는 점에 기인한다. 아날로그인 인쇄매체와 디지털 매체인 컴퓨터 작업의 차이가 결과적으로 텍스트의 움직임에서부터 큰 차이를 보여준다. 텍스트가 이처럼 움직이게 되면, 텍스트가 이미지와 같은 개념으로 이해되면서 그 형태와 이미지의 변화가 중요해진다.

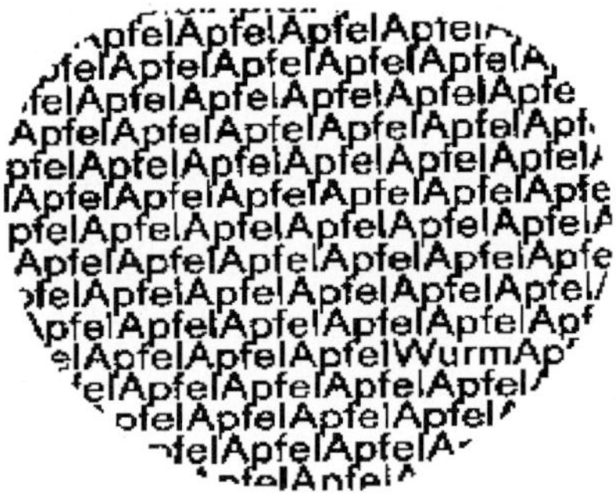

[그림 4] Reinhard Döhl: 「Apfel mit Wurm」

2. 2. 분산되고 파편화된 텍스트

될의 사과시가 보여주는 새로운 문학 텍스트의 형태는, 그것이 보이지 않는 곳에 분산되어 숨겨져 있다가 독자의 선택에 의해 언제든

---

21) Vgl. Walther Killy(Hrsg): Literatur Lexikon. Autoren und Werke deutscher Sprache, Bd. 3, Gütersloh, München 1989, S. 90f.

재현된다는 점이다. 물론 사과시의 초기화면은 정해져 있지만, 아래쪽의 <u>moreapple</u>을 마우스로 클릭 하는 순간 또 다른 텍스트가 모니터에 출현한다. 다시 말해 개별 텍스트가 각각 임의로 존재하다가 책이 아닌 전자 공간 내에서 원하는 순간에 독자의 눈에 들어올 수 있다는 것이다. 이때 각각의 개별 텍스트는 초기화면의 텍스트와 독립적으로 존재하며, 텍스트의 저자가 임의로 연결해 놓은 텍스트의 수나 연결 경로가 독자에 의해 결정된다.

하이퍼텍스트로 만들어진 위와 같은 종류의 문학 텍스트는 스스로를 원자화하고 분산시키고 파편화하는 경향을 갖는다. 이러한 텍스트는 책이라는 인쇄매체를 사용했을 경우의 선형성을 제거함으로써 개별 문장들을 하나의 질서정연한 원리에서 해방시키기 때문이다.[22] 그림 3)의 경우에도 스크린상에 보이는 텍스트는 하나지만 스크린 이면에 보이지 않게 연결된 텍스트들이 독자의 접근을 기다리며 숨어있는데, 어느 텍스트를 먼저 혹은 나중에 읽을지는 전적으로 독자의 선택에 달려 있다. 사과시의 경우는 숨겨져 있는 텍스트가 두 가지뿐이지만, 텍스트의 수는 작가에 따라 무한대로 확대될 수 있다. 다만 이처럼 분산되어 있는 텍스트가 어떠한 일정한 주제 아래로 연결되는가는 전적으로 작가의 몫인데, 이 또한 기술적 발전에 따라 일부분 독자에게 양도될 수 있다. 예를 들어 독자가 일정한 분량의 텍스트를 제공하고 독자가 이를 나름대로 새롭게 연결시킬 수 있는 경우인데, 이 경우에도 개별 텍스트들은 철저하게 분산되어 있는 형식을 취한다.

---

22) 조지 랜도우(여국현 외 역): 하이퍼텍스트 2.0. 현대 비평이론과 테크놀로지의 수렴, 문화과학사, 2001, 99쪽 참조.

이 책에서 살펴보는 텍스트의 대부분은 하이퍼텍스트 형식으로 만들어진 것들이다. 하이퍼텍스트의 근간을 이루는 중요한 요소는 '링크(link)'와 '마디(node)'이다. 일반적으로 '마디'는 네트워크로 연결되어 있는 웹에서 한번의 클릭으로 볼 수 있는 화면의 전체, 혹은 모니터 스크린상의 한 면을 말한다.[23] 보통 인터넷상에서 한 화면에 보이는 전체 내용을 가리키는 것으로, 그 크기는 정보의 특성에 따라 한 줄에서 수백 줄에 이르기까지 다양하다. 각 마디에는 어느 정도 독립적인 내용이 문자를 포함하여 소리와 사진, 동영상 등과 함께 재현되는데, 모니터를 접하는 대부분 사용자들의 습성상 하나의 마디는 일반적인 책 형태의 한 두 페이지를 넘지 않는 분량으로 만들어지는 것이 일반적이다. 한 화면에서 볼 수 있는 내용이 많아질수록 한 마디에 집중하기가 그만큼 힘들어지는 경향이 있기 때문이다. 때문에 실제적으로 많은 내용을 가지고 있는 정보들을 각각 여러 개의 다른 노드, 즉 다른 화면에서 보이게 하는 것이 필요한데, 이때 각 노드들을 연결시켜주는 기능을 하는 것이 바로 '링크'이다. 하이퍼텍스트는 바로 이 '링크' 기능을 이용하여 각 마디상에 독립적으로 존재하는 여러 텍스트들을 일정한 주제 아래로 묶기도 하고, 특정한 의미관계에 따라 다수의 텍스트들을 서로 연결시킬 수 있게 해준다.

따라서 일정한 텍스트는 기존과 달리 하나의 텍스트로서만이 아니라 여러 연결 텍스트로 파편화된다. 이때 각기 파편화된 연결 텍스트들은 독립적으로 존재하다가 링크 기능을 이용하여 서로의 연관성을 확보할 수 있게 된다. 또한 링크는 텍스트뿐만 아니라 단어와 그

---

23) 배식한: 인터넷, 하이퍼텍스트 그리고 책의 종말, 책세상, 2000, 20쪽 참조.

림, 동영상 등과도 연결이 가능해 각각의 하위 텍스트들에 대한 임의적인 링크가 가능하다. 따라서 전자 공간 내에서의 텍스트는 분산되어 있을 뿐만 아니라 파편화되어 존재한다. 다시 말해 하나의 주제 아래에 묶일 수 있는 내용이라도 독자들의 독서 경험상 일정한 크기로 분할되어 이어읽기가 가능하도록 텍스트들은 나누어지고 쪼개져 존재한다.

2. 3. 개방된 텍스트

전통적인 텍스트와 달리 새롭게 등장하는 텍스트인 하이퍼텍스트는 개방적이다. 전통적인 인쇄 텍스트는 시작과 끝이 분명한 텍스트다. 시작과 끝이 있는 텍스트는 독서과정에서 분명한 출발점이 있고 매 면마다 번호가 매겨져 있으며 마지막 끝나는 부분이 정해져 있다. 다시 말해 선적인 구조를 갖는다. 이러한 선형적인 독서와 달리 하이퍼텍스트로 작성된 텍스트는 단일한 시작과 종말이라기보다는 다수의 시작과 종결을 제공한다.[24] 이는 텍스트가 쓰이는 공간이 종이가 아닌 전자적인 글쓰기 공간으로, 이 곳에서는 텍스트의 모든 요소들이 대등한 지위를 가지는 네트워크를 지원하기 때문이다.[25] 이 곳에서의 텍스트는 신속한 갱신과 확장이 가능하고 지역적, 시간적 경계가 개방되어 끊임없이 새로운 글쓰기가 이루어지고 서로 연결된다. 따라서 링크로 연결된 관계망 속에서 자신의 의미를 발견하는 새로운 텍스트는 구조적으로, 또한 내용적으로 열려있는 개방된 텍스트로 이해된다.

---

24) 조지 랜도우: 하이퍼텍스트 2.0, 앞의 책, 116쪽 참조.
25) 배식한: 인터넷, 하이퍼텍스트 그리고 책의 종말, 앞의 책, 143쪽 참조.

구조적으로 개방되어 있다는 것은 텍스트가 물질적 텍스트에서 가상의 텍스트로, 인쇄 텍스트에서 하이퍼텍스트로 이동하면서 텍스트의 내부와 외부라는 개념이 사라지고 있음을 뜻한다. 예를 들어 일차문헌과 이차문헌과의 경계, 본문과 각주의 경계 같은 것들의 사라짐이 그것인데,[26] 물리적 공간의 위치상에 나타나는 텍스트의 뚜렷한 경계 구분이 비트의 세계와 가상공간의 세계에서 그 유효성이 상실되기 때문이다. 앞에서 언급한 바와 같이 텍스트가 중심이 없이 파편화되고 분산되어 있고 또한 이러한 텍스트들이 서로 링크로 연결되어 있다는 점, 그리고 여기에다 독자에 의해 새롭게 텍스트가 연결될 수 있다는 점이 텍스트의 개방성을 더욱 확장시킨다. 텍스트가 완결되어 있다는 것은 그 자체로 완성된 텍스트에 대한 어떠한 변형이 불가능하다는 것을 의미한다. 하지만 하이퍼텍스트와 같은 경우에는 언제든지 부분적, 전체적으로 변화를 줄 수 있다.

2. 4. 탈중심의 텍스트

하이퍼텍스트 이론가인 이덴센(Heiko Idensen)은 구텐베르크 은하계의 문화기술이 디지털 담론의 시대로 넘어가는 과도기에서 글쓰기에 대한 패러다임의 변화가 있다고 주장한다. 이덴센은 하이퍼텍스트적 담론을 예로 들며 "비선형적이고(nicht-lineare)", "비중심적인 연결모델(nicht-zentrierte Verknüpfungsmodelle)"[27]의 중요성을 강

---

26) Vgl. Heiko Idensen: Hyper-Scientifiction. Von der Hyperfiction zur vernetzten Kulturwissenschaften. In: Hyperfiction. Hyperliterarisches Lesebuch, a. a. O., S. 62.

27) Vgl. Ebd.

조한다. 여기서 그가 말하고 있는 담론의 형식은 하이퍼텍스트를 이야기하는 것으로, 이와 같은 텍스트에서 '중심'이라는 개념은 희미해진다.

> "달리 말해 하이퍼텍스트에는 고정된 중심이 없다. 이러한 중심의 부재가 독자와 작가에게 문제가 될 수도 있지만, 이는 하이퍼텍스트를 사용하는 사람은 누구나 자신의 관심을 그 순간에 행해지는 연구를 위한 사실상의 조직 원리(혹은 중심)로 삼는다는 것을 의미한다. 하이퍼텍스트는 무한히 탈중심화와 재중심화할 수 있는 체계로 경험된다."

> "In other words, hypertext has no fixed center, and although this absence can create problems for the reader and writer, it also means that anyone who uses hyper- text makes his or her own interests the de facto organizing principle(or center) for the investigation at the moment. One experiences hypertext as an infinitely decenterable and recenterable system."[28]

선적인 방식으로의 읽기와 쓰기를 통한 위계적인 텍스트라 할 수 있는 전통적인 텍스트에서는 중심이 되는 분명한 하나의 텍스트가 존재하고, 이와 관련된 텍스트는 부차적으로 각주나 참조의 형태로 연결된다. 예를 들어 학술적 산문 등과 같은 텍스트에서 작은 크기의 활자로 제공되는 각주와 미주 같은 것들은 독자로 하여금 그 내용을 떠나 관계된 텍스트 자체를 시각적으로 덜 중요하고 부차적으로 보이게 한다. 종이 위에 쓰인 텍스트는 자신의 물질적 한계로 인

---

28) Paul Delany/George P. Landow: Hypertext, Hypermedia and Literary Studies: the State of the Art. In: Hypermedia and Literary Studies, Cambridge, London: MIT Press, 1991, p.18.

해 사실상 중심과 주변으로 관계된 텍스트를 정리하고 질서지우는 상황을 설정할 수밖에 없다.

하지만 하이퍼텍스트에서는 글쓰기 공간이 전자공간으로 옮겨지면서 각주가 일반화되고, 상호 관계된 텍스트들 간의 위계적 질서가 자연스럽게 붕괴된다. 하이퍼텍스트에서의 중심은 링크 연결을 통해 언제나 일시적인 동시에 중심 자체를 배제할 수 있는 가상의 중심이기 때문이다.[29] 따라서 이러한 탈중심의 텍스트에서는 중심이 되는 텍스트를 논하거나 찾기보다는 관계된 개별 텍스트들이 어떻게 서로 관련되어 있고, 그러한 관계 속에서 어떠한 의미망이 형성되는가를 발견하는 것이 더욱 중요한 과제로 나타난다.

2. 5. 하이퍼 – 텍스트

어원적으로 하이퍼(hyper)는 ~에 대해서, ~을 경유하여(über), ~에 지나친, 과도한(übermäßig), ~을 넘어서(über-hinaus), 혹은 최고의(super) 등의 의미를 지닌 접두사로 보통의 상태를 넘어서는 표현을 사용하고자 할 때 사용된다.[30] 지금까지 위에서 논의된 새로운 텍스트 형태인 하이퍼텍스트는 접두사 하이퍼가 의미하는 대로 텍스트에 대한 텍스트로 전통적인 의미의 텍스트를 넘어서는 텍스트라 할 수 있다. 또한 단순히 텍스트를 넘어서는 텍스트, 텍스트에 대한 텍스트일 뿐만 아니라 – 어원적 의미에서 단순히 텍스트를 하이퍼

---

29) 조지 랜도우: 하이퍼텍스트 2.0, 앞의 책, 127쪽 참조.

30) Vgl. Wolfgang Pfeifer u. a.: Etymologisches Wörterbuch des Deutschen. H-P, Berlin 1989, S. 722.

시키는-기존의 텍스트를 시각적, 역동적으로 만들며, 관계된 텍스트들을 분산시키고 파편화시키며, 개방적으로 만드는 탈중심의 텍스트이다. 하이퍼텍스트를 문학적으로 응용시키는 작업은 따라서 하이퍼텍스트의 이러한 특징들을 어떻게 문학적으로 적용시키는가의 문제로 귀착된다. 다음에서는 텍스트의 형질변화에 따른 텍스트의 재설정으로 인해 텍스트에서 하이퍼텍스트로 넘어가는 과정에서 등장하는 하이퍼텍스트의 개념과 그 특징들을 살펴보기로 한다.

3. 하이퍼텍스트의 정의와 구조적 특성

글쓰기 환경의 변화는 텍스트의 형질변화와 함께 그 개념의 재설정을 가져온다. 이러한 변화는 결과적으로 종이에서 전자적 공간으로의 물질적 이동과 그 기술적 조건으로서 펜에서 컴퓨터로의 기술적 매체의 이동을 전제로 한다. 이러한 전제는 또한 문자 중심적 텍스트에서 하이퍼텍스트로 텍스트 개념을 확대시킨다. 여기서는 하이퍼텍스트의 개념을 구체적으로 살펴보고, 하이퍼텍스트로 생산된 텍스트가 기존의 텍스트와 어떠한 변별적인 자질을 가지고 있으며, 하이퍼텍스트가 문학적으로 응용되었을 때 어떠한 특징들을 나타내는가에 대해 살펴보기로 한다.

3. 1. 하이퍼텍스트의 정의와 개념에 대한 고찰

하이퍼텍스트의 흔적은 인터넷 창의 주소에부터 찾을 수 있다. 인터넷상에서 모든 사이트의 주소는 http:// …… 로 시작된다. 또한 모든 인터넷 문서들은 'html' 혹은 'htm'이란 확장자명이 붙어있다. 'http'는 'HyperText Transfer Protocol', 'html'은 'HyperText Markup Language'의 약어로 각각 '하이퍼텍스트 전송 규약', '하이퍼텍스트 생성 언어'를 뜻한다. 인터넷 문서에서는 보통 관계된 다른 문서와 연결된 부분은 다른 색으로 밑줄이 그어져 있어 이곳을 클릭하면 곧장 관련문서로 화면이 바뀌게 된다. 하이퍼텍스트는 이처럼 사용자의 선택에 따라 관계된 문서로 옮겨갈 수 있도록 조직화된 시스템을 말한다. 즉, 사용자의 필요나 사고의 흐름과는 무관하게 계속 일정한 정보를 순차적으로 얻을 수 있는 일반 문서나 텍스트와 달리 사용자가 연상하는 순서에 따라 원하는 정보를 얻을 수 있는 시스템을 가리킨다.

앞장에서 이미 언급한 바와 같이 하이퍼텍스트에는 두 가지 중요한 구성요소가 그 근본을 이루고 있다. '링크(link)'와 '마디(node)'가 그것이다. 마디는 인터넷상에서 한번 클릭으로 볼 수 있는 화면 전체, 하나의 페이지를 말하는 것으로 하이퍼텍스트 정보의 기본 단위를 가리킨다. 하나의 마디는 정보의 양에 따라 그 크기가 다양해질 수 있다. 작게는 몇 개의 단어로 이루어질 수도 있고, 많게는 인쇄된 책의 전체 분량이 될 수도 있다. 하이퍼텍스트에는 또한 정보의 표시를 위해 문자뿐만 아니라 소리, 그림, 사진, 동영상 등도 함께 나타나는데, 이것이 우선 하이퍼텍스트가 인쇄 텍스트와 크게 다른 차이를 보여주는 부분이다.

이러한 마디들은 또한 일정 정도 독립적인 성격을 유지하면서 링크를 통해 서로 연결된다. 링크는 마디 안에 존재하는 개별적 텍스

트들을 서로 연결시켜주는 기능을 담당한다. 하이퍼텍스트가 문학적
으로 응용되었을 때에 가장 중요한 문제로 등장하는 점이 바로 링크
를 통한 텍스트들 간의 연결문제이다. 네트워크의 발달로 텍스트가
홀로 존재하는 것이 아니라 서로 연결될 때, 하이퍼텍스트는 인쇄텍
스트와 가장 큰 차이를 보여준다.

우리가 오늘날 하이퍼텍스트라고 부르는 개념을 처음으로 구체적
이고 분명하게 제안한 사람은 부쉬(Vannevar Bush)31)이다. 부쉬는
사회가 복잡해지고 기술이 발전하면서 양산되는 전문적이고 고도화
된 지식을 어떻게 하면 효율적으로 연계시킬 수 있을까 고민하다 색
인이나 카드 방식과 같은 기존의 시스템과는 다른 장치를 생각하였
다. 그는 이 장치를 "메멕스(memex)"32)라 이름 붙이고, 이 장치의
도움으로 각 개인이 매우 빠른 속도와 유연성을 가지고 지식을 저장
하고 생산할 수 있으리라 생각하였다. 하이퍼텍스트라는 이름을 직
접 언급하고 있지는 않지만, 여기에서 중요한 것은 그가 고안해 내
고자 했던 시스템의 방식이다. 그는 연상능력을 가지고 있는 기계적
장치를 만들 수 있으리라 생각하고 기계적으로 처리되는 색인의 방
식이 아니라 연상에 의한 선택을 강조하는 시스템을 제안했다. 당시
의 기술적 수준과 비용문제 때문에 메멕스를 구현해줄 장치로 컴퓨

---

31) 부쉬는 제2차세계대전 당시 미국 루즈벨트 대통령의 과학자문이었으며
　　미국 과학연구 개발국 국장으로 원자폭탄을 만드는 맨해튼 프로젝트를
　　지휘했던 인물이다. 그는 1945년의 논문 「우리가 생각하는 것처럼(As
　　we may think)」에서 기억된 정보의 처리 문제를 다루면서 인간의 연
　　상 작용에 기초한 메멕스(memex)라는 정보처리 시스템을 제안, 여기
　　에서 하이퍼텍스트의 개념을 처음으로 제시한다.

32) Vannnevar Bush: "As we may think". URL: http://www.thea
　　tlantic.com/unbound/flashbks/computer/bushf.htm [28. Januar 2002].

터가 아닌 마이크로필름을 생각하긴 했지만, 하나의 문서로부터 그
와 관련된 다른 문서와의 연계성, 그리고 기록의 흔적과 확장 등과
같은 개념은 우리가 오늘날 하이퍼텍스트라고 말했을 때의 개념과
깊은 유사성을 가지고 있어 부쉬를 하이퍼텍스트의 기원으로 보는
데에 대부분 의견을 같이 한다.

하이퍼텍스트의 개념을 제안한 사람이 부쉬였다면, 하이퍼텍스트
란 말을 처음으로 만들어 사용한 사람은 넬슨(Theodor Holm Nelson)
이다. 넬슨은 수많은 정보를 어떻게 하면 더 잘 조직화할 수 있을까
생각하다 문학적 텍스트뿐만 아니라 과학적이고 기술적인 글쓰기,
주제의식을 가진 모든 형태의 글쓰기를 포함하는 전체의 텍스트가
서로 이어져 있는 상태를 가정하고 이를 하나의 시스템에 통합시키
고자 하였다. 부쉬가 개인의 지식을 증대시키는 도구로서의 어떤 장
치를 생각했던 것에 비해, 넬슨은 전 세계의 모든 문서들을 하나의
시스템에 통합시키고 여기에 누구나가 접속하여 정보를 얻을 수 있
는 문서들의 우주인 "다큐버스(docuverse)"[33]를 꿈꾸었다. 이를 위
해 넬슨은 모든 문서가 하나의 시스템 안에 온라인으로 이어져 있고,
모두가 다른 모두와 연결되어 있는 하이퍼텍스트 시스템을 고안하고,
그 실제적 응용형태로서 「제너두 프로젝트(Xanadu Project)」[34]를

---

33) Theodor Holm Nelson: Literary Machines, Pennsylvania (self-
published) 1981, p.4/15: "문서(document)"와 "우주(universe)"의 합
성어인 "다큐버스"는 가능한 모든 문서가 포함되어 있는 문서들의 우
주로, 누구나가 여기에 접속하여 원하는 정보를 얻을 수 있는 시스템
을 말한다.

34) 제너두 프로젝트는 넬슨이 자신의 이상인 다큐버스를 실현할 시스템으
로 개발한 프로젝트이다. 이 프로젝트에 대한 자세한 내용은 다음을
참조. URL: http://www.xanadu.net [13. Mai 2002].

출범시켜 오늘날 우리가 흔히 말하는 하이퍼텍스트에 가장 가까운 개념을 제시하였다.

> "하이퍼텍스트에서 내가 의미하는 것은 비연속적인 글쓰기이다. 가지를 치고 독자들에게 선택을 허용하는 텍스트, 상호작용적 스크린에서 가장 잘 읽히는 텍스트이다. 일반적으로 이러한 텍스트는 링크들에 의해 연결된 일련의 텍스트의 덩어리들로 독자에게 서로 다른 경로를 제공한다."

> "By hypertext I mean non-sequential writing-text that branches and allows choices to the reader, best read at an interactive screen. As popularly conceived this is a series of text chunks connected by links which offer the reader different pathways."[35]

그러나 이러한 부쉬나 넬슨의 하이퍼텍스트 개념은 텍스트가 지니고 있는 원래의 개념에 좀 더 근접해있는 개념으로 이해될 수 있다. 텍스트라는 단어의 기원이 직물이었던 것을 생각해보면 이를 쉽게 알 수 있다. 그래서 바르트(Roland Barthes)와 같은 해체주의 이론가는 하이퍼텍스트라는 말을 사용하고 있지는 않지만 이와 비슷한 사고를 통해 텍스트를 해체해나가며 하이퍼텍스트 이론가들과 텍스트에 대한 유사한 입장을 견지한다.

> "텍스트란 직물을 말한다. 하지만 지금까지 사람들은 이 직물을 그 뒤에 다소간의 의미(진리)가 감추어져 있는 하나의 생산물로, 하나의 완벽한 베일로 간주해 왔다. 우리는 이제 이 직물 속에서 텍스트가 끊임없이 얽히고 생산되고 가공된다는 생산적인 사고를 강조

---

35) Theodor Holm Nelson: Literary Mashines, op. cit., p.2.

한다. 주체는 이 직물 속에서 – 조직 속에서 – 사라지면서 거미와도 같이 자기 그물망의 세포분비물 속으로 스스로를 펼쳐나간다. 이에 대해 우리가 기꺼이 새로운 단어를 만든다면, 이러한 텍스트 이론을 히폴로기라 정의할 수 있을 것이다(히포스는 직물이며 거미줄이다)."

"Text heißt Gewebe; aber während man dieses Gewebe bisher immer als ein Produkt, einen fertigen Schleier aufgefaßt hat, hinter dem sich, mehr oder weniger verborgen, der Sinn(die Wahrheit) aufhält, betonnen wir jetzt bei dem Gewebe die generative Vorstellung, daß der Text durch ein ständiges Flechten entsteht und sich bearbeitet; in diesem Gewebe-dieser Textur-verloren, löst sich das Subjekt auf wie eine Spinne, die selbst in die konstruktiven Sekretionen ihres Netzes aufginge. Wenn wir Freude an Neologismen hätten, können wir die Texttheorie als eine Hyphologie definieren(hyphos ist das Gewebe und das Spinnetz)."[36]

바르트의 텍스트에 대한 위와 같은 개념은 하이퍼텍스트의 기본개념과 크게 다르지 않다. 마치 거미가 자신의 분비물을 통해 거미줄을 쳐나가듯 텍스트가 관련된 텍스트들과의 얽힘을 통해 비연속적으로 생성되고, 편집되며, 확장되어 나갈 때, 하이퍼텍스트는 이와 똑같은 방식으로 자기 존재의 정체성을 갖는다. 다만 하이퍼텍스트가 바르트의 텍스트와 다른 점은 기술적 발전을 통해 그 추상적 의미를 벗어나, 0과 1이라는 디지털 형태의 전자적 텍스트라는 형태를 띤다는 점이다. 이로 인해 하이퍼텍스트는 언어적 정보와 비언어적 정보를 결합하여 새로운 텍스트 개념으로 등장한다.

---

36) Roland Barthes: Die Lust am Text, Frankfurt am Main 1974, S. 94.

　　"본래적인 의미에서 하이퍼텍스트는 개별적인 단어들과 계속 연
결되어 등장하는 관련 문서들의 목차나 연결(링크)을 통해 비선형
적으로 정보의 접근을 가능하게 하는 전자 텍스트 그 이상의 것이
아니다."

　　"Im Grunde genommen ist Hypertext nichts weiter als
elektronischer Text, der durch Verzeichnisse oder Verbindungen
(links) zwischen einzelnen Wörtern und weiterführenden Abschnitten
den nicht-linearen Zugang zu Informationen ermöglicht."[37]

　　이상을 종합해보면, 오늘날의 개념에서 이해되는 하이퍼텍스트는
우선 전자적인 형태를 띠는 텍스트로, 관련된 텍스트를 지시하는 텍
스트들로 구성되어 있으며, 전자적 링크를 통해 서로 연결된 텍스트
라 할 수 있다. 하이퍼텍스트는 이를 통해 "비연속적(nonsequential)",
"다연속적(multisequential)"[38]으로 경험되는 텍스트를 생산해내며,
이렇게 만들어진 텍스트들을 수평적으로 연결시켜 그동안의 글쓰기
방식에서 "중심", "주변", "위계질서", "선형성의 사상에 토대한 개념
체계들"을 포기하도록 강요한다. 그 대신 "다선형성(multilinearity)",
"마디(혹은 결절점)(nodes)", "링크(links)", "네트워크(networks)"[39]
와 같은 개념을 제시하여 글쓰기를 포함한 지식체계의 새로운 사고
방식을 제안한다. "개방(Öffnung)", "확장(Expansion)", "얽힘(Verflechtung)",
"상호작용(Interaktion)"[40]의 텍스트, 텍스트를 문자 그대로 하이퍼

---

37) Ruth Nestvold: Das Ende des Buches. Hypertext und seine
　　 Auswirkungen auf die Literatur. In: Hyperkultur. Zur Fiktion des
　　 Computerzeitalters. Hrsg. v. M. Klepper u. a., Berlin, New York 1996,
　　 S. 14.
38) 조지 랜도우: 하이퍼텍스트 2.0, 앞의 책, 14쪽 이하.
39) 위의 책, 12쪽.

시키는 텍스트, 텍스트에 대한 텍스트로 하이퍼텍스트를 정의할 수 있다.

3. 2. 하이퍼텍스트의 구조적 특성

이 같은 하이퍼텍스트는 독자적으로 몇 가지 중요한 특성을 지닌다. 대표적인 선형적 매체인 책[인쇄]과 변별적인 자질을 나타내주는 이러한 특성들은 게임[놀이]과 같은 특징을 지닌다. 마치 어린아이가 레고 장난감으로 만들고 싶은 모형을 만들고, 그러다가 다시 부수고 비슷하거나 새로운 다른 모형을 세우며, 블록과 블록을 잇거나 블록 하나만으로 완성품인 듯 가지고 노는 것처럼,[41] 하이퍼텍스트는 텍스트를 만들고 지우고 편집하고 확장시키며 연결시킨다. 체코 출신의 미디어 학자인 플루서(Vilém Flusser)는 자신의 저서『디지털 시대의 글쓰기』에서 하이퍼텍스트를 직접 언급하고 있지는 않지만, 이 같은 텍스트의 형태를 우연과 게임하는 의도의 새로운 차원으로 이해한다. 여기에서 플루서는 자신이 알파벳적 문예창작이라 부르고 있는 기존의 선형적이며 인과적인 텍스트 형태에서 앞에서 언급한 새로운 텍스트를 구분한다.[42] 좀 더 전문적인 용어를 사용하면, 이 같은 텍스트 형태의 특징을 교차성(Transversalität), 가변성

---

40) Beat Suter: Hyperfiktion und interaktive Narration im frühen Entwicklungsstadium zu einem Genre, a. a. O., S. 25.

41) 한국에서 하이퍼텍스트 문화에 대한 구체적 접근을 시도하고 있는 최혜실은 하이퍼텍스트의 특징을 "레고 문화"로 설명한다. 이 같은 레고 문화에서는 문화적 이분법이 지양되고 탈집중화, 상호작용성이란 개념이 중요하게 나타난다. 최혜실: 모든 견고한 것은 하이퍼텍스트 속으로 사라진다, 생각의 나무, 2000년, 59쪽 참조.

42) 빌렘 플루서(윤종식 역): 디지털 시대의 글쓰기, 앞의 책, 141쪽 참조.

(Transfugalität), 비선형성(Unlinearität), 리좀(Rhizom), 상호텍스트성(Intertextualität), 상호작용성(Interaktivität) 등으로 말할 수 있는데, 이를 좀 더 구체적으로 살펴보기로 한다.

3. 2. 1. 교차성과 가변성

새로운 매체는 새로운 장르를 낳는다. 라디오의 등장이 방송극을, 카메라가 영화를, 텔레비전이 일련의 연속극을 만들어 내는 것이 그 같은 예이다. 컴퓨터의 등장으로 새롭게 등장한 하이퍼텍스트 역시 새로운 글쓰기 형태를 제시한다. 이러한 글쓰기 형태는 다분히 실험적인 형식을 취한다. 실험적이라는 말은 아직도 이와 같은 형식이 기존 제도권의 예술분야에서 새로운 장르로서 인정받고 정착되지 못하고 있음을 의미하기도 한다. 그러나 하이퍼텍스트 글쓰기는 전통적 문학 분야의 인정과 정착의 문제를 떠나 가상의 시·공간문제와 의미생산에 있어서의 불안정을 나타내는 "서사적인 자기공간성과 비확정성을 통해(durch narrative Eigenräumlichkeit und durch Nichtendgültigkeit)", 그리고 "실험성(Experimentalität)"과 "혼종성(Hybridität)"[43]을 통해 나타난다. 이러한 특징은 하이퍼텍스트에 중요한 두 가지 개념인 교차성(Transversalität)과 가변성(Transfugalität)이 내재하고 있기 때문이다.

교차성은 벨쉬(Wolfgang Welsch)가 동시대의 이성 비판적 철학에서 사용한 현대사회의 사고형식을 구성하는 개념이다. 현대사회

---

43) Beat Suter: Hyperfiktion und interaktive Narration im frühen Entwicklungsstadium zu einem Genre, a. a. O., S. 14. 혼종성에 대해서는 이 책의 Ⅴ장의 3. 2. '혼종형식으로서의 문학'을 참조.

이전의 사고방식은 이성과 합리성을 강조하며 일목요연하고 뚜렷한 인과관계를 따라 어떤 결론을 요구하는 완결된 사고형태, 마치 하나의 직선과 같이 뚜렷하고 일관된 규칙과 규범을 지키며 분명한 지향점이 보이는 사고형식이다. 벨쉬는 이 같은 "분명한 단절과 단선적 분석을 특징으로 하는 옛 사고방식(alte Denkweise sauberer Trennung und unilinearer Analyse)"을 "직물적 사고형식(Denkformen des Gewebes)"이며, "얽힘(Verflechtung)"과 "교차(Verkreuzung)", "네트워크화(Vernetzung)"[44]로 이해되는 개념인 교차성을 통해 구분한다.

> "많은 예술적 형상들은 복수성과 교차성에 의한 표현의 실험으로 이해될 수 있다. 이는 현재의 예술과 건축에서 전면에 등장하고 있는 혼종형식에도 해당된다."

> "Manche künstlerischen Gestaltungen lassen sich als Darstellungs- experimente von Pluralität und Transversaltität auffassen. Dies gilt insbesondere für Hybrid- formen, wie sie in der gegenwärtigen Kunst und Archi- tektur in den Vordergrund treten."[45]

현대사회가 점차 복잡해져가고 다양해지면서 이를 반영하고자 하는 예술 분야 역시 그 표현수단이 간단치가 않게 된다. 하나의 규칙, 하나의 문법, 하나의 형식으로 복잡한 현대 사회를 나타내는 것이 불가능해지고, 따라서 다양한 형식과 규칙을 담고자 하는 노력이 예술 분야에서도 나타나기 시작한다. 벨쉬는 이러한 노력을 몇몇 실험적 예술 작품에서 나타나는 복수성과 교차성에서 발견한다.

---

44) Wolfgang Welsch: Die zeitgenössische Vernunftkritik und das Konzept der transversalen Vernunft, Frankfurt am Main 1996, S. 774.
45) Ebd., S. 776.

하나의 작품에 다른 분야의 작품들이 가지고 있는 표현 수단을 수용하고, 그러한 관계와 다수의 내용을 표현하고자 하는 복수성과 교차성은 실제적인 하이퍼텍스트 작업에 구체적으로 적용된다. 앞서 하이퍼텍스트를 관련된 수많은 텍스트와 연결되어 있는 시스템으로 살펴보았는데, 벨쉬의 복수성과 교차성은 바로 이러한 점에서 하이퍼텍스트의 전형적인 특징을 말해주고 있다. 여기서 더 나아가 벨쉬는 이러한 사고형식의 구조를 아래와 같이 "전체규칙이 없는 복수규칙성(Polyregularität ohne Totalitätsregel)"으로 정의한다.

"전체는 통과하기와 넘어가기의 수많은 가능성으로 이루어져 있다. 규칙적인 것, 부분적으로는 규칙을 넘어서기도 하는 것, 하지만 연결부분에서는 항상 한 걸음 더 나아가 규칙을 벗어나는 것은 비규칙적이고 이해 불가능한 것의 특징을 이룬다. 이 같은 구조를 전체 규칙이 없는 복수규칙성으로 표현할 수 있을 것이다."

"Das Ganze besteht aus einer Mehrzahl möglicher Durchgänge und Übergänge. Das Geregelte, in Teilen auch Übergeregelte, an Gelenkestellen aber immer auch schon ein Stück weiter Entregelte nimmt insgesammt Züge des Ungeregelten und Unfaßlichen an. Polyregularität ohne Totalitätsregel-so könnte man diese Struktur bezeichnen."[46]

전체규칙이 없는 복수규칙성은 총체성이 사라진 시대에 있어서의 새로운 사고형식을 의미한다. 하나의 사고방식, 하나의 규칙으로는 전체 사회의 설명이 불가능한 시대, 그 대신 다양한 관점과 사고가 필요한 시대, 복수의 규칙이 필요한 시대, 그리고 가끔씩은 규칙을 넘어서는 일탈과 파격이 필요하기도 한 시대에 전체를 관통하는 하

---

46) Ebd., S. 775.

나의 사고형식, 즉 하나의 규칙은 현대사회에 어울리는 사고형식이 아니라는 것이다. 그 대신 복수의 규칙을 인정하고, 이러한 복수의 규칙들을 서로 넘나드는 교차적 사고방식이 필요한데, 교차성은 바로 이러한 사고방식을 말한다.

교차성이 하이퍼텍스트의 기본적인 특징을 말해준다면, 가변성은 하이퍼텍스트로 쓰인 문학적 형태들의 중요 속성을 나타내준다. 가변성은 텍스트의 "잠정적이고 일시적인 특징(transitorische Flüchtigkeit)"[47]을 말해주는 개념이다. 전자적 공간에 비트 형태로 존재하는 정보로서의 텍스트는 손쉽게 저장되고 지워지고 편집된다. 예를 들어, 어제 있었던 정보가 추가된 새로운 정보로 갱신되었다고 할 때, 이전에 있었던 정보는 오늘 사라지고, 또한 오늘의 정보도 관련된 새로운 정보로 인해 언제 수정 또는 사라지게 될지 모르는 상태에 있게 된다. 이때 서버 컴퓨터에 있던 정보와 이를 받아 편집, 재생산하는 로컬 컴퓨터의 정보 사이에 차이가 존재할 수도 있고, 각각의 저장 매체에 따라 그 버전이 다를 수도 있게 된다. 이 같은 정보의 가변성은 하이퍼텍스트로 쓰인 문학적 형태에서도 똑같이 나타나, 어제 읽은 텍스트가 오늘 다른 형태로 나타날 수 있고 아예 사라져 버려 읽을 수 없게 될 수도 있다.

3. 2. 2. 비선형성

선형성은 기존 인쇄물 텍스트의 대표적인 특징이다. 선적인 쓰기

---

47) Beat Suter: Hyperfiktion und interaktive Narration im frühen Entwicklungsstadium zu einem Genre, a. a. O., S. 10.

와 읽기를 가리키는 이 개념은 문장이 시작하는 첫 페이지부터 마지막 페이지의 마침표가 찍혀있는 곳까지 단선적이고 순차적인 쓰기와 읽기 방식을 말한다. 전통적인 텍스트는 문화적 차이는 있지만 대부분 왼편에서 오른편으로, 위에서 아래로, 이야기의 순서를 따라 순차적으로 쓰고 읽는 것이 보통이다. 이는 텍스트 자체가 이런 식으로 쓰여 있기도 하지만, 전통적인 텍스트가 지니고 있는 시·공간적 제약이 독서습관을 이처럼 만들어 놓았기 때문이다. 다시 말해 종이[책]라는 물질적 공간 안에 갇혀있는 텍스트는 순서에 따라 쓰고 읽어야 하는 대상이며, 그 내용도 독자의 이해를 위해 사건의 진행순서를 따라가는 것이 대부분이다.

이에 비해 비선형성(Unlinearität)은 순차적인 쓰기와 읽기 방식을 탈피하여 자유로운 독서를 가능케 하는 방식을 가리키는 개념이다. 예를 들어 백과사전이나 전자 제품의 설명서 혹은 수필집과 같이 처음부터 차례로 읽을 필요 없이 원하는 부분을 목차에서 찾아 자유롭게 읽는 것과 같은 개념이다. 여기에 더 나아가 하이퍼텍스트는 텍스트를 전자적 공간에 위치시켜 전통적인 텍스트에서 보이는 선형성을 완전히 극복할 수 있게 한다. 즉, 순차적인 하나의 독서경로 대신에 다양한 독서경로와 여러 이야기가 순서에 관계없이 읽힐 수 있다는 것이다. 앞서 전자적 텍스트의 특징으로 잠재적이며 파편화되고 탈중심적인 성격을 살펴보았는데, 이러한 부분 텍스트들의 조합으로 이해될 수 있는 하이퍼텍스트는 링크를 통해 비순차적이고 역동적인 자유로운 독서로 비선형적 독서를 가능케 한다. 넬슨이 하이퍼텍스트를 독자의 자유로운 선택에 의해 읽혀지는 비연속적 글쓰기로 정의하고 있는 것도 이와 같은 맥락에서 이해한 것이다. 그래서 하이퍼텍스트 이론가인 지마노프스키(Roberto Simanowski)는 하이퍼텍스트의 본질을 부분 텍스트들의 "비선형적 배치[순서](nichtlineare Anordnung)"[48]로 본다. 이러한 비선형적 텍스트는 형태적으로 고정되어 있지 않고 역동적이며, 텍스트의 내용 자체가 가변적이어서 변화의 여지가 있으며, 따라서 일시적이고 조작 가능하며, 독자가 텍스트를 결정하는 독자 지향적인 특징을 지닌다.[49] 비선형적 텍스트의 예를 들어보자.

그림 5)에서 보이는 화면은 아우어(Martin Auer)의 「9개의 방(Nine Rooms)」[50]이다. 초기 화면에서 저자는 「9개의 방」을 설명하며, 독자에게 우선 어느 방으로 들어간다 해도 그것이 처음 방도 아니며 마지막 방도 아님을 밝히고 있다:

"「아홉 개의 방」은 당신이 어떻게 선택하든 하나의 시 혹은 아홉 개의 시이다. 아홉 개의 방 중 여덟 개는 96년 6월의 기차여행에서 쓴 것이고, 마지막 방은 그 다음 날 쓴 것이다. 하지만 당신에게 어느 것이 마지막 방인지는 물론 말해주지 않을 것이다. 아홉 개의 방을 통해 당신은 어느 방향으로도 들어갈 수 있고, 어느 방에서건 읽기를 시작할 수 있다. 여기에 출발 지점으로 나타난 방은 임의의 순

---

48) Roberto Simanowski: Autorschaften in digitalen Medien. Eine Einleitung. In: TEXT+KRITIK. Heft 152. Hrsg. v. R. Simanowski, München 2001, S. 6.

49) Cf. Espen J. Aarseth: Nonlinearity. In: Hyper/Text/Theory. Ed. George P. Landow, Baltimore, London: Johns Hopkins UP., 1994, pp.61-62.

50) Martin Auer: "Nine Rooms". In: Hyperfiction. Hyperlitera- risches Lesebuch, a. a. O. Oder URL: http://www.martinauer.net/9rooms [1. März 2000].

서로 나타난 것이다."

"「Nine Rooms」 is one poem or nine poems, whichever you prefer. Eight of the rooms I wrote on a train journey in June 96, the last room on the next day. But of course I will not tell you which was the last room. You can wander through the nine rooms in any direction and you can begin reading in any of the rooms. There is neither a first nor a last room. The room that appears here as a starting point is random."[51]

아홉 개의 방과 아홉 개의 방에 딸려있는 아홉 개의 텍스트는 독자가 어떤 순서로 읽느냐에 따라 그 조합이 달라지면서 독자에게 다르게 읽힌다. 위에서 저자가 밝히고 있는 바와 같이 아우어는 초기 화면에서 임의의 순서로 매 번 바뀌는 방의 텍스트를 출발 지점으로 제시하고 나서는 나머지 여덟 개 텍스트의 독서순서를 독자에게 맡긴다. 각 방으로 들어가면, 그림 5)와 같이 화면이 변하면서 가운데에 일정한 텍스트가 보인다. 그리고 그 텍스트 주변으로 사방에 다른 방으로 들어갈 수 있는 방이 색 이름으로 링크되어 있는데, 이곳으로 들어가면 또 다른 텍스트가 보인다. 어느 방으로 들어가서 어떤 텍스트를 읽을 것인지는 독자의 몫이며, 저자인 아우어는 다만 각 텍스트들을 임의로 배열시키고 연결시켜 자기의 작품에 독자를 초대할 뿐이다.

---

51) Vgl. Ebd.

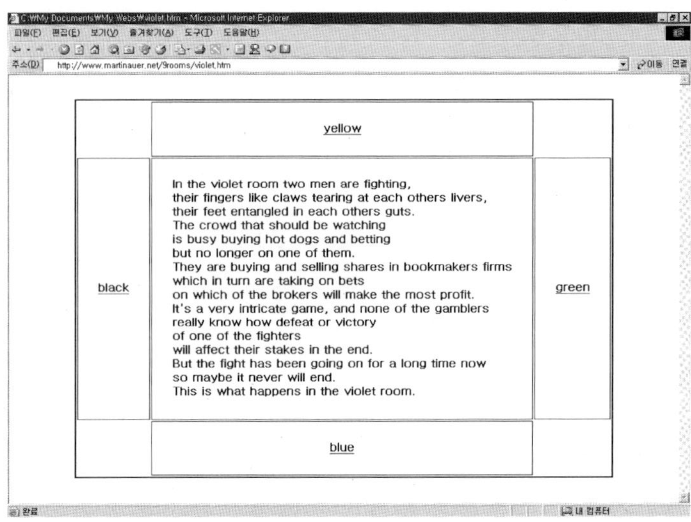

[그림 5] Martin Auer: 「Nine Rooms」

이 텍스트가 책의 형태로 인쇄되어 있다고 가정해 본다면, 각각의 장면은 일정한 순서대로 나열되어 있을 것이다. 작가가 의도한 대로 독자는 이 순서를 따라 독서를 진행하며, 따라서 스스로 자신이 읽을 텍스트의 경로를 정하지 못할 것이다. 다시 말해, 비순차적인 독서가 불가능해진다. 이에 비해 전자적 공간에서 「아홉 개의 방」은 비순차적이고 독서경로를 독자에게 제공하는 하이퍼텍스트의 특성을 잘 드러내주고 있다. 텍스트와 텍스트의 순서를 결정하고 개별적 텍스트를 연결하며 전체 텍스트의 구조를 완성시켜 나가는 독자의 능동적인 역할도 「아홉 개의 방」이 보여주는 비선형성의 특징이다.

3. 2. 3. 리 좀

리좀(Rhizom)은 들뢰즈(Gilles Deleuse)와 가타리(Félix Guattari)가 새로운 텍스트의 구조를 설명하기 위해 제안한 은유적 표현이다. 리좀은 식물학 용어로, 대나무의 뿌리줄기와 같이 줄기가 변해서 생긴 땅 속 줄기를 말한다. 하지만 리좀은 본 뿌리를 중심으로 차례차례 뻗어 나가는 일반적인 뿌리와 달리, 구근이나 덩이줄기처럼 어느 방향으로든 가지를 쳐나가며 확장되는 뿌리 구조를 특징으로 한다.[52] 땅 속에 뿌리를 두고 땅 위에 줄기와 잎을 전개하는 나무의 수직적인 형태와 달리, 리좀은 뿌리와 줄기의 구분 자체가 불가능한 형태로 뚜렷한 기준점이 없이 수평적으로 끊임없이 뻗어나가는 구조를 갖는다.

들뢰즈와 가타리는 이러한 식물학적 리좀 구조를 사회적, 예술적, 정신분석학적 개념과 연결시킨다. 리좀에 "연결과 이질성의 원리(Prinzip der Konnexion und der Heterogenität)"[53], "다양성의 원리(Prinzip der Vielheit)[54]", "비지시적 분열의 원리(Prinzip des

---

52) Vgl. Gilles Deleuze/Félix Guattari: Rhizom, Berlin 1977, S. 11: "표면의 모든 방향으로 가지를 쳐나가거나 뻗어나가는 것에서부터 덩이줄기와 뿌리의 마디로 촘촘히 뭉치는 것에 이르기까지, 리좀은 스스로 여러 다양한 형태를 취할 수 있다. Das Rhizom selbst kann die verschiedensten Formen von der Verästelung und Ausbreitung nach allen Richtungen an der Oberfläche bis zur Verdichtung in Knollen und Knötchen."

53) Ebd.: 연결과 이질성의 원리는 리좀 체계 내에서 어떤 하나의 부분[점]을 다른 부분[점]들과 연결시킨다. 점의 좌표를 정하고 순서를 고정시키는 나무뿌리의 구조와 달리 리좀은 위계적 질서 없이 동질적인 것뿐만 아니라 이질적인 것들을 연결시킨다.

asignifikanten Bruchs)"55), "제도와 전사(轉寫)의 원리(Prinzip der Kartographie und der Dekalkomonie)"56)와 같은 특징들이 있다고 보고, 여러 영역에서의 적극적인 가로지름이나 마주치기를 통한 새로운 질서가 리좀과 같은 구조에서 가능함을 주장한다. 사회의 여러 조직들, 예술들, 학문들 간에 관련된 상황들은 구조상 위계적이지 않으며, 어느 것이 먼저고 어느 것이 나중이라 할 수도 없고, 어떤 점은 다른 어떤 점과만 연결되어야 한다고 말할 수 없다는 것이다. 각 사회의 모든 지점들은 서로 연결되어 있고 또 연결되어야 하며, 그리고 이 연결들은 이질적인 것들 사이의 상호 연결이라는 것이다.

리좀적 구조를 제시하면서 들뢰즈와 가타리가 의도하는 바는 새로운 글쓰기의 모습과 책에 대한 새로운 시각이다. 앞서 나무의 형태가 저자와 독자의 뚜렷한 구분과 둘 사이의 위계적인 질서로 대표되는 인쇄된 종이책의 형태라면, 리좀은 링크와 마디로 엮여있는 네트

---

54) Ebd., S. 13: 리좀은 구조적으로 여럿[복수]로 구성되어 있는 다양성을 지닌다. 리좀을 글쓰기와 연결시킨다면 개별적인 텍스트는 항상 전체를 이루는 부분 텍스트에서 하나를 뺀 것으로 n-1의 차원에서 쓰기가 이루어진다.

55) Ebd., S. 16: 리좀은 임의의 지점에서 분열되거나 파괴되기도 하면서 기존의 선이나 다른 선을 따라 계속 성장할 수 있다. 예를 들어 수없이 늘어선 개미떼에서 개미 몇 마리를 없앤다고 할 때, 기존의 진행선이 계속 이어지거나 새로운 진행선이 뻗어나가는 식이다. 리좀은 앞선 것과의 의미작용에 관계없이 분열하면서 성장한다.

56) Ebd., S. 20: 리좀은 대상을 단순히 모사하는 복사가 아니라 마치 지도를 제작하는 과정과 같다. 지도는 실제 세계와 계속해서 맞닿으며 자신을 확장시켜 나간다. 그리고 그 위에다 새로운 정보나 기호가 기록되며 탄력적인 변화를 가져옴으로써 길과 길을 연결시키는데, 이것이 제도와 전사의 원리이다.

워크 형태를 지닌 하이퍼텍스트를 가리킨다. 리좀 구조는 마디마디
가 끈 역할을 하는 링크에 의해 연결되어 있는 하이퍼텍스트와 비슷
한 구조를 갖는다. 탈중심적이고 비선형적인 하이퍼텍스트의 성격은
들뢰즈와 가타리가 제시한 리좀의 뿌리 구조와 여러모로 흡사하다.
앞서 살펴본 바와 같이 하이퍼텍스트는 텍스트를 촘촘하게 얽혀있는
구조물로 이해하면서 계속적으로 텍스트를 엮어나가는 특징을 지니
고 있다. 이때, 개별 텍스트의 단위들은 연상적인 그리고 비연속적인
방법에 의해 한 문서에서 내적, 외적으로 연결되어 있다. 이를 통해
독자는 다양한 독서경로와 이야기의 흐름을 추적할 수 있게 되고,
새로운 경로를 찾아 이야기를 계속 엮어나간다. 이와 더불어 읽기
과정에서 수많은 정보와 개별 텍스트들을 하나의 새로운 순서로 조
합하고 창조적으로 다양하게 결합시킨다.[57] 리좀 구조는 이와 같은
하이퍼텍스트의 특성을 단편적으로 나타내 준다.

3. 2. 4. 상호텍스트성과 상호작용성

한 작가의 독서 체험은 그 자신의 글쓰기에 많은 영향을 미치는
요소 중의 하나이다. 보통 한 작가가 자신의 처음 작품을 쓰기까지
는 수많은 책들을 읽는 작업이 선행된다. 따라서 자신의 텍스트를
쓰면서 작가는 이전에 읽었던 수많은 텍스트들의 잔상에서 벗어나지
못하며, 이를 자신의 글쓰기에 의식적, 무의식적으로 반영하게 된다.
부지런한 독서로 수많은 텍스트들을 읽다 보면 이와 같은 텍스트들
의 상관관계, 즉 한 작가 안에서, 혹은 한 작가와 다른 작가들 사이

---

57) Vgl. Beat Suter/Michael Böhler: Hyperfiction-ein neues Genre? In:
Hyperfiction. Hyperliterarisches Lesebuch, a. a. O., S. 15f.

에서의 작가와 작품의 관계, 작품과 작가와 사회의 관계를 부단히 떠올리고 관계 짓게 되는데, 넓은 의미에서 이 같은 관계들을 상호텍스트성(Intertextualität)이라고 부른다.

바흐친(Michael Bachtin)이 처음으로 이론화하여 크리스테바(Julia Kristeva)와 컬러(Jonathan Culler)가 본격적으로 문학 개념에 도입한 상호텍스트성은 텍스트 상호 간에 존재하는 유기적인 관련성을 가리키는 용어이다.[58] 이에 따르면 하나의 텍스트는 이보다 앞선 텍스트와 내용과 형식적인 면에서 어떠한 방식으로든 반드시 관계를 맺게 되는데, 결국 모든 텍스트는 마치 모자이크와 같이 여러 인용문들로 구성되어 있다는 것이다. 즉, 모든 텍스트들은 어디까지나 다른 텍스트들을 흡수하고 그것들을 변형시킨 것에 지나지 않는다는 것이다.[59] 따라서 "모든 텍스트는 예술적/문화적/형식적/규범적/전기적 형세가 상호 텍스트적으로 앙상블을 이루는 가운데 쓰이게 되며(Jeder Text schreibt sich ein in ein intertextuelles Ensemble künstlicher/ kultureller/formaler/ kanonischer/biographischer Konstellationen)", "쓰인 모든 것은 ≫인용≪(alles Geschriebene ist ≫Zitat≪)"[60]이 되는 셈이다. 각각의 텍스트는 상호 텍스트적인 환경 가운데 쓰이며 모든

---

58) 김욱동: 포스트모더니즘의 이론. 문학/예술/문화, 민음사, 대우학술총서 인문사회과학 63, 1992, 202-203쪽 참조.

59) Cf. Julia Kristeva: World, Dialogue and the Novel. In: Desire in Language. A Semiotic Approach to Literature and Art. Ed. Leon S. Roudiez, Oxford: Blackwell, 1982, p.66.

60) Heiko Idensen: Die Poesie soll von allen gemacht werden! Von literarischen Hypertexten zu virtuellen Schreibräumen der Netzwerkkultur. In: Literatur im Informationszeitalter. Hrsg. v. D. Matejovski/F. Kittler, Frankfurt am Main, New York 1996, S. 145.

단어들은 각 단어들을 둘러싼 언어적 공간의 맥락 안에서 비로소 의미를 생산한다는 것이다.

이 같은 상호텍스트성이 디지털-네트워크 시대에 새로운 것은 다만 일련의 읽고 쓰는 과정이 네트워크라는 공간에서 연결된다는 점이다. 인쇄시대에 상호텍스트성은 명시적인 각주나 참고문헌을 통해 제한적, 부분적으로 나타나지만, 네트워크상의 상호텍스트성은 좀 더 구체적으로 나타난다. 즉, 관계된 텍스트들이 직접적으로 서로 만나고 지시된 관련 부분이 링크를 통해 전체 텍스트와 연결된다. 이는 링크가 실제적으로 동일한 텍스트 혹은 다른 텍스트 속에서 지시된 텍스트로 독자를 안내하기 때문이다. 링크는 은유적 혹은 내포적 관계를 단순히 반영하는 것이 아니라 관련 텍스트들을 실제적으로 연결시켜 상호텍스트성을 구현한다. 이 때문에 네트워크에서의 읽기와 쓰기는 전통문학의 생산 및 수용형식과 구조적으로 차이를 보인다. 읽기와 쓰기가 스크린이라는 하나의 표면 위에서 동시에 발생하기 때문에 1차 텍스트와 2차 텍스트와의 위계적 경계가 사라지고 연결된 각각의 텍스트들 간의 관계가 구체적이고 명확하게 드러나게 된다.[61]

상호텍스트성은 네트워크 기술과 연결되면서 상호작용성(Interaktivität, 쌍방향성)이라는 또 다른 특징을 나타낸다. 상호작용은 사회학적으로 개인들이나 사회적 구성체들 사이에서 주고받는 상호 영향력이나 의존성을 가리키는 용어이다.[62] 즉, 어느 한편의 일방적인 결정을

---

61) Vgl. Heiko Idensen: Schreiben/Lesen als Netzwerk-Aktivität. Die Rache des(Hyper-)Textes an den Bildmedien. In: Hyperkultur. Zur Fiktion des Computerzeitalters. Hrsg. v. Martin Klepper u. a., Berlin, New York 1996, S. 85f.

거부하고 개인과 개인, 혹은 개인과 사회 간의 끊임없는 영향의 주고받음을 통해 양자 간의 관계를 발전시켜 나가는 개념이다. 하이퍼텍스트와 관련하여 상호작용성은 텍스트 혹은 작품 구성에 대한 수용자의 참여를 가리키는 개념으로 이해된다.[63] 컴퓨터와 네트워크상에서 상호작용성을 효과적으로 구현하고 있는 것은 예를 들어 게임이다. 게임은 게임을 즐기는 사용자에게 프로그램을 통해 우선 일정한 환경을 제공한다. 이렇게 정해진 틀 안에서 컴퓨터는 게임을 하고자 하는 사람에게 끊임없이 어떠한 반응을 보일 것을 요구한다. 게이머가 반응을 보이지 않으면 컴퓨터 역시 반응을 보이지 않기 때문이다. 이러한 게임이 네트워크로 연결되어 있다면, 컴퓨터와 인간 사이의 환경을 넘어 인간과 인간 사이에서의 상호작용이 가능해진다. 게임은 이처럼 정해진 틀 안에서 컴퓨터와 인간 사이에서 벌어지는 제한된 사건을 중계하면서 일방적이지 않은, 상호 간의 일정한 행동을 서로 주고받게 하는 환경을 제공한다.

하이퍼텍스트에서 이와 같은 상호작용성은 중요한 역할을 수행한다. 하이퍼텍스트에서는 매체적 특성상 텍스트를 둘러 싼 사용자들 사이의 상호작용이 중요해, 서로 간에 텍스트를 변형시키고 계속 쓰게 하는 작업이 요구되기 때문이다.[64] 따라서 하이퍼텍스트에서는 근본적으로 텍스트의 질적인 문제, 기억[회상]의 문제, 기록의 문제가 아니라, 공동체와 네트워크를 만들어내는 것이 중요하다.[65] 앞에

---

62) Vgl. Joachim Ritter/Karlfried Grüner(Hrsg.): Historisches Wörterbuch der Philosophie, Bd. 4, Basel, Stuttgart 1976, S. 476.

63) Vgl. Roberto Simanowski: Autorschaft in digitalen Medien, a. a. O., S. 5.

64) Vgl. Sabrina Ortmann: Netzliteraturprojekt, a. a. O., S. 90.

서 예를 든 아우어의 「아홉 개의 방」의 경우도 이를 잘 나타내 준다. 아홉 개의 방을 만들어 놓은 것은 작가인 아우어지만, 어느 방을 선택해 어느 경로로 텍스트를 연결시켜 읽어 나갈 것인가는 전적으로 독자의 몫이다. 독자가 작가가 만들어 놓은 환경에 반응할 때 비로소 일정한 텍스트가 완성되는 것인데, 이와 함께 저자에 의한 일방적인 독서경로가 아니라, 상호작용성을 통해 독자 반응에 의한 다양한 텍스트 읽기가 가능해진다.

상호작용성이 크게 드러나는 분야는 머드(MUDs)이다. 머드는 'Multi-User Dungeons'의 머리글을 딴 일종의 역할 게임이다. 70년대 후반과 80년대 초반 미국의 대학생들과 고등학생들 사이에서 크게 유행했던 판타지 롤플레잉 게임이었던 던전(Dungeon) 시리즈[66]에서 그 이름을 따온 머드는 일종의 가상 사회로 이해될 수 있다. 머드는 가상 사회에서 텍스트 기반 위에 벌어지는 새로운 형태의 게임이며 새로운 형식의 사회이다. 머드를 통해 사용자들은 익명으로 이곳에 접속하여 접속해 있는 사용자들끼리 서로 탐색하고, 대화하고, 일정한 공간을 만들어 나가며 현실세계에서는 불가능한 것들을 실험

---

65) Vgl. Roberto Simanowski: "Die Ordnung des Erinnerns. Kollektives Gedächtnis und digitale Präsentation am Beispiel der Internetprojekte 'Das Generationenprojekt' und '23:40'". URL: http://www.dichtung-digital.de/Simanowski/30-Dez-99/ index.htm [1. März 2001].

66) 최유찬: 컴퓨터 게임의 이해, 문화과학사, 2002, 52쪽 참조. 롤플레잉 게임은 게이머가 게임을 진행하기 전에 자신이 맡을 인물을 선택하고 그 역할을 수행함으로써 일정한 목적을 달성해가는 게임이다. 이 게임 방식은 여러 인물이 등장하고 각 인물의 고유 역할이 있기 때문에 병렬적으로 진행되는 특징을 지닌다. 1974년 미국에서 만들어진 〈던전 앤드 드래곤스〉가 롤플레잉 게임의 시초로, 이후 이러한 게임은 던전 시리즈로 불린다.

해볼 수 있는 기회를 갖는다. 가상의 사회적 공간에서, 그리고 익명의 사회적 상호작용 속에서 일정한 역할을 수행하며 현실세계에서와는 또 다른 자아를 실험할 수 있는 공간이 바로 머드이다.[67] 예를 들어 머드의 작가는 일정한 가상공간을 만들어 놓고 최소한의 규약을 만들어 놓은 다음, 이 곳을 찾아오는 사용자들에게 무엇이든 할 수 있는 자유를 준다. 익명으로 접속해 온 사용자들은 또 다른 익명의 사용자들과 만나 가상공간에서 집도 만들고, 결혼도 하고, 섹스를 하며, 돈을 벌거나 여행을 하고, 현실 세계에서 할 수 없는 것들을 해 본다. 익명성을 바탕으로 자신의 정체성을 실험하고 새로운 자아를 발견해 보는 머드는[68] 따라서 어느 한 사람 만으로는 구성될 수 없는, 수많은 사람들과의 만남과 커뮤니케이션으로 이루어지는 특징을 지닌다. 머드는 사용자들 간의 상호작용이 절대적으로 중요한, 텍스트를 기반으로 하는 일종의 하이퍼텍스트 실험 공간이다.

---

67) Vgl. Sherry Turkle: Leben im Netz. Identität in Zeiten des Internet, Reinbeck 1999, S. 12f.

68) Vgl. Ebd., S. 14.

Ⅳ 하이퍼텍스트 문학의 형태와 전개

앞장에서 텍스트의 사회적, 기술적 변화가 어떻게 텍스트의 형질 변화를 가져왔으며, 이로 인해 등장한 하이퍼텍스트는 어떠한 특징들을 가지고 있는가를 살펴보았다. 하이퍼텍스트의 등장은 곧바로 이를 응용한 예술 분야에 새로운 형태의 실험을 가능케 하고 있는데, 문학 분야에서 이루어지고 있는 실험들 가운데 하나인 하이퍼텍스트 문학은 하이퍼텍스트의 매체적 특징을 문학에 이용한 것이라 할 수 있다. 하이퍼텍스트의 비선형적 특징과 네트워크의 상호작용적 성격, 그리고 독자의 서사구조 형성에 대한 적극적인 참여를 문학에 응용한 것이 바로 하이퍼텍스트 문학이다. 하이퍼텍스트 문학을 하나의 실험으로 이야기하는 것은, 하이퍼텍스트 문학이 전통적인 문학계에서 아직까지 커다란 관심을 얻지 못하고 있는 것이 사실이며, 따라서 그 정의나 형식에 대한 일반적인 동의가 부족한 상황이라는 것을 말해주기도 한다. 그래서 하이퍼텍스트 문학을 "문학과 컴퓨터기술을 창조적으로 결합시키고 이용하여 실험적으로 새로운 형식을 찾는 완전히 새로운 현상(ein völlig neues Phänomen, das sich die Verbindung von Literatur und Computertechnik schöpferisch zu Nutzen macht und experimentell nach neuen Formen sucht)"[1]으로 이해하기도 한다.

---

1) Beat Suter: Hyperfiktion und interaktive Narration im frühen Entwicklungsstadium zu einem Genre, Zürich 2000, S. 9.

하이퍼텍스트 문학은 몇몇 예술가들을 중심으로 커다란 반향을 일으키고 있기는 하지만, 여전히 하나의 실험으로, 하나의 현상으로서 이해되고 있다. 이는 누구나 글을 쓸 수 있는 상황에서 텍스트에 대한 질적인 문제가 제기될 수 있고, 기술적인 환경 가운데 일반인들이 손쉽게 접근하지 못하는 문제도 있어 하이퍼텍스트 문학이 대중성을 확보하고 수준 높은 작품을 만들어 내기까지는 앞으로도 얼마간의 과도기적 시간이 더 필요할 것으로 보이기 때문이다.[2] 하지만 이러한 새로운 현상이 지니는 문학적 잠재력은 상당할 것으로 평가받는다.

> "이 매력적이고 새로운 읽기와 쓰기 매체가 가진 잠재력은 아직까지 거의 주목을 받지 못했다. 지금까지 그것을 통해 쓰인 소설들이 대부분 보여 주는 관습적인 측면은 아마도 새로운 매체에 적응하는 데서 느껴지는 걱정을 반영하는 것이라 여겨진다. 그러나 이런 과도적인 시기는 곧 지나갈 것이다.(사실상 구텐베르크가 혁명을 일으킨 후에 돈키호테가 첫 출격을 감행하기까지도 근 한 세기 반이 걸리지 않았던가?)"[3]

쿠버(Robert Coover)의 위와 같은 언급은 하이퍼텍스트 문학이 그 잠재력은 크지만 아직까지는 시작단계에 머물고 있는 현상임을 말해 준다. 때문에 하이퍼텍스트 문학에 대해 다양하게 나타나는 현상들은 명확한 정의와 그 경계가 분명치 않은 것이 사실이다. 이번 장에

---

2) Vgl. Stephan Porombka: literatur@netzkultur.de. Auch ein Beitrag zur Literaturgeschichte der 90er. In: Neue Rundschau. Ⅲ. Jahrgang 2000, Heft 2. Hrsg. v. Martin Bauer, Frankfurt am Main 2000, S. 57f.
3) 로버트 쿠버(유희식 역): 하이퍼픽션: 컴퓨터를 위한 소설들. 실린 곳: 사이버 문학의 이해, 김종회/최혜실 편저, 집문당, 2001, 282쪽.

서는 하이퍼텍스트 문학이 어떠한 형태로 나타나고 있으며, 다양하게 나타나는 하이퍼텍스트 문학이 전통적인 문학과 어떠한 차이를 보이고 있는지를 살펴본다.

1. 하이퍼텍스트 문학의 형태

하이퍼텍스트를 이용한 하이퍼텍스트 문학은 초기에 하이퍼텍스트로 쓰여 있었기 때문에 단순히 하이퍼텍스트 문학으로 명명된다. 하지만 그 개념적 정의가 아직도 논의 중에 있을 정도로 명확한 개념 정의가 이루어지지 않고 있기 때문에, 좀 더 넓은 개념으로 디지털 문학이라는 명칭이 최근에 와서 선호되고 있다. 디지털 문학은 자체 내에 통신 문학, 이어쓰기, 네트 문학, 멀티미디어 문학, 하이퍼픽션 등으로 나누어진다. 하지만 이는 디지털과 네트워크의 특정한 기능 중에 어느 것을 더 강조하고 있는가에 따른 분류이고, 각각의 장르들은 어느 정도 서로 다른 장르의 특성들을 수렴하고 있어 명확한 구분이 이루어지기는 힘든 개념이다.

하이퍼텍스트 문학이 문학의 전통 속에 편입되어 가는 과도기적 단계에 있다는 것은 다양한 이름으로 등장하는 현상 속에서 찾아볼 수 있다. 과거의 전통 문학에서도 하이퍼텍스트 문학의 특징들을 찾아볼 수 있는 몇몇 작품들이 있지만, 본격적으로 컴퓨터 기술과 결합되어 나타난 하이퍼텍스트 문학은 80년대 미국에서부터 발전된다.[4] 당시 상황에 따라 다양한 이야기가 펼쳐지는 소설을 구상했던

---

4) 이에 대해서는 Ⅳ장에서 자세히 살펴보기로 한다.

조이스(Michael Joyce)는 그때까지의 하이퍼텍스트 기술을 이용하여 「오후, 어떤 이야기(afternoon, a story)」라는 최초의 하이퍼텍스트 소설을 만들어낸다. 이후로 개인용 컴퓨터와 네트워크 기술이 급속도로 발전하면서 하이퍼텍스트 문학은 일정한 특징을 강조하는 가운데 다양한 형태로 나타나는데, 각각의 형태상의 특징들과 차이점들을 살펴보기로 한다.

1. 1. 통신문학, 사이버 소설

먼저 이해를 돕기 위해 우리나라에서 90년대 잠깐 유행했던 '통신문학'이라는 용어부터 살펴보기로 한다. '통신 문학'은 'PC 통신 문학', 즉 개인용 컴퓨터와 통신망과의 연결이 보편화됨에 따라 컴퓨터로 쓴 글을 통신망을 통해 소통하는 '통신망상의 문학(literature on net)'을 가리키기 위해 만든 단순한 용어다.[5] 1989년 12월 이성수가 국내에서 최초로 「아틀란티스 광시곡」이라는 공상과학 소설을 천리안 게시판에 올리기 시작하면서 통신 공간과 문학의 만남은 시작되는데, 이후 통신서비스 회사인 하이텔과 천리안에 문학관이 개설되고, 1992년 5월 복거일이 「파란 달 아래」라는 공상과학 소설을 연재하면서 통신문학은 주목을 끈다. 이후 기성작가들이 하이텔 문학관 게시판을 통해 연재소설을 발표하고, 특히 1993년 7월 이우혁이 하이텔 내 '공포/SF' 게시판에 올렸던 「퇴마록」이 2년 동안 폭발적인 조회수를 기록하며 94년 단행본으로 출간되자 통신문학은 문단의 커다란 관심을 받는다. 94년부터는 일년에 두 번씩 하이텔 문학관에서

---

5) 김홍년: "'통신 문학'에 대해" 참조. URL: http://my.netian.com/~reedhat/frame.htm [2000년 11월 4일].

작품을 공모, 우수이용자를 선정하여 시상하고, 94년 11월 〈문학사상〉에 장석주가 「글쓰기와 글읽기의 혁명적 전환 -PC 통신과 미래의 문학」이라는 평론에 처음으로 'PC통신문학'이라는 용어를 사용하면서 통신문학의 개념이 자리를 잡기 시작한다.[6]

장석주는 여기서 통신문학을 "문학과 컴퓨터가 결합되어 나타난 새로운 창작방법과 유통양식의 문학", "컴퓨터를 글쓰기의 도구로 이용하는 것뿐만 아니라 컴퓨터 통신망을 통해 발표되고 읽혀지는 문학"[7]으로 정의하며, 이에 대한 특징으로 누구나 작가가 될 수 있는 가능성, 감각적이며 간결한 통신문체 사용, 많이 읽히는 것이 가치 있다는 새로운 규범의 등장, 고전적 원전 개념의 약화 등을 들고 있다.[8]

한편 문학 평론가 김병익은 「신세대와 새로운 삶의 양식, 그리고 문학」이라는 제목의 글에서 가상현실을 시뮬레이션 기법으로 소설화한 것을 "사이버소설"[9]이라 명명하며 통신상에서 소통되는 글을 전통적인 글과 구분한다. 그러나 이러한 통신문학이나 사이버소설 등은 이 책에서 다루는 하이퍼텍스트 문학과는 상당히 다른 개념으로 이해된다. 이는 아직 인터넷이 크게 보급되지 않았던 당시 상황에서

---

6) 이용욱: "사이버문학 발달사" 참조. URL:http://myhome.hananet.net/~icerain/frame.htm [2001년 11월 4일].

7) 장석주: 글쓰기와 글읽기의 혁명적 전환 -PC통신과 미래의 문학. 실린 곳: 문학사상, 1994년 11월호, 117쪽.

8) 위의 책, 118쪽 이하 참조.

9) 김병익: 신세대와 새로운 삶의 양식, 그리고 문학. 실린 곳: 문학과 사회, 1995년 여름호, 676쪽.

는 하이텔과 천리안의 문학게시판을 중심으로 문자 텍스트 기반의 문학이 중심을 이루고 있었기 때문이다.[10] 즉, 전통적인 문학 작품들과 별 다른 형식상의 차이를 보이지 못하고, 본격적인 하이퍼텍스트 문학에서 볼 수 있는 멀티미디어적 성격이나 비선형적 특징과 상호작용적 특성을 구현하지 못했기 때문이다. 유통 과정에서 인쇄 문학과 달리 출판사나 문학적 제도권의 심사를 거치지 않고 직접적인 독자와의 교류를 가능케 한다는 점만이 다를 뿐, 통신문학은 종이 위에 쓰인 글을 단순히 통신 공간으로만 이동시킨 것에 지나지 않았다. 따라서 90년대 초반 우리나라에서 논의되었던 '통신문학'이나 '사이버소설'은 본격적인 하이퍼텍스트 문학의 범주에 포함되지 않는 것으로 보는 것이 타당하다.

1. 2. 이어쓰기

하이퍼텍스트 문학은 그 성격상 개인작업보다는 여러 작가들의 참여를 이끌어내려는 작업을 선호한다. 여러 사람이 일정한 주제나 소재를 제시받고 공동작업으로 하나의 작품을 만들어내려는 시도에서 이어쓰기 (Weiterschreiben)가 나타난다. 이어쓰기는 문학에 네트워크의 기능을 강조하며,[11] 텍스트의 재빠른 출판과 좀 더 다른 방식

---

10) '통신'과 '인터넷'의 차이를 구분할 필요가 있다. 큰 의미에서는 통신이 인터넷을 포함할 수도 있겠지만, 당시의 기술적 수준에서 통신은 국내의 컴퓨터 사용자들을 문자 텍스트 기반으로 연결시켜 주는 네트워크를 의미했다.

11) Vgl. Roberto Simanowski: "Digitale Literatur. Begriffsbestimmung und Typologisierung". URL: http://www.dichtung-digital.de/Simanowski/28-Mai-99-1/typologie.htm [15. November 2000].

의 서사적 형식을 실험하기 위해 인터넷의 커뮤니케이션 형식과 상
호작용 형식을 문학 구조에 도입한다.[12] 말 그대로 주어진 이야기를
여러 사람이 순차적, 혹은 비순차적으로 이어나가며 여러 이야기들
을 네트워크로 묶는 것이다. 이러한 작업에서 특징적인 것은 "하나
의 중심이 되는 이야기 대신 사소한 에피소드들을 늘어놓기 위한
(um statt eines roten Faden eine Aneinanderreihung letztlich
belangloser Episoden hervorzubringen)"[13] 이야기 구조를 취한다는
점이다. 따라서 이어쓰기는 문학적 가치보다는 이야기와 이야기의
틈새를 읽어나가는 다수 작가들의 역동성 가운데에 그 실험적 관심
을 끈다. 즉, 앞선 이야기와 이를 이어나가는 이야기의 관련성, 그리
고 이야기를 이어 나가는 작가들 간에 얽혀있는 관계가 그것들인데,
하이퍼텍스트 이론가인 지마노프스키는 이를 이야기의 "사회적 미학
(soziale Ästhetik)"[14]으로 말하며 다음과 같이 이어쓰기에 있어서의
몇 가지 테제를 제안한다.

> 1. 글을 쓴다는 것은 의미를 부여하는 작업이다. 의미를 부여하는
>   작업은 땅을 점령하는 것과 같다. 아직 의미를 부여받지 못한 것
>   은 다른 사람의 차지다. 여기서 중요한 것은 휴경지를 차지하는
>   것이 아니라 이미 경작한 토지를 몰수하는 것이다.

---

12) Vgl. Beat Suter/Michael Böhler: Hyperfiction-ein neues Genre? In:
    Hyperfiction. Hyperliterarisches Lesebuch: Internet und Literatur(mit
    CD-Rom). Hrsg. v. Beat Suter/Michael Böhler, Basel, Frankfurt am
    Main 1999, S. 12.

13) Roberto Simanowski: "Kollaborativ-Sex und soziale Ästhetik. Über ein
    Mitschreibeprojekt Claudia Klingers". URL: http://www.literaturkritik.de
    /txt/2000-04-19.html [24. April 2001].

14) Ebd.

2. 이미 쓰인 이야기를 자기 것으로 만드는 것은 제한된다. 등장인물과 사건이 끊임없이 개작될 수만은 없다. 그보다 새롭게 등장하는 작가는 새로운 인물을 투입하여 한편으로는 새로운 관점에서 지금까지의 사건들을 다시 한번 새롭게 조망하게 하고, 다른 한편으로는 새로운 이야기가 전개되도록 한다.
3. 지금까지 주어진 정보를 바꾸거나 무시할 수 없을 때, 그것을 자신의 텍스트에 흡수시켜 계속적인 이야기 전개가 가능하도록 한다.
4. 이어쓰기는 이야기 안의 글쓰기가 아닌 이야기 옆의 글쓰기이다. 이는 곧바로 자기반성적 차원의 글쓰기를 가져와, 이야기의 이야기가 이어쓰기의 대상이자 중심이 된다.
5. 이어쓰기 프로젝트의 종결을 선언하는 것은 작가의 마지막 과제이다. 하지만 텍스트는 그 누구의 것도 아니기 때문에, 아무도 이러한 과제를 맡을 수도 없다.[15)

위와 같은 지마노프스키의 이어쓰기에 대한 테제는 이어쓰기가 단순히 이야기를 이어가는 것이 아님을 말해준다. 그에 의하면 글을 쓴다는 것은 기본적으로 어떤 의미를 부여하는 것이기 때문에, 이어쓰기는 앞 선 이야기의 의미를 이어가는 작업으로 이해할 수 있다. 따라서 여기에는 이야기와 이야기의 최소한의 의미망이 필요하게 된다. 이어쓰기의 대표적인 프로젝트로 클링어(Claudia Klinger)에 의해 주도되었던 「빵집에서(Beim Bäcker)」[16)를 예로 들어보자.

"성을 테마로 하여 공동으로 이야기를 진행시키는 이야기. 당신은 이야기를 계속 이어 쓸 수도 있고 이미 존재하는 등장인물들을 발

---

15) Ebd.
16) 「빵집에서(Beim Bäcker)」는 1996년 7월부터 1998년 12월까지 총 38명에 의해 진행되었던 대표적인 이어쓰기 프로젝트이다. 이 프로젝트의 주소는 다음과 같다: URL: http://home.snafu.de/ klinger/baecker [24. April 2001].

전시켜 나갈 수도 있다.(카롤라 하이네가 쓴 첫 번째 부분에 등장하
는 주인공은 예외)"

"Eine Geschichte zum Thema Sex, die zu einer gemein- samen
Fortsetzungsstory angewachsen ist. Du kannst an der Geschichte
weiterschreiben und dabei Charaktere, die schon vorhanden sind,
weiterentwickeln (Ausnahme: Die Hauptfigur aus Teil 1 von
Carola Heine!)."[17)]

초기화면에서 밝히고 있는 바와 같이, 「빵집에서」는 성(Sex)에 관
한 테마로 이야기를 이어가는 프로젝트이다. 여기에 글을 쓰는 작가
들은 하이네(Carola Heine)가 처음으로 써놓은 첫 번째 이야기를 차
례로 이어 나간다. 그렇다고 아무런 원칙 없이 아무렇게나 이야기를
만드는 것은 아니다. 예를 들어, "이미 쓰인 이야기를 자기 것으로
만드는 것은 제한된다. 등장인물과 사건이 끊임없이 개작될 수만은
없기" 때문이다. "그보다 새롭게 등장하는 작가는 새로운 인물을 투
입하여 한편으로는 새로운 관점에서 지금까지의 사건들을 다시 한번
새롭게 조망하게 하고, 다른 한편으로는 새로운 이야기가 전개되도
록 한다."[18)] 다시 말해 이 경우, 앞서 등장한 이야기의 인물들을 임
의로 바꾸거나 내용을 완전히 무시할 수는 없다. 따라서 이어쓰기를
할 때, 메타 차원에서 이야기의 이야기를 만들 수는 있어도, 앞선 이
야기의 구조를 완전히 무시하는 이어쓰기는 제한된다. 그래서 한 여
성이 세 명의 아이들에게 빵을 선물하는 것으로 시작하는 이 프로젝
트에서 38번째로 말쉬(Jorg Malsch)가 마지막 이야기를 쓸 때까지
모든 이야기들은 서로 일정한 연관성을 가지고 발전한다.

---

17) Vgl. Ebd.
18) Roberto Simanowski: "Kollaborativ-Sex und soziale Ästhetik", a. a. O.

이를 통해 보면 이어쓰기는 하이퍼텍스트 문학의 중요한 특징인 비선형적 이야기 구조에 비해 다분히 선형적인 속성을 갖고 있다. 인쇄문학과 같이 순서대로 이야기를 차례로 읽어나가야 하는 면이 있기는 하지만, 이어쓰기는 네트워크의 기능 때문에 하이퍼텍스트 문학의 범주에 집어넣을 수 있다. 다시 말해 여러 작가가 자신의 이야기를 선형적이지만 병렬적으로 늘어놓고 있고, 각각의 텍스트가 최소한의 일정한 연관성을 가지고 배열되어 있으며, 따라서 어느 정도 각 이야기들을 독립적으로 읽을 수 있고, 텍스트를 계속해서 엮어 나간다는 점 등은 하이퍼텍스트 문학의 속성으로 간주된다. 또한 각각의 텍스트가 분산되어 있고, 중심이 되는 이야기가 없이 어느 곳에서도 별 다른 무리 없이 읽힐 수 있다는 것 역시 이어쓰기를 하이퍼텍스트 문학에 포함시킬 수 있는 특징이다.

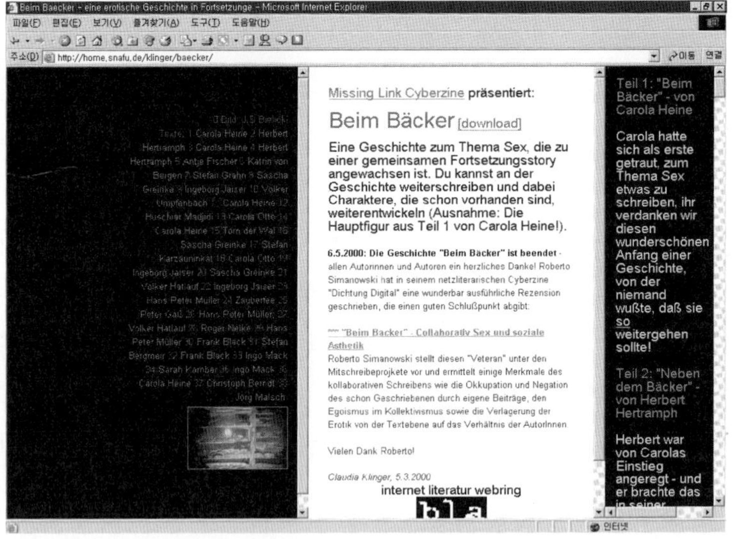

[그림 6] Claudia Klinger: 「Beim Bäcker」

1. 3. 네트 문학

하이퍼텍스트는 기본적으로는 "많은 텍스트(viele Texte)", 서로 연결되어 있는 "텍스트들의 네트(Netz von Texten)"[19]로 이해될 수 있다. 이는 개별 텍스트의 단위들이 수많은 링크에 의해 연결되어 다양한 독서경로를 가능케 하기 때문이다. 네트 문학(Netzliteratur)은 따라서 하이퍼텍스트의 중요한 특징 중 하나인 네트워크의 기능을 강조하여 나타난다.

이러한 네트워크를 이용한 예술형태는 이미 전화, 팩스, 텔레비전, 편지 등을 이용한 원격 커뮤니케이션 형태로 시작된 것이었다. 이러한 예술 형식에서 중요한 것은 "속도(Tempo)", "대담성(Kühnheit)", "종합(Synthetik)", "다양한 사건들의 동시성(Simultanität verschiedener Ereignisse)"[20]에 관한 사고이다. 예를 들어 60년대 새로운 예술운동을 전개했던 플룩서스(Fluxus)[21]의 몇몇 예술가들은 조그마한 그림이 그려져 있는 우편엽서를 서로 주고받으면서 각자의 엽서에 그린 그림을 나중에 꼴라쥬하는 방식으로 소위 '편지예술(Mail Art)'을 전

---

19) Roberto Simanowski: "Digitale Literatur", a. a. O.

20) Ebd.

21) 유동(流動), 유출(流出)의 뜻으로 본래 '밀려오는'이라는 뜻의 라틴어에서 유래한 플룩서스는 여러 매체를 동시에 사용하는 것을 특징으로 하는 혼합 미디어적인 액션 형식의 하나로 극단적인 반예술적 전위운동을 가리킨다. 미국의 뉴욕을 중심으로 유럽의 각지에서도 활동했던 플룩서스의 예술운동은 기존의 예술, 문화 및 그것이 만들어낸 모든 기구에 대해 불신하는 반예술적, 반문화적인 전위운동으로 이해된다. 우리에게 잘 알려진 이 그룹의 활동가로 백남준이 있다. 김형수(편집): 세계미술용어사전, 월간미술사, 1992, 445쪽 이하 참조.

개하기도 했다. 이를 통해 그들은 "예술을 민주화시키고 쉽게 접근 가능한 것으로 만들어(Kunst demokratisieren und leichter zugänglich machen)", "현존과 부재, 멀고 가까움이라는 상반된 감정의 병존(Ambivalz von An-und Abwesenheit, von Distanz und Nähe)"[22] 등을 주장했다.

네트 문학은 텍스트를 중심으로 편지예술에서와 같이 작품 생성에 네트워크가 필요한 문학을 가리킨다. 따라서 네트 문학이 인터넷 공간에서만 가능한 것은 아니다. 씨디-롬(CD-Rom)과 같은 오프라인 형태의 저장도구에 의해서도, 혹은 앞서 살펴본 바와 같이 메일 아트(Mail-Art)와 같은 시간적 거리를 두는 형식으로도 가능하다. 그래서 온라인상의 네트 문학은 컴퓨터 네트워크의 특성을 자신의 작품에 미학적으로 이용하고 네트워크를 자신의 존재 조건으로 사용할 때 만들어진다.[23] 다시 말해 네트 문학(Netzliteratur)과 네트상의 문학(Literatur im Netz)을 구분할 필요가 있다.[24] 네트워크를 자신의 미학적 존재수단으로 이용하는 것과, 이미 쓰인 글을 단순히 네트워크에 올려놓는 것과는 거리를 두어야 한다는 것이다. 전자가 새로운 매체를 창조적으로 사용하는 반면, 후자는 이를 전시의 수단으로 삼는다는 데 커다란 차이가 있다.

---

22) Tilman Baumgartel: "Immaterialien. Aus der Vor-und Frühges chichte der Netzkunst". URL: http://www.heise.de/tp/deutsch/special/ku/6151/1.html [1. April 2001].

23) Vgl. Johannes Auer: "7 Thesen zur Netzliteratur". URL: http://www.s.netic.de/auer/thesen.htm [24. April 2001].

24) Vgl. Roberto Simanowski: Autorschaften in digitalen Medien. Eine Einleitung. In: TEXT+KRITIK. Heft 152. Hrsg. v. R. Simanowski, München 2001, S. 4.

전자적 네트워크의 기능을 문학에 창조적으로 이용하는 네트 문학은 새로운 문학적 특징들을 가져온다. 인쇄문화에서 디지털 미디어 세계로 글쓰기의 매체가 발전하면, 개개 사용자의 내면적인 글쓰기 공간은 네트워크로 연결된 지식 공간으로 편입된다. 이로 인해 개인 영역과 공공영역의 구분은 자연스럽게 해체되고 다양한 글쓰기가 나타난다.[25] 한 사람에 의한 글쓰기가 아닌 다수의 작가들에 의한 하나의 작품이 자연스럽게 수용되고, 글쓰기 자체와 더불어 연결의 기능이 강화되며, 독자에 의한 선택의 폭이 넓어지는 특징도 나타난다. 네트 문학은 말 그대로 문학의 개별 텍스트들과 일련의 작가들을 네트워크로 묶는, 그래서 수평적이고 이야기의 전개가 다차원적으로 서로 연결되어 있는 문학을 가리킨다.

1. 4. 멀티미디어 문학

멀티미디어는 각 매체[미디어]의 통합형식으로 이해되는 개념이다.[26] 미디어 기술과 디지털 기술이 발전하면서 가능해진 멀티미디어는 텍스트, 영상, 소리 등과 같은 각각의 매체들이 하나의 표면[스크린] 위에서 동시에 구현되는 미디어이다. 멀티미디어 문학은 이 같은 멀티미디어의 특성을 문학에 반영하여 텍스트를 영상, 소리 비디

---

25) Vgl. Heiko Idensen: Schreiben/Lesen als Netzwerk-Aktivität. Die Rache des(Hyper-)Textes an den Bildmedien. In: Hyperkultur. Zur Fiktion des Computerzeitalters. Hrsg. v. Martin Klepper u. a., Berlin, New York 1996, S. 84.

26) Vgl. Roberto Simanowski: "Interaktive Fiction und Software- Narration. Begriff und Bewertung digitaler Literatur". URL: http://www. dichtung-digital.de/2000/Simanowski/29-Nov/index.htm [3. April 2001].

오 등과 결합시킨다.[27] 이미지와 사운드가 대량생산되는 사회, 다감각적이고 지각 전체와 연결되는 형태를 선호하는 미디어 경향 속에서 멀티미디어 문학은 상이하고 다양한 매체를 통합하여 나타난다.[28]

멀티미디어 문학은 멀티미디어적 요소가 하나의 장식적 기능으로 그치거나 혹은 특정 매체가 작품 전체에 있어 주도적인 위치를 차지하지 않도록 해야 하는 과제를 지닌다. 멀티미디어 문학에서는 문자 텍스트의 위치가 어느 정도 약화되는 것을 피할 수 없다. 텍스트뿐만 아니라 여러 다른 요소들이 전체를 이루고 있는 멀티미디어 문학은 그래서 인접 장르와의 경계를 허물며 여러 매체를 통합시키려는 "종합 예술적 통합형식"[29]을 지닌다. 때문에 이를 문학으로 보아야 할지, 혹은 음악이나 움직이는 조형예술로 보아야 할지, 그 경계가 분명치 않게 되기도 한다. 텍스트가 사용되기는 하지만 기타 음악이나 그림이 작품 전면에 부각될 수도 있기 때문인데, 하지만 멀티미디어 문학은 텍스트와 각 매체 간의 상호작용을 통해 자기의 정체성을 찾아야 한다. 즉, 텍스트와 여타 매체의 사용을 자연스럽게 연결시켜 각각의 매체가 조화를 이루도록 하는 것이 중요하다.

멀티미디어 문학은 작품의 구성 요소들을 유형화시키고 프로그램화시킨다. 각 요소들이 텍스트 부분, 동영상 부분, 소리 부분 등으로 나누어지고, 각각의 부분들을 상이한 프로그램을 통해 통합 실행시

---

27) Vgl. Roberto Simanowski: "Digitale Literatur", a. a. O.

28) 심광현: 전자복제시대와 이미지의 문화정치: 벤야민 다시 읽기. 실린 곳: 문화과학, 1996년 여름호, 13쪽 이하 참조.

29) 안문영: 문학적 담론의 새로운 가능성으로서 가상공간의 이론적 근거. 실린 곳: 독일언어문학 제16집, 독일언어문학연구회, 2001, 317-342쪽.

켜야 하기 때문이다. 이는 창작 과정 자체에도 큰 변화를 가져온다. 한 사람이 이를 모두 맡을 수도 있겠지만, 부득이하게는 각 부분들을 전담하는 사람들이 따로 있고, 나중에 이를 통합시키는 작업이 필요하게 된다. 멀티미디어 경향이 강해질수록 이에 따른 전체 작업의 분업화와 공동작업화가 확대된다.[30]

이렇게 만들어진 멀티미디어의 각각의 요소들, 즉, 텍스트, 동영상, 음악, 애니메이션 등이 유기적으로 결합될 때, 멀티미디어는 "하이퍼미디어성(Hypermedialität)"[31]을 획득한다. 통상 하이퍼미디어는 멀티미디어와 거의 같은 개념으로 사용된다.[32] 하지만 각각의 매체들을 단순히 연결, 통합시킨 멀티미디어에 비해 하이퍼미디어는 각각의 요소들의 경계를 끊임없이 서로 넘나들고 가지 치며 자연스럽게 서로 영향을 주고받는 매체의 흐름으로서 이해된다.[33] 멀티미디어 문학은 멀티미디어가 단순히 외형상의 치장을 넘어 하이퍼미디어의 기능을 담당할 때, 의미 있는 멀티미디어 문학이 될 수 있다. 이에 대한 예로 「고리 웅덩이(Das Looppool)」[34] 프로젝트를 보자.

---

30) Vgl. Jay David Bolter: Das Internet in der Geschichte der Technologie des Schreibens. In: Mythos Internet. Hrsg. v. S. Münker/A. Roesler, Frankfurt am Main 1997, S. 49.

31) Sabrina Ortmann: Netzliteraturprojekt. Entwicklung einer neuen Literaturform von 1960 bis heute, Berlin 2001, S. 54.

32) Vgl. Roberto Simanowski: "Interaktive Fiction und Software Narration". a. a. O.

33) Vgl. Bastain Böttcher: "Looppool". URL: http://www.looppool.de [3. März 2001]: "Hypermedia wird hier nicht als blose Verknüpfung von einzelnen statischen Seiten, Klängen und Bildern verstanden, sondern als Fluß von verzweigten Abläufen, die an ihren Schnittstellen nahtlos ineinander übergehen begriffen."

「고리 웅덩이」는 뵈트혀(Bastain Böttcher)가 1997년 진행한 프로젝트이다. 여기서 그는 텍스트와 그래픽, 음악적 요소를 결합시켜, 인터넷-서정시와 음악의 미래가 빠른 속도로 정보가 전달되는 시대에 어떻게 보일 것인가를 시연한다.

그림 7)에서 보이는 것과 같이 이 작품에는 내부에 수많은 갈래길로 이어져 있는 기하학적 모양의 원이 나타난다. 시작버튼을 누르면 적색의 공이 이 길을 지나게 된다. 길의 각 지점에는 짧은 텍스트가 있는데, 이는 적색의 공이 지나면서 나오게 되는 노래[랩송]의 제목들이다. 특이한 것은 각각의 제목과 제목 사이에 일종의 차단목 같은 것이 있어, 독자가 컴퓨터의 스페이스 바를 눌러 공의 흐름을 바꾸면서 다른 가사를 연결시킬 수 있다는 것이다. 이런 식으로 독자는 듣는 텍스트[랩송]과 공이 흘러가는 경로를 바꾸면서 나름대로 이 작품에 개입하게 된다.[35]

---

34) Ebd.

35) 뵈트혀는 이 「고리 웅덩이」를 1997년 하이퍼텍스트 구조로 만들면서, 다음부터는 독자가 공의 경로와 텍스트를 추가할 수 있도록 하겠다고 했지만, 아직까지 이루어지고 있지는 않다.

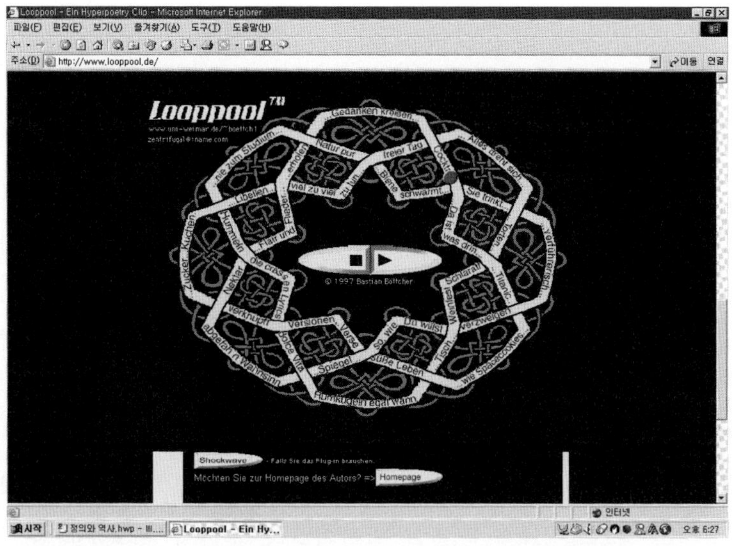

[그림 7] Bastain Böttcher: 「Das Looppool Projekt」

일상생활의 생각이나 느낌을 리듬에 맞추어서 이야기하는 랩 음악
은 비슷한 가사와 리듬의 반복, 그리고 상이한 이야기들의 결합 내
지는 나열로 일면 하이퍼텍스트와 비슷한 특징을 갖고 있다. 뵈트혀
는 이러한 랩 음악의 특징을 하이퍼텍스트 구조로 만들고 독자들에
게 가사를 콜라주 시키도록 한다. 뵈트혀 스스로는 이러한 작업을
"하이퍼-시와 상호작용의 사운드(Hyper-Poesie und Sound interaktiv)"[36)]
로 표현하며, 이를 그림과 연결시켜 멀티미디어적 요소들을 활용하
는 멀티미디어 문학의 특징을 보여준다.

---

36) Bastain Böttcher: "Looppool", a. a. O.

1. 5. 인터넷 문학

컴퓨터기술과 문학의 결합은 새로운 장르의 출현을 초래한다. 컴퓨터를 창조적으로 이용하고 새로운 표현 형식을 실험적으로 만들어내면, 새로운 환경에서 새로운 텍스트와 새로운 서사 형식이 발전된다.[37] 하이퍼텍스트 문학이 그 대표적인 경우이고, 앞서 살펴본 이어쓰기라든가 네트 문학, 멀티미디어 문학 등이 이러한 유형에 속한다. 인터넷 문학은 인터넷을 자기의 존재기반으로서 필요로 하는 문학을 말한다. 따라서 일면 네트 문학과 비슷해 보이지만, 인터넷 문학의 경우는 온라인상에서 문학적 행위가 이루어진다는 점에서 커다란 차이를 보인다. 네트 문학과 멀티미디어 문학의 경우에는 편지나 CD-Rom과 같은 오프라인 형태의 매체를 통해서도 가능하지만, 인터넷 문학은 온라인상의 인터넷의 특징을 최대한 이용한다. 인터넷이 일반적으로 보급되기 시작한 1999년부터 문학사전 속에 새롭게 편입되기 시작한 인터넷 문학의 정의를 살펴보자:

"새로운 매체를 통해서 전파된 문학 내지는 이 새로운 매체에 적합하게 쓰인 문학을 위한 개념이다. 따라서 새로운 출판형식이라는 관점에서만 전통적인 문학과 구분되는 인터넷상의 문학과 인터넷이라는 매체의 가능성을 생산적으로 사용하여 새로운 문학형식을 추구하는 네트-문학 혹은 인터넷-문학 사이에는 차이가 있다. 논의에서 사용되는 다른 표현들로 웹-, 네트-, 사이버-, 혹은 하이퍼 문학 등이 있다."

---

37) Vgl. Beat Suter: Hyperfiktion und interaktive Narration im frühen Entwicklungsstadium zu einem Genre, a. a. O., S. 10.

"Begriff für die durch das neue Medium verbreitete, bzw. eigens für dieses Medium geschriebene Literatur. Zu unterscheiden ist also zwischen Literatur im Internet, bei der die Differenz zur traditionellen Literatur letztlich in der neuen Publikationsform liegt, und einer spezifischen Netz- oder Internet-Literatur, die die Möglichkeit des Medium selbst fruchtbar macht und dadurch zu neuen Literaturformen zu gelangen sucht. Andere in der Diskussion gebrauchte Bezeichnungen sind Web-, Netz-, Cyber-, oder Hyperliteratur."[38]

인터넷 문학은 크게는 인터넷상의 문학과 인터넷 문학을 모두 포함시킬 수 있지만, 엄밀한 의미에서 후자를 이야기하는 것이 옳은 것으로 보인다. 위에서 언급되어 있는 것처럼, 인터넷상의 문학은 인터넷에 올라온 저작권과 관계없는 옛 텍스트들을 디지털화시킨 것이나, 아니면 오프라인 형태의 텍스트를 그저 온라인상에 올려놓은 것으로 단순한 온라인 전자텍스트를 의미하기 때문이다. 이에 비해 인터넷 문학은 새로운 매체를 통한, 새로운 매체에 적합하게 쓰인 문학으로, 전통적인 문학과 관련하여 단순히 출판형식에서만 차이를 보이는 인터넷상의 문학과 변별되며, 새로운 매체의 가능성을 스스로 확대하여 새로운 문학형식에 이르고자 하는 문학이다. 인터넷 문학은 따라서 인터넷에 적합한 문학, 인터넷 공간을 위해 쓰인 문학으로 멀티미디어와 공동작업, 상호작용성, 하이퍼텍스트의 특징 등을 이용하는 문학으로 이해된다.[39]

---

38) Gero v. Wilpert: Sachwörterbuch zur deutschen Literatur, Stuttgart 2001.

39) Vgl. Dieter E. Zimmer: Die Bibliothek der Zukunft. Text und Schrift in den Zeiten des Internets, Hamburg 2000, S. 52f.

인터넷 문학을 인터넷상의 문학과 구분하여 인터넷 공간에서 이루어지는, 인터넷이라는 매체를 창조적으로 이용하는 문학으로 정의할 때, 인터넷 문학은 단순히 새로운 수단을 가지고 옛 것을 발전시켜 나가는 작업이 아니다.[40] 인터넷문학은 새로운 "글쓰기 기술(eine Technologie des Schreibens)"[41]을 사용하며, 자신의 언어로 사용하고 있는 하이퍼텍스트 고유의 특징을 그대로 갖는다. 인터넷 문학은 하이퍼텍스트의 중요한 특징인 "변화가능성(Veränderbarkeit)", "상호작용성(Interaktivität)"[42]을 통해 작가와 독자 간의 적극적인 의사소통이 가능토록 하고, 또한 각 매체들 간의 통합을 적절히 이용하여 멀티미디어적 특징을 구현한다. 그리고 어느 정도 즉흥적이고, 실험적이며, 유희적 성격을 예술적으로 사용 가능하게 만들 수 있는가를 고민하여 새로운 매체에 알맞은 새로운 형식을 찾는다.[43] 이 때문에 '작품(Werk)'을 창조하는 작가라는 전통적인 개념은 기술적 조건과 인터넷이라는 새로운 매체에 의해 의문시된다. 전통적인 작가의 개념과 달리 인터넷에서의 작가는 프로그래머와 작가, 예술가 사이의 공동작업을 수행하는 위치를 갖는다.[44] 어느 한 작가가 인터넷의 모든 기능을 감당하기 쉽지 않기 때문이다. 인터넷의 멀티미디어 경향이 강해질수록 이에 따른 작업의 분업화, 공동작업화가 확대되고, 따라서 "저자(Autor)"라는 개념보다도 "생산된 것(Die Produkte)"[45]

---

40) Vgl. Beat Suter/Michael Böhler: Hyperfiction-ein neues Genre?, a. a. O., S. 9.

41) Jay David Bolter: Das Internet in der Geschichte der Technologie des Schreibens, a. a. O., S. 37.

42) Ebd., S. 43.

43) Vgl. Sabrina Ortmann: Netzliteraturprojekt, a. a. O., S. 70.

44) Vgl. Johannes Auer: "7 Thesen zur Netzliteratur", a. a. O.

이 더욱 중요하게 생각되며, 하나의 작품은 고도로 조직화된 공동작업의 결과물로 이해된다.

인터넷상의 전자 글쓰기는 서로 연결된 텍스트들의 관계 속에서 인식되고, 그 의미는 이러한 연결 속에서 비로소 발생된다. 따라서 인터넷 문학은 독자의 측면에서 적극적인 독서행위를 요구한다. 모든 텍스트는 전적으로 작가와 독자 간의 상호작용을 통한 텍스트의 네트워크 속에서 규정되기 때문이다.[46] 네트워크의 네트워크로 이해되는 인터넷은 일종의 공동체적 성격을 갖고 있기 때문에, 문학을 둘러싼 각 주체들의 적극적인 참여는 인터넷 문학의 중요한 특징으로 나타난다. 하이퍼텍스트와 네트워크, 멀티미디어의 특성들을 미학적, 창조적으로 활용할 때, 인터넷 문학은 인터넷의 가능성만큼이나 문학적으로도 커다란 가능성을 보여줄 수 있다.

1. 6. 하이퍼픽션

씨디-롬으로 출간된 두산 세계대백과에는 하이퍼픽션을 "영화, 소설의 재미와 예술성을 모두 포괄하면서 그래픽, 사진, 애니메이션, 음향, 음악 등을 수시로 사용하는 컴퓨터소설"[47]로 정의하고 있다. 여기서는 정보통신기술의 발전으로 컴퓨터가 멀티미디어로 발전하고, 컴퓨터 통신과 인터넷이 생활화됨에 따라 미국과 유럽에서 1990년대

---

45) Jay David Bolter: Das Internet in der Geschichte der Technologie des Schreibens, a. a. O., S. 49f.

46) Vgl. Ebd., S. 49.

47) 두산출판사업부: 두산세계대백과 Encyber(CD-Rom), 2002.

초부터 시작된 새로운 소설 양식을 모두 총칭해서 하이퍼픽션으로 말하고 있는데, 하이퍼픽션은 다시 말해 커다란 의미에서 "문학적 하이퍼텍스트(literarische Hypertexte)"[48]라 말할 수 있다. 하이퍼픽션 이론가인 주터(Beat Suter)는 하이퍼픽션을 다음과 같이 설명한다:

"하이퍼픽션이라는 개념은, 전자적 데이터로서 하이퍼텍스트로 작성되어 하나의 매체(서버-컴퓨터나 데이터 저장장치 등)에 저장된 허구적 텍스트를 가리키는데, 이러한 텍스트는 독서를 위한 모니터와 같은 읽기장치(컴퓨터와 소프트웨어)의 도움으로 제공된다."

"Der Begriff Hyperfiktion bezeichnet demzufolge fiktionale Texte, die in Hypertext verfasst als elektronische Daten auf einem Medium(Server-Computer, Datenträger etc.) gespeichert sind, und mittels einer Lesemaschine (Computer und Software) sowie eines Bildschirms zur Lektüre bereit gestellt werden."[49]

주터의 위와 같은 정의에서 볼 수 있듯이, 하이퍼픽션은 기본적으로 하이퍼텍스트의 문학적 형태라 할 수 있다. 하이퍼텍스트가 가지고 있는 속성들을 문학적으로 응용한 형태로, 이 가운데 무엇보다 중요한 것은 그 구조에 있어 선형적인 특징이 사라지고 다중적 서사가 전개된다는 점이다. 하이퍼픽션은 이야기 구조가 하나의 선(線)으로 이어지는 것이 아니라 다중의 방향을 갖는다. 하나의 이야기 텍스트를 나누어 놓고, 독자가 이를 조합하여 독자 자신의 텍스트를 만들게 하는 것인데, 이에 따라 같은 이야기라도 다양한 줄거리의

---

48) Roberto Simanowski: "Digitale Literatur", a. a. O.
49) Beat Suter: Hyperfiktion und interaktive Narration im frühen Entwicklungsstadium zu einem Genre, a. a. O., S. 27.

전개가 가능하게 된다. 하나의 소설 속에 수십, 수백 가지의 서로 다른 줄거리 전개가 가능한 컴퓨터 전용 전자 책 같은 것이 좋은 예이다. 이러한 책에서 독자는 소설의 시작에서부터, 그리고 이야기의 전개 과정 속에서 자신의 선택에 따라 각기 다른 방식으로 상이한 이야기를 읽을 수 있게 된다. 이러한 하이퍼픽션의 특징을 주터는 다음과 같이 말한다:

"따라서 하이퍼픽션은 정보에 대한 다중 접근을 가능케 하는 연결 기능을 갖고 있는 전자 텍스트의 문학적 형태이다. 즉, 하이퍼픽션은 하나의 복합적인 조직과 같은 것으로, 이 조직 속에서 이야기의 다중 전개가 보완적인 연결 구조를 통해 직접적으로 나타나 독자에게 다양한 이야기의 진행방향을 쫓아올 수 있게 한다. 또한 하이퍼픽션은 다양한 목소리와, 예를 들어 더욱더 많은 관점을 포함할 수도 있어, 독자에게 수많은 독서관점의 변화를 가능하게 한다. 이때 독자는 픽션을 함께 만들어 나가게 되는데, 다시 말해 이야기의 진행을 결정하는 과정에 참여하여 계속되는 픽션의 진로를 정할 수 있다."

"Hyperfiktion ist demzufolge die literarische Ausformung eines elektronischen Textes mit Verbindungen, die den multiplen Zugang zu Informationen ermöglichen. Eine Hyperfiktion ist also ein komplexes literisches Gewebe, in welchem multiple(narrative) Abläufe durch die imple- mentierte Verknüpfungsstruktur direkt sichtbar werden und der Leserin erlauben, ihnen nachzufolgen. Eine Hyperfiktion kann verschiedene Stimmen und beispielsweise mehere Perspektiven enthalten, die der Leserin zahlreichen Perspektivenwechsel ermöglichen. Die Leserin wird dabei zum Mitgestalten der Fiktion herangezogen, dass heisst, in Endscheidungsprozesse involviert, die den weiteren Verlauf der Fiktion bestimmen können."[50]

이에 따르면 하이퍼픽션은 전자적 하이퍼텍스트로 텍스트를 촘촘하게 얽혀있는 구조물로 이해하며, 계속적으로 텍스트를 엮어나가는 특징을 갖는다. 개별 텍스트의 단위들은 연상적이고 비연속적인 방법, 즉 리좀의 구조와 같은 식으로 한 문서에서 내적, 외적으로 연결되어 있기 때문에, 독자는 다양한 독서경로와 이야기의 흐름을 추적할 수 있게 되고 새로운 경로를 찾아 이야기를 계속 엮어나간다. 이와 더불어 독자는 읽기 과정에서 수많은 정보와 개별 텍스트들을 하나의 새로운 순서로 조합할 수 있고 창조적으로 결합시킬 수 있게 된다.[51] 하이퍼픽션은 이러한 다중적이고 비선형적 특징으로 인해 전통적인 텍스트와 크게 구별된다. 내용적, 형식적인 면에서 다양한 방식으로 읽히는 하이퍼픽션은 복잡하게 얽혀있는 문학적 조직이며, 그 안에서 다중적 서사의 흐름이 링크라는 보완적 연결 구조를 통해 직접적으로 나타나는 새로운 문학적 장르라 할 수 있다. 독자에 의한 텍스트의 검색과 연결이 전체 텍스트에 얼마만큼의 의미를 부여할 것인가의 문제, 전체 텍스트와 연결된 개별 텍스트와의 관계 설정 문제가 과제로 남아있기는 하지만, "독자가 비로소 텍스트를 완성하는(daß der Leser den Text erst fertig schreiben muß)" 텍스트, 링크를 통해 독자에 의한 "자발적인 조합의 가능성(Die spontane Kombinationsmöglichkeit)"을 제공하는 텍스트, "근본적인 시작이 없는 것과 마찬가지로 분명한 끝이 없는(so wie es keinen eigentlichen Anfang gibt, gibt es kein klares Ende)" 텍스트, "개방되어 있는 수많은 결말(offen manches Ende)"[52]이 존재하는 텍스트로서 하이퍼

---

50) Ebd., S. 28.

51) Vgl. Beat Suter/Michael Böhler: Hyperfiction-ein neues Genre?, a. a. O., S. 15f.

픽션은 문학의 새로운 가능성을 하이퍼텍스트를 이용한 실험으로 제시한다.

1. 7. 광의의 개념으로서 디지털 문학

앞에서 살펴본 이어쓰기, 네트 문학, 멀티미디어 문학, 인터넷 문학, 하이퍼픽션 등은 각자 내부의 고유한 기능을 강조하며 나타난 개념들이다. 따라서 이들 형태들은 어느 정도 서로 간에 일정한 변별적 자질을 가지고 있다. 네트워크의 기능을 강조하여 여러 작가들의 참여를 요구하는 이어쓰기와 네트 문학은 선형성이라는 문제에서 차이를 보이며, 다양한 매체를 통합하여 등장하는 멀티미디어 문학과 인터넷 문학은 온라인과 오프라인이라는 점에서, 그리고 하이퍼픽션은 하이퍼텍스트의 기술을 어느 정도 구현하고 있는가 하는 점에서 적으나마 고유한 차이를 보인다. 하지만 다른 한편으로 각각의 장르들은 다른 장르들의 특성을 받아들여 그 개념이 명확히 구분되지 않는 경우도 있다. 예를 들어, 이어쓰기에서 멀티미디어적 속성을 구현할 수도 있고, 인터넷 문학 역시 멀티미디어의 경향을 띠고 있으며, 하이퍼픽션도 이어쓰기나 네트 문학의 특징을 수용하여 나타나기도 한다. 이는 이들 개념들이 컴퓨터를 기반으로 디지털 기술을 문학에 응용하여 일정한 특징을 강조하는 가운데 나타나기 때문이다. 따라서 이 모두를 하나의 장르에 편입시킬 수 있는 개념이 필요한데, 하이퍼텍스트 문학이나 디지털 문학이 이에 대한 적절한 제안이 될 수 있다. 서로 약간씩 다르게 사용되고 있는 이들 개념들이 하이퍼텍스트의 속성을 이용한다는 점에서 하이퍼텍스트 문학으로 이야기

---

52) Roberto Simanowski: "Digitale Literatur", a. a. O.

될 수 있고, 컴퓨터를 비롯한 디지털 기술을 응용한다는 점에서 디지털 문학이라 할 수 있다. 다시 말해, 앞에서 논의된 개념들을 포괄적으로 묶어줄 수 있는 개념으로 하이퍼텍스트 문학, 혹은 디지털 문학 두 가지 모두 타당하다고 할 수 있다. 특히 미국의 영향을 받아 컴퓨터를 이용한 문학적 활동의 개념이 수입된 독일어권의 경우는 하이퍼텍스트 문학을 디지털 문학의 동의어로까지 사용하고 있다.[53] 하지만 최근에 와서는 하이퍼텍스트 기술 역시 디지털 기술에 의해 구현되기 때문에 좀 더 광범위한 개념으로 디지털 문학이라는 개념이 널리 쓰이고 있는 추세이다. 즉, 광의의 포괄적 개념으로서 상호작용성, 상호매체성의 특징을 가지고, 하이퍼텍스트 문학, 하이퍼미디어 문학, 네트 문학을 모두 포함하는 "디지털 문학(Digitale Literatur)"[54]의 개념이 그것이다.[55]

디지털 기술을 사용하는 모든 문학 형태가 그렇다고 디지털 문학의 범주에 들어가지는 않는다. 디지털 기술을 사용하여 오프라인 형태의 아날로그 텍스트를 온라인 상태로 단순히 변환시킨 문학작품들은 디지털화된 문학으로 디지털 문학과는 구분해야 한다. 예를 들어 작가들의 홈페이지나 저작권에 저촉되지 않는 텍스트들을 인터넷에 모아 놓은 「구텐베르크 프로젝트(Das Projekt Gutenberg-DE)」[56]의

---

53) Vgl. Christine Böhler: Literatur im Netz. Projekte, Hintergründe, Strukturen und Verlage im Internet, Wien 2001, S. 24.

54) Roberto Simanowski: "Interaktive Fiction und Software-Narration", a. a. O.

55) 하이퍼텍스트 문학, 디지털 문학, 사이버 문학, 인터넷 문학 등은 각각 사용자의 선호도에 따라 달리 쓰이지만, 기본적으로는 비슷한 의미를 지니고 있어 커다란 차이가 없는 것으로 보이기도 한다.

56) Vgl. "Das Projekt Gutenberg-DE". URL:http://www.gutenberg2000.de /index.htm [21. Juli 2002].

텍스트들은 디지털의 속성인 비트로 이루어져 있지만, 디지털 문학
으로는 볼 수 없다.57) "디지털 문학은 자신의 특별한 매체 안에서뿐
만 아니라, 무엇보다 그 매체를 사용하거나, 혹은 이 매체에 반하여
작업을 수행할 때, 미학적 소득을 얻는다.(Digitale Poesie erzielt
ästhetischen Gewinn, insofern sie nicht nur in, sondern vor allem
mit ihren ganz spezifischen Medien arbeitet-oder auch gegen sie.)"58)
때문에 전통적인 텍스트를 단순히 디지털화시킨 텍스트, 혹은 네트
워크의 상호작용성이나 멀티미디어의 기능을 배제하고 온라인의 특
성을 출판의 수단으로만 삼는 텍스트 등은 디지털 문학의 범주에 포
함되지 않는다고 할 수 있다. 하지만 디지털의 기본적인 특징을 단
순히 0과 1의 비트로 이루어진 저장매체로 규정할 때 디지털 문학은
좀 더 넓은 의미로 이해된다.

---

57) 최근에 독일의 유명 출판사인 레클람 Reklam은 읽어주기 기능 등과
　　 같은 일부 멀티미디어 기능을 추가하여 고전 작품들을 CD에 담아 출
　　 간하고 있는데, 이는 단순히 기존의 전통적인 텍스트를 디지털화시킨
　　 것으로 온라인상에서 혹은 오프라인상에서 인터넷의 특징을 이용하는
　　 디지털 텍스트와는 구분해야 한다.

58) Friedrich W. Block: "Acht poetologische Thesen zur digitalen Poesie".
　　 URL: http://www.brueckner-kuehner.de/stiftung/block/acht_thesen.
　　 htm [24. April 2001].

디지털 문학 Digitale Literatur	네트워크상의 문학 Literatur im Netz	고전 Klassiker
		작가 홈페이지 Autoren-Homepages
		문학 프로젝트 Literatur-Projekte
		문학잡지 Literatur-Magazine
	컴퓨터 문학 Computerliteratur	하이퍼픽션 Hyperfiction
		멀티미디어 문학 Multimediale Literatur
		컴퓨터 기반 문학 Computergenerierte Literatur
	네트 문학 Netzliteratur	공동창작 프로젝트 Kollaborative Schreibprojekte
		전자우편 – 문학 Email-Literatur
		문학 뉴스그룹 Literarische Newsgroups
		머드 MUDs

위의 도식은 오르트만(Sabrina Ortmann)이 구분한 디지털 문학의 범주이다.[59] 오르트만은 자신의 저서『네트 문학 프로젝트. 1960년대에서 오늘에 이르는 새로운 문학형식의 발전. (Netzliteraturprojekt. Entwicklung einer neuen Literatur- form von 1960 bis heute.)』에서 디지털 문학을 온라인과 오프라인을 모두 포함하여 위와 같이 세 분화하면서 체계적인 분류를 제시하고 있다. 여기에서 오르트만은

---

59) Sabrina Ortmann: Netzliteraturprojekt, a. a. O., S. 48.

인쇄 형태의 문학 텍스트를 단순히 네트워크에 올려놓은 것을 네트
워크상의 문학으로, 스토리스페이스와 같은 글쓰기 전용 프로그램을
이용하는 컴퓨터 기반 문학을 포함하여 컴퓨터로 작성된 문학을 컴
퓨터 문학으로, 그리고 온라인 형태의 네트워크를 이용하는 문학을
네트 문학으로 분류하고 있다. 하지만 오르트만이 디지털 문학으로
분류해 놓은 것들은 단순히 디지털 방식으로 만들어진 모든 문학 형
태를 가리키는 것이다. 따라서 위의 도식에서 나타난 분류를 이 책
에서 다룬 형태로 나누어 보면, 네트워크상의 문학을 뺀 컴퓨터 문
학과 네트 문학에 포함된 것들은 하이퍼텍스트 문학으로, 그리고 전
자 네트워크를 이용하는 네트 문학에 포함된 것들은 인터넷 문학으
로 볼 수 있다.

한편, 오르트만은 여기서 '문학'이라는 용어사용의 문제를 제시하
면서, 인터넷상의 예술적 실험들에 문학의 개념을 사용할 수 있을
것인가에 대한 문제점을 제기한다. 디지털 기술로 인한 각 매체 간
의 통합이 용이해지면서 문학에서의 중심적인 개념인 문자 텍스트의
위치가 약해지는 시대에, 이러한 디지털 문학이 오히려 "인터넷–예
술(Internet-Kunst)" 혹은 "네트 문학 프로젝트(Netzliteraturprojekt)"[60]
로 사용되는 것이 좋지 않겠는가 하고 조심스럽게 질문을 던진다.
디지털 문학이 여전히 실험적인 성격을 띠고 있고, 아직 주류문학에
포함되고 있지 않고 있으며, "개방적이고(unabgeschlossen)", "퍼포
먼스적인(performativ)"[61] 특성을 가지고 있기 때문에, 이를 인터넷
을 이용한 문학적 작업인 '네트 문학 프로젝트'로 말하자는 것이다.

---

60) Ebd., S. 45f.
61) Ebd., S. 41.

하지만 오르트만 스스로도 자신의 책에서 여전히 디지털 문학이란 용어를 계속 중심개념으로 사용하고 있고, 대부분의 디지털 문학 작업들이 프로젝트의 성격을 띠고 있기는 하지만 기본적으로 '디지털'이라는 개념으로 광범위하게 묶일 수 있기 때문에, '디지털 문학'이 새로운 문학적 장르를 나타내는 하나의 포괄적 개념으로서 유효하다 하겠다.

2. 하이퍼텍스트 문학의 생성과 전개

2. 1. 미국의 경우

2. 1. 1. 하이퍼텍스트와 스토리스페이스

1945년 부시는 인간의 연상 작용에 따라 자료를 분류하고 배열하는 아이디어를 내는데 이것이 일반적인 하이퍼텍스트의 기원으로 간주된다. 1965년 넬슨은 부시의 아이디어를 이용하여 컴퓨터에서 가장 효과적으로 읽을 수 있는 글쓰기 개념을 생각해내고 이를 하이퍼텍스트라고 이름 붙인다. 부쉬와 넬슨에 의해 제안되고 점차적으로 실현된 이러한 하이퍼텍스트 기술은 문학에 응용되면서 새로운 형태의 읽고 쓰는 문학적 활동을 가져온다. 이러한 활동이 처음으로 구체적으로 실현되는 시기는 80년대 후반 미국에서 개인용 컴퓨터의 보급과 인터넷이 서서히 증가하기 시작하는 때이다. 이때 몇몇 예술가들과 작가들은 새롭게 등장한 매체를 철저히 분석하고 새로운 기술이 가져올 가능성들을 실험하기 시작한다. 당시 이들에게 중요했던 것은, 자신의 텍스트를 재빨리 출판할 수 있는 유리한 여건을 만드는 것뿐만 아니라 좀 더 새로운 형태의 서사적 형식을 실험해보고 또한 인터넷을 이용한 새로운 형태의 커뮤니케이션형식과 상호작용형식을 문학적 구조와 연결시켜 보는 것이었다.[62]

이러한 흐름 가운데 조이스는 80년대 후반 하이퍼텍스트 기술을 이용하여 글쓰기에 이전과는 전혀 다른 방식의 읽고 쓰는 방식을 처음으로 구체화시킨다. 이미 1982년 출간된『아일랜드 밖의 전쟁(The War Outside Ireland)』이라는 소설로 꽤 알려져 있던 조이스는 여러 사람들이 모여 같은 주제를 가지고도 서로 다른 이야기로 상황에 따라 다양한 이야기가 재미있게 펼쳐지는 것을 생각하고서, 이러한 방식의 이야기를 종이가 아닌 컴퓨터를 통해 실현시키고자 했다. 하지만 자신의 계획을 실현시켜줄 글쓰기 소프트웨어를 찾지 못하자 조이스는 1984년 조지아 공과대학의 교수였던 볼터(David Bolter) 등과 함께 글쓰기 프로그램인 스토리스페이스(StorySpace)를 개발, 1987년 최초의 하이퍼텍스트 소설인 「오후, 어떤 이야기(afternoon, a story)」[63]를 완성한다. 바로 이때가 하이퍼텍스트 문학이 시작되는 시기로 간주되며, 스토리스페이스는 미국의 대표적인 전자 글쓰기 프로그램으로 하이퍼텍스트 문학에 있어 하나의 전형을 보여주는 사례로 남는다.

스토리스페이스는 조이스의 생각처럼 상황에 따라 다양한 이야기가 펼쳐지는 소설을 만들 수 있게끔 도와주는 글쓰기 프로그램이다.

---

62) Vgl. Beat Suter/Michael Böhler: Hyperfiction-ein neues Genre?, a. a. O., S. 11f.

63) Michael Joyce: "Afternoon, a story"(diskette), MA.: Eastgate Systems, 1987.

조이스는 「오후, 어떤 이야기」를 구상하면서 어떻게 하면 적은 분량의 텍스트로 많은 이야기를 만들어 읽을 때마다 이야기가 달라지게할 수 있을까를 생각했다. 이를 위해서는 작가뿐만 아니라 독자 스스로가 텍스트 읽는 방법을 여러 가지로 만들 수 있는 장치를 필요로 했는데, 스토리스페이스는 당시의 하이퍼텍스트 기술을 응용하여읽기와 쓰기 방식에서 이 같은 조이스의 생각을 구체화 시켜주는 일종의 글쓰기 소프트웨어이다. 스토리스페이스의 사용 설명서에는 스토리스페이스가 무엇인지를 다음과 같이 정의하고 있다: "스토리스페이스는 하이퍼텍스트를 작성해주는 환경이다. -서로 연결된 전자적 문서들 혹은 하이퍼텍스트들을 만들거나 읽기 위한 도구이다. (Storyspace is a hypertext writing environment-a tool for creating and reading interlinked electronic documents, or hypertexts.)"[64]

스토리스페이스는 일단 한 페이지 분량의 독립된 개개의 텍스트들을 일정한 제목을 붙여 저장시켜놓고서, 이 텍스트들을 링크를 통해 서로 연결시켜주는 기능을 갖고 있다. 이때, 제목과 제목을 연결시킬수도 있고, 제목과 단어, 단어와 단어, 그림과 단어 등을 서로 연결시킬 수도 있으며, 이러한 연결의 조합을 통해 독자는 스스로 이야기를 마치 모자이크를 맞추듯이 읽게 된다. 다시 말해 독서경로의수가 크게 많아지는데, 독자가 어떤 링크를 선택해 나가면서 읽느냐에 따라 이야기는 서로 달라진다.

이처럼 스토리스페이스는 매번 읽기 과정에서 이야기가 변하는 구

---

64) Jay David Bolter u. a.: Getting Started with Storyspace for Windows, MA.: Eastgate Systems, 1998, p.4.

[그림 8] Storyspace Programm

조를 지닌 텍스트를 독자에게 제공한다. 이때, 이야기는 독자에게 읽히는 것이 아니라 "재현되는(präsentieren)"[65] 이야기이기 때문에, 독자는 의식적이든 무의식적이든 텍스트의 경로를 자신의 독서과정에서 결정해야 한다. 따라서 스토리스페이스는 전체 텍스트의 개관을 허락하지도 않고, 모든 개별 텍스트 전체를 읽을 가능성에 대한 보장도 주지 않는다.[66] 텍스트를 어떻게 연결시킬 것인가는 전적으로 독자의 몫이며, 작가는 다만 일정한 범위에서 개별 텍스트들을 연결시키는 경우의 수를 두기만 하면 되는데, 이 때문에 사실 수 없이 만들어질 수 있는 이야기 가운데 어느 것이 정말 작가가 원했던, 혹은 이야기하고자 했던 이야기인지는 의미가 없어진다. 같은 사람이라도 읽을 때마다 달라지는 이야기구조를 제공하는 스토리스페이스는 그래서 하이퍼텍스트의 비선형적이고 수없이 이야기의 가지를 쳐가는 리좀 구조를 문학에 응용시킨 초기의 프로그램으로 그 가치를 인정받고 있으며, 현재까지도 이를 이용한 문학 활동이 활발하게 이루어지고 있는 대표적인 글쓰기 저작도구다.[67] 물론 글쓰기 전용 프로그램을 이용하지 않

---

65) Doris Köhler: Den Link übersetzen-Afternoon wird nachmittags. In: Hyperfiction. Hyperliterarisches Lesebuch, a. a. O., S. 150.

66) Vgl. Ebd., S. 151.

67) 스토리스페이스는 지금까지도 꾸준히 팔리고 있는 글쓰기 프로그램이다. 이를 개발한 회사인 이스트게이트는 이 프로그램과 더불어 이를 이용하여 만든 소설들을 디스켓이나 씨디-롬으로 만들어 자사의 홈페

고 HTML을 직접 사용하여 좀 더 다양한 효과를 이용하는 경우도 있지만, 미국의 경우에는 하이퍼텍스트 문학 작품을 만들기 위해 스토리스페이스와 같은 소프트웨어에 의존하는 방식이 앞서 있기 때문에, 이 책에서는 스토리스페이스와 이를 통해 제작된 대표적 작품인 「오후, 어떤 이야기」 정도만을 다루기로 한다.

2. 1. 2. 「오후, 어떤 이야기」

「오후, 어떤 이야기」는 컴퓨터를 통해 읽고 쓰는 최초의 하이퍼텍스트 소설이라는 점에서 의미를 갖는 작품이다.[68] 또한 그 속성상 책이 아닌 디스켓의 형식으로 판매되고 초기 하이퍼텍스트에 대한 논의를 촉발시켰다는 점에서 커다란 관심을 끄는 작품이다. 앞서 언급한 대로 글쓰기 저작도구인 스토리스페이스를 이용하여 만들어진 이 소설은 주인공인 피터가 우연히 교통사고 현장을 목격한 후, 사고가 난 자동차가 자기 부인의 것인지도 모른다는 생각에 부인과 아들의 행방을 찾는 내용으로 되어 있다. 여기에 더불어 피터가 자신의 직장 상사인 워더, 그의 부인 노시카와 나누는 대화, 피터의 부인인 로리와 워더, 피터와 노시카와의 애정 문제, 그리고 과거 결혼 생활에 대한 회상 등이 「오후, 어떤 이야기」의 사건을 끌고 나간다. 하지만 이러한 내용보다도 독자들의 관심을 끄는 것은 「오후, 어떤 이

이지와 인터넷 서점인 아마존을 통해 판매하고 있다. 이스트게이트는 프로그램과 하이퍼텍스트 소설의 판매 외에도 하이퍼텍스트를 중심으로 한 논의와 창작활동을 지원하고 있으며, 이 분야의 중요한 자료들을 제공하고 있다. 이스트게이트의 인터넷 주소는 다음과 같다: URL: http://www.eastgate.com [3. März 2000].

68) Vgl. Christine Böhler: Literatur im Netz, a. a. O., S. 25.

야기」를 읽어 나가는 방식이다.

「오후, 어떤 이야기」의 디스켓을 컴퓨터에 넣고 실행을 시키면 그림 9)와 같은 화면이 먼저 뜬다. 화면에 'start'란 제목의 텍스트가 나타나고 서로 다른 세 사람이 어렴풋하게 보이는 그림 속에 작품의 제목과 작가의 이름, 그리고 저작권에 대한 간략한 내용이 나온다. 독자는 이야기를 읽어나가기 위해 화면에 보이는 몇 가지 기능을 숙지해야 한다.

우선 키보드의 엔터(Enter) 키와 가운데 창의 아래쪽에 보이는 'Y', 'N', 'Links', 'History', 그리고 가운데의 빈 공간과 몇 가지 아이콘 모양이 「오후, 어떤 이야기」를 읽기 위한 중요한 도구를 제공한다. 엔터 키는 순차적인 텍스트의 전개를, 'Y'와 'N'은 화면의 서술자가 하는 질문과 진술에 대해 독자의 반응을 선택하는 기능을 제공한다. 독자는 계속 엔터 키, 'Y'나 'N', 혹은 이 셋을 번갈아 누르면서 이야기를 전개시킬 수 있는데, 이는 텍스트의 선택에 있어 인쇄된 책의 페이지를 넘기는 것과 크게 다르지 않다. 가운데의 빈 공간은 일정한 단어를 넣으면 그 단어와 관계된 혹은 연결된 텍스트를 보여주는 기능을 담당한다. 'Links'는 화면에 보이는 텍스트에서 다른 텍스트와 연결되어 있는 모든 텍스트를 보여주는 기능이다. 즉, 텍스트에서 어떠한 단어가 어떠한 텍스트와 연결되어 있는가를 보여주고, 연결된 텍스트로 직접 이동할 수 있게 해주는 기능이다. 'History'는 말 그대로 이제껏 읽어왔던 독서 경로를 보여주어 독자 스스로가 어떠한 길을 따라 이야기를 읽어왔는가를 보여주고, 다시 읽고 싶은 부분으로 되돌아 갈 수 있는 기능도 제공한다. 또한 클립 모양의 아이콘은 북마크(bookmark) 기능을 제공, 특정 텍스트를 기억하게 하여 다시 처음부터 찾는 일이 없도록 하고, 종이 모양의 아이콘은 독자로 하여금 특정 텍스트에 대한 간단한 메모를 할 수 있는 기능을 제공한다. 마지막으로 백스페이스는 이전 텍스트로 돌아가는 기능을 수행하는데, 이 외에도 초기 화면으로 돌아갈 수 있도록 하는 'Home' 버튼과 같은 키보드 등이 「오후, 어떤 이야기」를 읽어나가는 데 있어 유용한 기능들이다.

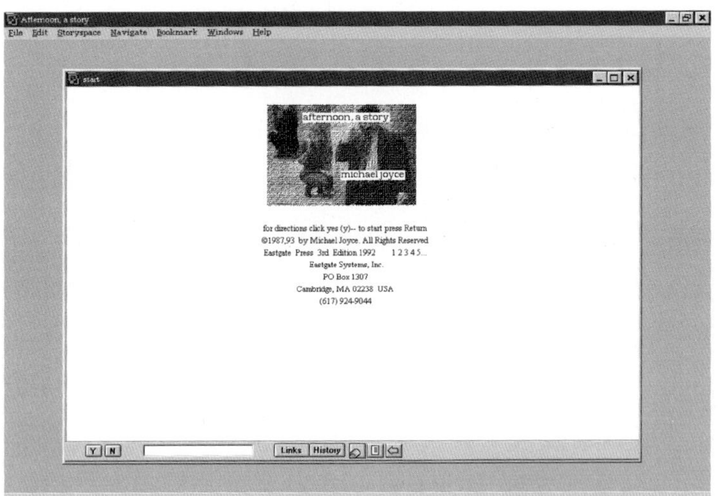

[그림 9] Michael Joyce의 「afternoon, a story」 초기화면

또한 작품 제목 밑에 있는 각종 기능들이 「오후, 어떤 이야기」를 읽어 나가는 데 있어 직, 간접적인 부가적 기능을 수행하는데, 이런 식으로 「오후, 어떤 이야기」는 539개의 텍스트에 951개의 링크로 구성되어 매우 복잡하고도 다양한 독서경로를 제공한다.[69] 예를 들어,

---

69) 류현주: 하이퍼텍스트문학, 김영사, 92쪽 참조.

'start'란 제목의 초기 화면에서 계속 엔터 키만 누를 경우에는 주인 공 피터의 부인인 로리와 그의 직장상사인 워더와의 애정관계가, 'Y' 만 누를 경우에는 교통사고와 관련된 이야기가, 'N'만 누를 경우에는 이혼하기 전에 있었던 로리와의 결혼생활에 대한 피터의 회상이 주 된 내용을 이룬다. 뿐만 아니라, 이를 혼합해서 특정한 경로로 텍스 트를 이동시키며 읽을 경우, 그 내용 역시 조금씩 달라진다. 이런 식 으로 「오후, 어떤 이야기」는 독자에게 다양한 독서 경로를 제공하고, 독자 스스로가 이야기를 선택, 조합하게 하여 결국에는 조이스의 말 대로 상황에 따라 다양한 이야기가 펼쳐지는 소설이 된다. 이는 같 은 독자라도 독서경로에 따라 상이한 이야기가 전개되고 또한 독자 들마다 다른 이야기를 접하게 되기 때문인데, 그렇다고 「오후, 어떤 이야기」의 이야기가 서로 다른 이야기는 아니다. 같은 독자, 혹은 다 른 독자에 따라 이야기가 서로 다르다고 해서 각각의 이야기들이 서 로 다르다거나 전혀 무관한 것이 아니라, "이야기의 층위"[70]가 다르 기 때문에 이 같은 현상이 일어난다. 다시 말해 독자에 의한 개별 이야기의 조합에 따른 이야기 전개방식의 변화가 다르기 때문이다. 따라서 영어 제목의 'a story'가 나타내주는 것처럼, 「오후, 어떤 이 야기」는 상황에 따라 달라지는 수많은 '어떤 이야기'이지만, 동시에 그것은 '하나의 이야기'이다. 하나이면서 다수일 수 있는 이야기, 다 수이면서 하나일 수 있는 이야기, 「오후, 어떤 이야기」는 이러한 이 야기의 구조를 하이퍼텍스트의 기능에 힘입어 처음으로 보여준 작품 이다. 「오후, 어떤 이야기」는 이처럼 "일반 소설에서 하이퍼텍스트로 넘어가는 서사형식에 있어 극단적인 변화(die radikale Änderung der Erzählform: vom Roman zum Hypertext)"[71]를 가져온 최초의 작

---

70) 위의 책, 99쪽.

품이라는 점에서 커다란 의미를 지닌다.

2. 1. 3. 스토리스페이스의 평가와 한계

스토리스페이스와 비슷한 프로그램으로 애플 컴퓨터의 운영체제인 매킨토시에 포함되어 있던 하이퍼카드(Hypercard)[72] 등이 하이퍼텍스트를 만들어주는 유용한 도구로 사용되기도 했다. 하지만 문학적인 용도로 개발되어 하이퍼텍스트 작품을 만들어주는 프로그램은 스토리스페이스가 처음이다. 또한 스토리스페이스는 이를 통해 만들어진 몇몇 작품들이 실제로 판매되어 어느 정도 대중성과 함께 작품성을 인정받고 있다는 점에서 주목을 받는 프로그램이다.[73] 미국의 브라운 대학에서는 스토리스페이스를 교재로 하여 하이퍼텍스트 강의가 진행되고 있기도 한데, 이 강의에서 중점을 두는 부분은 건축, 디자인, 링크와 관련하여 복합적인 하이퍼텍스트의 서사구조를 어떻게 하면 투명하게 혹은 덜 투명하게 만들 것인가 하는 문제, 독자와의 상호작용적 역할 문제, 이에 따른 저자에 대한 새로운 정의 문제 등

---

71) Christine Böhler: Literatur im Netz, a. a. O., S. 23.

72) 하이퍼카드는 1987년 컴퓨터 제조 회사인 애플사에서 개발한 프로그램으로, 당시에는 잘 알려지지 않았던 링크의 개념을 구체적으로 실현시켜 멀티미디어 기능을 갖춘 하이퍼텍스트 문서를 작성할 수 있게 해주는 초기 하이퍼텍스트 저작 도구이다. 하이퍼카드에 대한 내용은 다음 애플사의 홈페이지를 참조: URL:http://www.apple.com/pr/library/1998/jan/07hypercard.html [10. August 2002].

73) 본문에서 예로 든 「오후, 어떤 이야기」 이후에도 멀스롭(Stuart Moulthrop)의 「승리 정원(Victory Garden)」(1992), 잭슨(Shelley Jackson)의 「잡동사니 소녀(Patchwork Girl)」(1995) 등이 스토리스페이스로 제작되어 작품성과 함께 일정부분 대중성을 확보한 소설로 인정받고 있다.

이다.[74] 전통적인 글쓰기 방법과 달리 스토리스페이스를 이용할 경우, 전체의 텍스트를 순서대로 써 내려가는 것이 아니라, 개별적인 소규모 텍스트들을 일단 쓰고, 그리고 나서 이들을 연결시키고 조합하는 것이 중요하기 때문이다.

스토리스페이스와 같은 프로그램은 문자 텍스트에 기반을 둔 글쓰기 저작도구이기 때문에 오늘날과 같은 컴퓨터 환경에서는 다소간 그 활용도가 떨어지는 느낌을 준다. 디지털 기술이 발전하면서 컴퓨터 환경이 점차로 멀티미디어의 경향이 강해지고 있는데 비해, 스토리스페이스의 경우 이를 수용할 만한 도구를 제공하지 못하고 있다. 이미지의 경우에는 어느 정도 텍스트와 연결시키는 기능을 가지고 있지만, 동영상이나 사운드의 활용에는 문제가 있기 때문에 완벽한 멀티미디어 텍스트를 제공하지 못한다는 약점을 지닌다.[75] 또한 하이퍼텍스트 소설을 비롯한 디지털 문학의 평가에 있어 중요한 척도로 제시되는 상호작용성에 있어서도 스토리스페이스는 다소간 약점을 지닌다. 스토리스페이스로 제작된 「오후, 어떤 이야기」나, 「잡동사니 소녀(Patchwork Girl)」 등과 같은 경우, 상호작용성은 작가가 만들어 놓은 일정한 프로그램 안에서 벌어진다. 다시 말해 텍스트를 선택하는 독자와 이에 따라 텍스트를 재현해주는 프로그램 사이에서만 상호작용성이 구현된다. 오늘날 네트워크상에서 작가와 작가, 작가와 독자, 독자와 독자 간에 이루어지고 있는 상호작용성에 비해서

---

74) Vgl. Robert Coover: Goldene Zeitalter. Vergangenheit und Zukunft des literarischen Wortes in den digitalen Medien. In: TEXT + KRITIK, a. a. O., S. 23.

75) 이에 대해서는 이스트게이스사에서 스토리스페이스와 함께 제공되는 사용 설명서를 참조.

스토리스페이스가 제공하는 것은 비교적 제한적이며 그 범위가 상당히 좁은 편이다. 다시 말해 오프라인 형식의 완결된 읽기방식을 취하고 있기 때문에, 독자가 스토리스페이스가 제공하는 이야기에 자신의 이야기를 연결시킨다거나, 저자와 독자들 사이의 직접적인 소통과 이에 따른 이야기의 가변성이 떨어진다는 것이다. 이에 따라 스토리스페이스는 이러한 부분을 보완하여 인터넷 출판 기능과 같은 지속적인 업그레이드를 하고 있지만, 여전히 문자 텍스트에 기반을 둔 속성을 버리고 있지 못하고 있기 때문에 완벽하게 멀티미디어 기능이나 저자와 독자, 독자와 독자들 간의 네트워크 기능은 제공하고 있지 못하고 있는 형편이다.

한편으로 네트워크와 멀티미디어가 아직 발전하지 못하고 있던 시기와 비교해 볼 때, 인터넷이 일반화되고 영상문화가 지배적인 문화로 자리잡아가고 있는 오늘날의 컴퓨터 환경은 어쩌면 스토리스페이스와 같은 글쓰기 프로그램을 더 이상 필요로 하지 않을지도 모른다. 스토리스페이스가 처음으로 발표될 당시 링크의 개념이나 네트워크의 개념이 발달하지 못했던 시기에는 특정한 글쓰기 프로그램이 필요하기도 했지만, 오늘날은 이러한 프로그램들이 텍스트 제작을 위해 특별히 요구되지 않기 때문이다. 요즘 흔히 사용되고 있는 워드 프로세서 프로그램들이나 홈페이지 제작관련 프로그램들이 오히려 스토리스페이스보다 더욱 훌륭한 텍스트 환경을 제공하고 있기 때문에, 스토리스페이스를 선호할 이유가 별로 없어 보인다. 하지만 여전히 스토리스페이스로 제작된 작품들이 계속 발표되고 있고, 작품성에 있어 별 다른 주목을 받지 못하고 있는 여느 하이퍼텍스트 문학 작품들에 비해 이들이 하이퍼텍스트 문학의 고전으로 평가를 받고

있는 점은76) 스토리스페이스의 성과라 하겠다. 또한 초기 하이퍼텍
스트 문학 논의를 촉발시켰다는 점과 여전히 문학의 중요한 표현 수
단인 문자를 고집하며, 텍스트를 중심으로 서사방식의 다양화를 통
해 독자를 적극적으로 이야기의 구성에 참여시키고 있다는 점, 그리
고 미국의 대표적인 하이퍼텍스트 저작도구로서 문학 분야에서 지금
까지 활발한 디지털 문학의 논의를 전개시키고 있다는 점은 스토리
스페이스가 마땅히 받아야 할 긍정적인 평가이다.

2. 2. 독일의 경우

2. 2. 1. 배경과 생성과정

스토리스페이스와 같은 글쓰기 프로그램을 사용하여 디지털 문학
을 발전시킨 미국과 달리 독일어권의 경우는 특정한 소프트웨어를
사용하지 않고 컴퓨터와 인터넷의 매체적 특성을 그대로 이용하는
방식으로 새로운 문학적 장르를 발전시킨다. 문학적 하이퍼텍스트로
서 하이퍼픽션이란 명칭을 쓰며 조이스, 몰스롭, 잭슨 등이 스토리스
페이스를 이용해 작품 활동을 하던 미국보다 10년 정도가 지난 이후,
90년대 중반부터 독일어권에서는 이러한 새로운 장르의 형태가 서서
히 나타나기 시작한다. 컴퓨터 환경과 인터넷이 발달하고 이를 손쉽
게 사용할 수 있게 되면서 몇몇 작가들이 "컴퓨터를 다양한 미학적
표현수단을 혼합시키기 위한 경향(die Tendenz des Computers zur

---

76) Vgl. Anja Rau: What you click is what you get? -Die Stellung von
   Autoren und Lesern in interaktiver digitaler Literatur, Dissertation,
   Mainz, 2000, S. 6.

Amalgamierung verschiedener ästhetischer Ausdrucksformen)"[77] 으로 사용하기 시작하는데, 이때부터 이전과는 다른 글쓰기 환경에서 새로운 텍스트와 새로운 서사 형식을 발전시키고 컴퓨터를 창조적으로 이용하여 새로운 표현 형식을 실험적으로 만들어내려는 작업이 나타난다.

독일어권 하이퍼텍스트 문학의 태동기는 90년대 중반, 정확히는 1994/95년으로 보인다. 이때 처음으로 하이퍼픽션 형태의 작품이 네트워크상에 나타나고 이후 서서히 이에 관심 있는 일련의 작가들과 독자들이 소규모 그룹을 만들어 활동하기 시작한다.[78] 초기 하이퍼텍스트 문학은 텍스트를 빠르게 전 세계로 출판시키는 유리한 기회를 갖는 것뿐만 아니라, 좀 더 다른 방식의 서사 형식을 실험하고 인터넷의 특별한 커뮤니케이션 형식과 상호작용 형식을 문학 구조와 연결시키는 가능성을 찾기 위해 시작된다.[79]

---

77) Beat Suter: Fluchtlinie. "Zur Geschichte deutschsprachiger Hyperfictions". URL: http://www.dichtung-digital.de/Autoren/Suter/26-Nov-99/index. htm [30. Mai 2000].

78) Vgl. Beat Suter: Hyperfiktion und interaktive Narration im frühen Entwicklungsstadium zu einem Genre, a. a. O., S. 10: 독일어권의 하이퍼텍스트 문학 역사를 정확히 나열하는 것은 쉽지 않은 작업이다. 이미 그 전부터 이에 대한 단초들이 보이기도 했지만, 시간이 지나면서 그 속성상 흔적이 남아있지 않는 경우도 많고, 또한 초기에는 주류 문학 제도권의 관심도 많지 않았기 때문이다.

79) Vgl. Beat Suter/Michael Böhler: Hyperfiction-ein neues Genre?, a. a. O., S. 12: "[……] nicht nur um eine günstige Gelegenheit zur schnellen weltweiten Verbreitung eigener Texte, sondern auch um die Möglichkeit, mit anders-artigen narrativen Formen zu experimentieren und die besonderen Kommunikations- und Interaktionsformen des Internets in literarische Strukturen einzubinden."

그 첫 번째 형태는 머드(MUDs)나 이어쓰기(Mitschreibenprojekte) 형식으로, 이에 대한 대표적인 시도가 독일 하이퍼픽션의 전형으로 평가받는 이덴센(Heiko Idensen)과 크론(Matthias Krohn)의 「상상의 도서관(Imaginäre Bibliothek)」[80] 프로젝트이다. 이 프로젝트는 1990년 오스트리아의 린츠(Linz)에서 있었던 전시회 「전자 예술 1990(Ars Electronica 1990)」[81]에 전시된 작품으로, 당시 두 대의 컴퓨터를 연결, 상상의 도서관이 가지고 있는 내용을 끊임없이 인쇄하는 방식으로 설치되었던 것이다. 이덴센과 크론은 이후 94년 「상상의 도서관」의 온라인 버전을 인터넷에 발표하여 큰 반향을 얻는다. 보르헤스(Luis Borges)의『끝없는 도서관(Die unendliche Bibliothek)』과 에코(Umberto Eco)의『장미의 이름(Der Name der Rose)』에 착상하여[82] 이덴센과 크론은 문학작품과 인용문들을 모아놓은 데이터 뱅크들을 연결, 방문자들이 모니터상에서 직접 "치환(Permutationen)", "컷업(Cut-Up)", "시각시(Visual Poesie)"[83] 등과 같은 실험적 형식

---

80) Heiko Idensen/Matthias Krohn: "Die imaginäre Bibliothek". URL:. http://www.hyperdis.de/pool/index.html [16. August 2002].

81) 「Ars Electronica」는 1979년부터 시작된, 디지털 미디어 아트와 이와 관련된 프로젝트를 전시하는 행사이다. 1987년부터는 오스트리아 방송국인 ORF의 후원을 받아 국제적인 행사로 진행되고 있다. 이 행사에 대해서는 다음의 주소를 참조. URL: http://prixars.aec.at/history/ [16. August 2002].

82) Beat Suter/Michael Böhler: Hyperfiction-ein neues Genre?, a. a. O., S. 13: 에코의『장미의 이름』은 이미 앞서 발표된 작품들의 텍스트를 도처에서 인용하여 구성한 것으로 되어 있고, 보르헤스의『끝없는 도서관』은 모든 문서들의 우주인 도서관을 상징적으로 그리고 있다. 「상상의 도서관」은 이에 착상하여 여러 텍스트에서 뽑아 놓은 수많은 짧은 인용문들을 독자들이 연결시키도록 하여 자신의 텍스트를 끝없이 전개시킨다.

83) Ebd., S. 12.

들을 실현시키는 「상상의 도서관」을 고안해낸다. 예를 들어 도서관의 방문자들이 특정한 작가의 인용 텍스트를 보고서 떠오르는 단상들을 서로 연결시키고 이어나가도록 하는 방식으로 상상의 도서관을 넓혀나가는 식이다. 이러한 방식으로 「상상의 도서관」에는 460개의 하이퍼텍스트 노드와 2635개의 링크로 구성된 백과사전식의 가상 도서관이 세워진다. 이 작업에서 두 저자가 목표로 했던 것은 "복잡하고 연상적인 독서와 탐색을 통해 방문자를 텍스트의 네트워크 속으로 끌어들여 상상의 공간인 도서관에 대한 독자의 참여를 시연하기 위한(durch verzweigtes assoziatives Lesen und Navigieren den Benutzer in ein Netzwerk aus Texten zu verstricken und somit eine Beteiligung des Lesers an dem Imaginationsraum Bibliothek zu simulieren)"[84] 것이었다. 미래에 있어 글을 쓰고 있는 곳이 어디일 것인가를 고민하던 이들에게 중요한 것은 개인의 독자적인 글쓰기가 아니라 함께 쓰고 읽는 작업 방식과 개인들을 서로 네트워크로 묶어 사회적 콘텍스트를 형성하고 서로 피드백을 나누는 것이었다.[85]

치환은 시의 한 행이나 단어의 일부분을 임의로 혹은 그 반대로 엄격한 규칙에 의해 연결시키는 방식으로, 주로 구체시나 실험적인 텍스트에서 가능한 것의 측정 불가능함을 보여주기 위해 사용한 형식이다. 컷업은 1960년대 발전된 문학적 콜라주에 있어서의 구성기술로, 예를 들어 한 페이지를 전반으로 잘라 다음 페이지에 붙여 읽어 나가게 하여 새로운 텍스트를 만들어 나가는 방식이다. 시각시는 전통적인 글쓰기 방식을 거부하고 조판기술이나 활자기술을 이용, 언어적인 것과 비언어적인 것 사이의 경계를 넘어 시(詩)에 있어서의 시각적인 특징을 형상화시킨다.

84) Beat Suter: "Fluchtlinie", a. a. O.

85) Vgl. Stephan Porombka: literatur@netzkultur.de, a. a. O., S. 51.

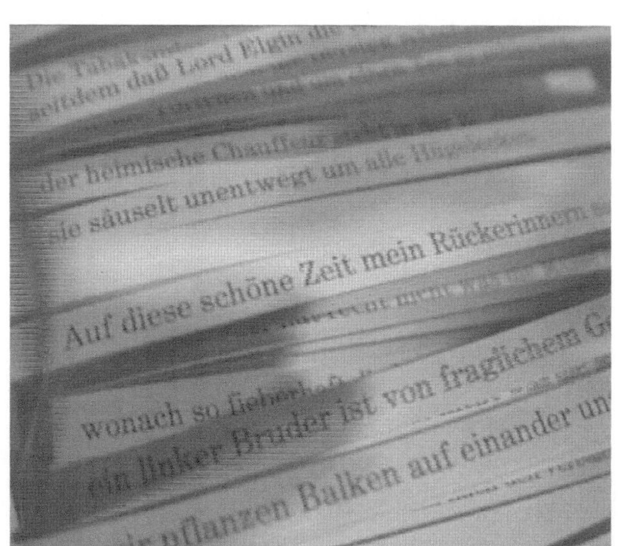

[그림 10] Heiko Idensen/Matthias Krohn의 「Imaginäre Bibliothek」에 쓰인 인용문들

　「상상의 도서관」은 초기 독일어권 하이퍼텍스트 문학을 대표하는 작품으로 이후에 나오는 일련의 실험들을 평가해보는 중요한 잣대로 삼을 수 있다는 점에서 평가를 받는다. 우선 「상상의 도서관」은 공동 창작의 형태를 띠고 있다. 이덴센과 크론이 주도를 하고 있지만, 방문자들의 참여가 작품 형성에 큰 부분을 담당하고 있다는 점에서, 그 때문에 상호작용성을 반영하고 있다는 점에서 하이퍼텍스트 문학의 기본적 속성을 보여주고 있는 작품이다. 또한 특정한 글쓰기 전용 프로그램을 사용하지 않고 90년대 중반부터 폭발적으로 증가하기 시작한 웹을 사용하고 있다는 점에서 미국의 경우와 비교하여 독자적인 경향을 보여준다. 초기의 기술적 수준 때문에 문자 텍스트를 기반으로 이어쓰기의 형태를 취하고 있는 「상상의 도서관」은 하지만

이후 급격하게 발달하는 멀티미디어의 경향과 인터넷의 발전으로 인해 독일어권의 고전으로 물러나고 그 자리를 새로운 작품이나 프로젝트에게 물려준다.

2. 2. 2. 이어쓰기에서 웹으로

「상상의 도서관」 이후 대학을 중심으로 개별적으로 활동하던 작가들은 90년대 중반부터 네트워크로 묶이면서 서서히 주목을 받기 시작한다. 대표적인 작가들로 스틸리히(Sven Stillich), 키닝어(Martina Kieninger), 슈뢰더(Dirk Schröder), 란트베어(Hartmut Landwehr), 클링어(Claudia Klinger), 아들러(Olivia Adler), 코흐(Olaf Koch), 아우어(Martin Auer), 잔더(Sven Sander), 올러(Norman Ohler), 될(Reinhard Döhl), 아우어(Johannes Auer)[86] 등이 있는데, 이들에게 자극을 준 것은 무엇보다 이때부터 시작되었던 인터넷 문학대회와 같은 행사였다. 이러한 행사들이 독일어권 하이퍼텍스트 문학사에 있어 중요한 시도로 평가받는 것은, 이를 통해 나타난 제반 문제점들이 보완되면서 하이퍼텍스트 문학이 점차로 문단의 관심을 얻기 시작하고 주류 문학계에 일정 부분 자리를 잡아가기 시작했다는 점이다. 또한 이때부터 당시까지 하이퍼텍스트 문학의 주류를 이루었던 이어쓰기에서 점차 탈피하여 웹의 특성을 적절히 이용하는 방향으로의 변화가 보이기 시작하는데, 그 단초를 처음으로 제공했던 대회가 「페가수스」이다.

---

86) Vgl. Beat Suter/Michael Böhler: Hyperfiction-ein neues Genre?, a. a. O., S. 13.

2. 2. 2. 1. 「페가수스」

「페가수스(Der Pegasus)」는 1996년에서 1998년까지 신문사인 디 차이트(Die Zeit)와 컴퓨터 회사인 아이비엠(IBM) 등의 스폰서에 의해 연차적으로 진행되었던 독일어권 최초의 인터넷 문학대회 (Internet-Literaturwettbewerb)[87]이다. 96년 첫 대회의 수상작으로 는 키닝어의 「장롱. 차단기.(Der Schrank. Die Schranke.)」[88]가 받는 다. 이 작품은 두 악령(Daemon)과 한 명의 연출가(Regisseur)가 등 장해 아무런 의미 없이 짧은 장면들을 연속적으로 진행시키는 희곡 의 대본 형태를 띠고 있다. 악령들은 "명령을 기다리는 프로그램들 (Programme, die auf Befehle warten)"[89]로 스스로 자신의 생각을 펼칠 수가 없는, 연출가의 명령에 의해서만 행위가 이루어지는 모습 으로 등장한다. 그래서 이들의 대화는 일관성이 없고 무언가 어렵고 무거운 단어에 대해서는 말을 끊어버리거나 잇지 못한다:

악령 1: …… 그리고??? …… 이제 뭘 하지??
악령 2(머뭇거리며): 우리는 …… 첫 번째 …… 문장을
연출가 소리를 지르며: !!!!생략한다!!!!

---

87) 아쉽게도 페가수스의 흔적은 네트워크상에 남아있지 않다. 다른 모 든 작품들과 마찬가지로 인터넷을 기반으로 하는 텍스트들은 빠른 출판 과 편집이라는 속성상 쉽게 바뀌거나 사라지고 다시 등장하는 특징을 가 지고 있는데, 페가수스도 예외는 아니다. 그래서 이러한 작품들을 위한 일종의 보관소(Archiv)의 필요성이 제기된다. 페가수스에 대해서는 다음 의 사이트를 참조: URL：http://www.translitera.de/pegasus98/ fsp.htm [20. August 2002].

88) Martina Kieninger: "Der Schrank. Die Schranke". URL：http:// www.textgalerie.de/mk/schrank/s1.htm [20. August 2002].

89) Martina Kieninger: "Der Schrank. Die Schranke". URL：http://www. textgalerie.de/mk/schrank/s3.htm [20. August 2002].

악령 1, 2는 침대를 넘어지게 놔둔다.
악령 1: 좋아! 그러면 시작해볼까 두 번째 ……
연출가 소리를 지르며: !!!!문장!!!!
악령 2(대화하는 목소리로): 오늘 날씨가 좋은데!
악령 1: 그 말은 나를 기분 좋게 하는군! [……]
악령 2: 강도 높은 실직 침체와 관련한 당신의 의견은?
악령 1: 그런 것에 대해서는 말할 수 없어!
악령 2: 방사성 원소의 반감기 침체 강도에 관해서는?
악령 1: 그런 것에 대해서는 말할 수 없다니까!!

1. daemon: …… Und??? …… Was machen wir jetzt??
2. daemon(zögernd): …… wir …… lassen den ersten …… Satz
Regisseur brüllt: !!!!!FALLEN!!!!!!
1. und 2. daemon lassen das Bett fallen.
1: Gut! Beginnen wir doch mit dem zweiten ……
Regisseur brüllt: !!!!SATZ!!!!
2. (im Konversationston): Schönes Wetter heute!
1: Das nimmt mich wunder! [……]
2: Was ist Ihre Meinung in bezug auf die
Intensivarbeitslosigkeitsstationierung?
1: Über so etwas spricht man nicht!
2: In bezug auf die Halbwertszeitkernkraftstationierungs-
 intensivität?
1. Über so etwas spricht man auch nicht!!"[90]

명령을 기다리는 프로그램인 두 악령들은 이들에게 명령을 내리는
연출가의 의지에 따라서만 움직인다. 무엇을 해야 할지 모르는 두

---

90) Martina Kieninger: "Der Schrank. Die Schranke.". URL: http://www.
textgalerie.de/mk/schrank/s2.htm [20. August 2002].

악령들은 연출가의 명령이 있고 나서야 움직이는 수동적인 역할을
수행한다. 그래서 두 악령의 움직임은 그림 11)에서처럼 비교적 딱
딱한 느낌을 주는 아스키 문자들을 통해 시각적으로 부자연스럽게
표현된다.

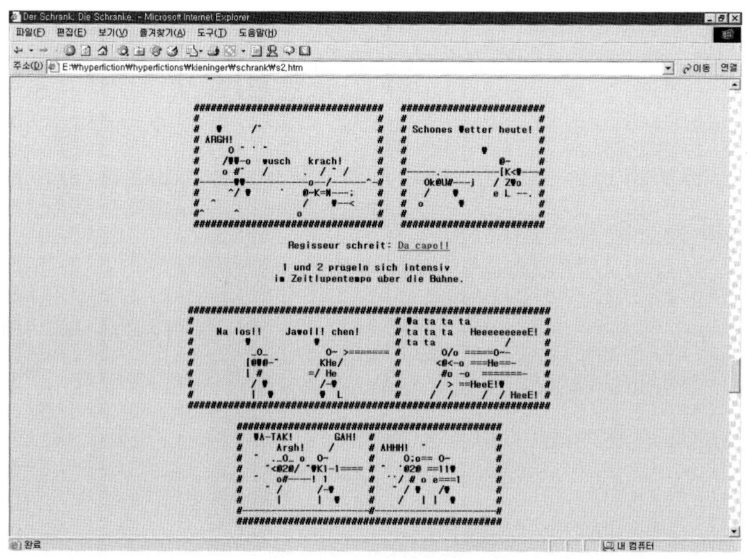

[그림 11] Martina Kieninger: 「Der Schrank, Die Schranke.」
연출가의 명령에 따라 서로 싸우는 모습을 아스키 형태로 나타낸 모습

이 작품을 통해 키닝어는 컴퓨터가 가질 수 있는 창조성에 대해
부정적인 견해를 드러낸다. 컴퓨터와 컴퓨터를 운영하는 프로그램은
자체적으로는 무엇을 해야 할지 모르고, 좀 더 복잡하고 무거운 주
제에 대해서는 대답을 줄 수 없는 악령들과 같이 의미가 없는 것들
이다. 따라서 이들에게는 연출가와 같이 명령을 내리는 사람 혹은
사용자가 필요하고, 이들의 역할이 더욱 중요하다. 그래서 키닝어는

컴퓨터에 대한 일종의 은유로 장롱과 차단기를 사용한다. 장롱은 내용이 비어있는 공간으로, 그곳을 잘 채우지[사용하지] 못하면 마치 건널목의 차단목처럼 우리의 사고를 방해하는 것일 수도 있다는 메시지를 전달한다. 여기서 등장하는 장롱은 키닝어의 말대로 단순히 "사고를 비약시키는 모의장치(Gedanken-flugsimulator)"[91]로서 이 작품에서 아무런 의미 없이 두 악령 사이의 대화를 연결시켜주는 소재로 사용된다. 그러면서 이 작품은 그림 11)과 같이 초기 개인용 컴퓨터에서 사용되었던 컴퓨터 언어와 아스키 형식의 그래픽을 이용하며, 대본과 대본 사이에 다른 텍스트와 링크를 걸어놓아 하이퍼텍스트의 특징을 보여준다.

출시된 작품들 외에도 이 대회에서는 참여한 작가들 사이에 인터넷을 중심으로 새로운 매체를 문학에 응용하기 위한 활발한 논의가 있었는데, 이후 이들이 주축이 되어 디지털 문학을 테마로 한 사이트가 만들어지기 시작한다. 그 대표적인 것으로 스틸리히의 「메일링 리스트 네트 문학(Mailingliste Netzliteratur)」[92], 그리갓(Guido Grigat)의 「블라(bla)」[93], 가스너(Oliver Gassner)의 「올리(OLLI)」[94] 등이 네트워크상의 문학 활동에 대한 전문적이고 다양한 작품 및 정보를 제공하고 있다. 이들의 홈페이지에는 하이퍼텍스트로 작성된 디지털

---

91) Martina Kieninger: lifelong nonsense. Dreimal Hyperdada: Der Schrank. Die Schranke, Der Fall. die Fälle, la manga de lemanja. In: Hyperfiction. Hyperliterarisches Lesebuch, a. a. O., S. 217.

92) Sven Stillich: "Mailingliste Netzliteratur". URL:http://www.netzliteratur. de [20. August 2002].

93) Guido Grigat: "bla". URL: http://www.bla2.de [20. August 2002].

94) Oliver Gassner: "OLLI". URL: http://literaturwelt.de/lit [20. August 2002].

문학에 대한 이론과 이를 응용한 실험적인 작품들을 소개하고 있다. 이 외에도 관련된 사이트들에 대한 소개와 정보를 함께 제공하고 있으며, 해당 사이트에 링크를 걸어놓아 디지털 문학의 네트워크를 형성하고 있다.

하지만 이 대회는 초기 인터넷문학의 관심을 환기시켰다는 것 이외에 몇 가지 문제점을 함께 드러낸 것으로 평가받고 있다. 텍스트에 사용된 그래픽적인 요소는 삽화를 목적으로 채워져 있고, 그 밖의 멀티미디어적 요소들이 기존의 텍스트와 유기적으로 연결되어 있지 못해 단지 "디지털 형태로 된 흥미위주의 예술(Kleinkunst im digitalen Format)"[95]이 주를 이루고 있다는 지적 등이 그것이다. 이에 따라 97년도 대회에서는 참여한 작품들의 질적인 문제가 제기되어 1등 작을 선발하지 못하는 경우도 생겨났다:

> "163개의 작품들 가운데에서 선발해야했던 심사위원회는 수상작들 간에 등급을 나누지 않은 채 수잔네 베르켄헤거('폭탄을 위한 시간')와 페터 베를리히('코레')의 출품작을 작품의 의도와 텍스트, 하이퍼링크 기술을 성공적으로 연결시킨 것으로 평가했다. [……] 심사위원들은—특히 최종선발을 앞둔 작품들에서—인터넷—문학이라 생각될 수 있는 것들의 개별적인 측면들이 올바른 형식으로 여러 번 제시되었다고 보았다. 즉, 감각적으로 형성된 언어, 흥미를 끄는 이야기, 훌륭한 디자인, 기발한 착상과 세밀한 상호작용성 등이 그것이다. 하지만 하나의 출품작에 이러한 요소들의 많은 부분들이 함께 나타나는 경우가 드물었기 때문에, 심사위원회는 수상작을 낼 정도로 문학적 표현과 인터넷의 기술적인 가능성들이 잘 결합되어 있지 않은 것으로 보았다."

---

95) Stephan Porombka: literatur@netzkultur.de, a. a. O., S. 56.

"Die Jury, die unter 163 Einsendungen auszuwählen hatte, hat keine Abstufung der Preise vorgenommen und bewertet die Beiträge von Susanne Berkenheger('Zeit für die Bombe') und Peter Berlich('CORE') gleicherweise als gelungene Verknüpfung von Idee, Text und Hyperlink-Technik. [······] Die Jurorinnen und Juroren haben anerkannt, daß-zumal in den in die Endauswahl genommene Beiträgen-mehrfach einzelne Aspekte einer denkbaren Internet-Literatur in wegweisender Form vorgezeichnet erscheinen: sensibel gestaltete Sprache, packende Stories, glänzende Design, witzige Einfälle und durchdachte Interaktivität. Da jedoch selten mehrere dieser Elemente an einem Beitrag sichtbar wurden, sah die Jury die intendierte Verbindung von literarisch gestalteter Aussage und technisch Möglichkeiten des Internet hier noch nicht in preiswürdiger Form verwirklicht."[96]

일면 인터넷 문학에 대한 실망감을 나타내주기도 하는 이 같은 평가는 새로운 매체를 문학과 결합시키는 것이 얼마나 어렵고 많은 문제점을 가지고 있는가를 드러내준다. 그래서 98년의 대회에서는 대회명칭에서 '문학'이 빠진 채 '제3회 인터넷 대회'로 치러지는데, 이는 전통적인 문학개념에 구애받지 않고 좀 더 새로운 표현형식을 발전시키기 위해 그 범위를 크게 개방시키기 위함이었다. 따라서 이 대회는 한편으로 작품에서 점차로 문자 텍스트가 차지하는 위치가 약해지고 영상이나 사운드 등과 같은 멀티미디어적 요소가 우세해지는 경향을 단적으로 보여준 대회로 남는다.

---

96) Michael Charlier: Erklärung zur Preisvergabe, CD-ROM Dokumentation des Pegasus 1997. Hier zitiert nach: Sabrina Ortmann: Netzliteraturprojekt, a. a. O., S. 25.

이러한 경향에 맞추어 98년 대회의 수상작으로는 귄터(Dirk Günther) 와 클뢰트겐(Frank Klötgen)의 「뱀장어껍질(Die Aaleskorte der Ölig)」[97)]이 선정된다. 「뱀장어껍질」은 뱀장어를 비롯한 6인의 인물 이 등장, 각각의 인물들이 말할 수 있는 대사를 미리 독자에게 제공 하고 그 순서를 20 번까지 선택하도록 하여 나름대로의 대본을 만들 도록 한 다음, 마지막에 이를 그림과 연결시켜 마치 영화를 보듯이 장면을 재생시키도록 하는 구조를 가지고 있다. 이런 식으로 「뱀장 어껍질」은 대략 690만 번의 서로 다른 이야기의 구조를 가지게 된다. 이 작품에서 클뢰트겐은 텍스트를, 귄터는 텍스트를 제외한 그림과 편집을 맡아 텍스트와 그림과의 자연스런 조화를 이루고, 여기에 더 불어 독자들에게 자신의 이야기를 구성할 수 있는 기회를 제공하는 등 상호작용성적 요소도 첨가하여 첫 대회보다 한층 진일보한 모습 을 보여준다. 1999년 이후에는 스폰서들 사이의 이해관계와 입장차 이로 인해 더 이상 대회가 진행되지 못하고 있지만, 페가수스는 하 이퍼텍스트 문학 활동이 앞으로 나아갈 좌표를 제시한 대회로 평가 받을 수 있다.

2. 2. 2. 2. 「소프트모던」

페가수스처럼 수상작을 가리는 대회와 달리 「소프트모던(Die Softmoderne)」[98)]은 1995년부터 시작되어 99년까지 이어진 독일어권 의 일종의 "하이퍼텍스트－축제(Hypertext-Festival)"[99)]의 성격을

---

97) Dirk Günther/Frank Klötgen: "Die Aaleskorte der Ölig". URL：http:// www.internetkrimi.de/aaleskorte/Pegasus98 [20. August 2002].

98) "Die Softmoderne". URL： http://www.berlin.heimat.de/soft- moderne/ soft [20. August 2002].

지닌 행사다. 이 행사의 목적은 컴퓨터와 문학에 대한 실제적인 활동과 이론적 작업을 소개하는 것이었다. 95년 첫 번째 행사에서의 주요 의제는 새로운 문학적 형식으로서의 하이퍼텍스트와 '하이퍼미디어'라는 개념을 실제 작품을 통해 다루고, 하이퍼텍스트가 문학적 도구로 사용될 수 있는지, 하이퍼텍스트를 통해 예술적 생산이 실제로 변화되었는지에 대해 이론적으로 고찰하는 것이었다.[100] 따라서 이 행사에서는 컴퓨터를 문학적으로 응용하기 위한 몇몇 소프트웨어들이 소개되고 이러한 프로그램들의 멀티미디어적 기능들이 전시되었는데, 이후 네트워크상에서 이루어지는 출판의 문제와 더불어 온라인 문학의 미래를 보여주는 행사로 주목을 끈 대회였다.

초기 독일어권의 크라머(Florian Cramer), 키틀러(Friedrich Kittler), 올러(Norman Ohler) 등과 미국에서 아메리카(Mark Amerika) 등이 참여한 이 행사가 특히 주목을 끄는 것은 99년 행사 이후 독일, 오스트리아, 스위스 3개국의 작가들과 학자들이 1999년 가을, 그동안의 행사를 토대로 하이퍼텍스트 문학에 대한 실제 작업과 이론을 모아 책과 더불어 CD-Rom 형태로 출판하여 새로운 문학적 현상에 대한 대중적인 접근을 처음으로 시도했다는 점이다.『하이퍼픽션. 하이퍼문학 독서교본: 인터넷과 문학(Hyperfiction. Hyperliterisches Lesebuch: Internet und Literatur)』[101]이란 제목으로 CD와 함께 출간된 이 책

---

99) Sabrina Ortmann: Netzliteraturprojekt, a. a. O., S. 26.

100) Vgl. Katja Keweloh: Literarische Software am Computer und im Gespräch. Erstes deutsches Hypertext-Festival im Podewil. In: Berliner Zeitung, 12. 04. 1995.

101) Vgl. Beat Suter/Michael Böhler: Hyperfiction-ein neues Genre?, a. a. O., S. 12.

은 하이퍼텍스트 문학에 대한 이론뿐만 아니라 CD-Rom에 실제 작품들을 담고 있어 90년대 후반부터 시작된 독일어권의 활동과 진행 상황을 개관해볼 수 있다는 점에서 의미 있는 출판으로 평가 받는다.

2. 2. 2. 3. 「에틀링엔 인터넷 문학대회」

페가수스와 소프트모던이 99년 이후 대회를 열지 못한 반면, 「에틀링엔 인터넷 문학대회(Der Ettlinger Internet-Literturwettbewerb)」[102]는 양 대회 이후 세기 전환기를 앞두고 그 명맥을 이어간 대회이다. 이 대회는 바덴-뷔르템베르크(Baden Württemberg) 주에 있는 에틀링엔의 문화부 후원을 받아 문학의 날 행사에서 진행되었다. 이 대회에서는 특히 페가수스와 소프트모던을 거치면서 제기되었던 문학적 표현과 멀티미디어, 인터넷 기술과의 적절한 조화의 문제점 등이 보완되면서, 인터넷을 매체로 한 새로운 문학적 형태가 자리를 잡아가고 있다는 느낌을 주는 몇몇 프로젝트들이 등장한다. 그 대표적인 것이 프로이데(Alvar Freude)와 에스펜쉬트(Dragan Espenschied)의 「연상-기관총(Assoziations-Blaster)」[103]과 그리갓(Guido Grigat)의 「23시 40분 23:40」[104]이다. 이들 프로젝트들은 상호작용성을 강조하며 모두 독자의 적극적인 참여를 통해 만들어지고 평가받는 "공동 문학프로젝트(ein kooperatives Literaturprojekt)"[105]의 성격을 띠고 있다.

---

102) "Ettlinger Internet-Literaturwettbewerb 1999". URL:http://www. literaturwettbewerb.de [25. Februar 2000].

103) Alvar Freude/Dragan Espenschied: "Assoziations-Blaster". URL: http:// www.assoziations-blaster.de [20. August 2002].

104) Guido Grigat: "23:40". URL:http://www.dreiundz wanzigvierzig.de/ cgi-bin/2340index.pl [20. August 2002].

105) Sabrina Ortmann: Netzliterturprojekt, a. a. O., S. 31.

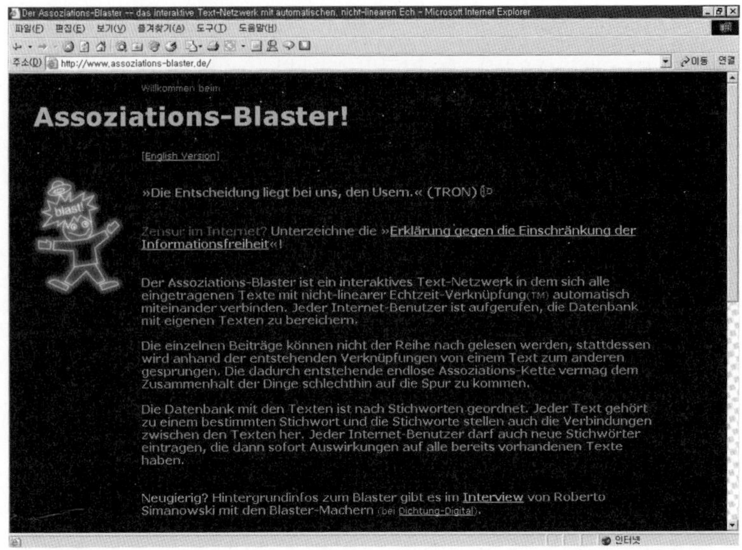

[그림 12] Alvar Freude/Dragan Espenschied: 「Assoziations-Blaster」

　「연상-기관총」은 "상호작용적 텍스트-네트워크(ein interaktives Text-Netzwerk)"[106]로, 이 안에서 쓰인 모든 텍스트들은 비선형적, 실시간적으로 자동 연결되는 방식을 취한다. 예를 들어 임의의 독자들은 인터넷상에서 주어나 특정한 주제어를 골라 이 단어가 연상시키는 느낌을 적어 보내고, 「연상-기관총」은 이렇게 받은 텍스트들을 자동 연결시킨다. 독자들은 또한 자신이 스스로 임의의 주제어를 새로 만들 수도 있는데, 이 경우에는 이미 존재하고 있는 다른 텍스트들에게 영향을 미쳐 모든 텍스트들이 새로 생성된 주제어와 관련해 곧바로 재분류된다. 이러한 방법으로 「연상-기관총」은 텍스트의 데이터뱅크를 만들어 텍스트와 텍스트를 넘나드는 독서방식과 독자

---

106) Dragan Espenschied: "Assoziations-Blaster". URL : http://www. assoziations-blaster.de [20. August 2002].

의 참여를 통한 텍스트의 확장을 특징으로 한다. 이때 각 텍스트들은 순차적인 독서방식이 아닌 독자의 연상에 의한 임의의 선택에 따라 읽히고 쓰이기 때문에 "끊임없이 생성되는 연상의 고리(Die dadurch entstehende endlose Assoziations-Kette)"[107]와 같은 느낌을 준다.

「23:40」은 하루의 매 분(Minute)마다 떠오르는 어떤 기억들을 임의의 독자들로부터 모아 각 1분에 하나의 기억만을 전시하는 프로젝트이다. 부제인 "집단 기억(Das kollektive Gedächtnis)"[108]이 나타내주는 것처럼 한 사람의 기억이 아니라 1440명의 기억들을 영원히 보관하자는 취지이다. 하루가 1440분이니까 매 분마다 이 기억이 채워진다면 1440개의 기억이 모이게 된다. 기억은 텍스트나 동영상, 사운드의 형식을 취하고 있는데, 이렇게 쓰인 기억은 매일 여기에 쓰였던 바로 그 시간에 1분만 전시되기 때문에 일반인들의 일상적인 접근은 불가능하다. 예를 들어 그림 13)에서는 '10:54'이라는 시간이 표시되어 있는데, 이 시간은 그림 아래에 쓰여 있는 텍스트가 누군가에 의해 10시 54분에 쓰였다는 것을 나타내준다. 이 텍스트는 이 텍스트를 쓴 누군가의 특정한 날 10시 54분에 대한 어떤 기억으로, 매일 10시 54분과 10시 55분 사이에만 전시된다. 10시 55분에 대한 다른 사람의 기억이 있다면, 화면은 곧바로 10시 55분의 기억에 대한 다른 텍스트로 바뀐다.[109]

---

107) Ebd.

108) Guido Grigat: "23:40", a. a. O.

109) 아직까지 「23:40」은 1440개의 기억을 모두 채우지 못하고 있다. 아직 기억이 채워지지 못한 시간(분, Minute)이 나타나면 화면은 독자에게 기억을 채워줄 것을 요구한다.

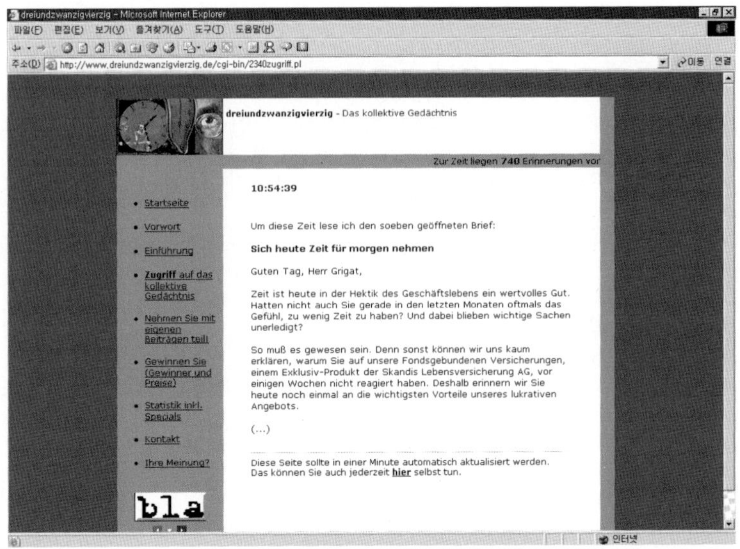

[그림 13] Guido Grigat: 「23:40」

「23:40」은 "하나의 시각, 즉 임의의 시각(eine Uhrzeit, und zwar eine beliebige)"[110]을 나타내는 숫자에 불과하다. 그리갓은 기억의 문제를 다루면서, 인간의 기억이 가지고 있는 "임의성(Beliebigkeit)"[111] 이 인터넷이 갖고 있는 속성과 비슷함을 지적하며, 자신의 프로젝트 이름을 임의의 시각인 「23:40」으로 붙인 것이다. 하지만 이러한 임 의적인 시각은 접속을 통해 특정한 시각이 되며, 1분 동안 영원한 시간을 얻는다.

「23:40」은 인간의 기억을 저장하는 상징적인 시간이며 삶의 특정

---

110) Guido Grigat: "Interview bei sagmal.de mit Guido Grigat über dreiundzwanzigvierzig, bla und kolumnen.de". URL:http://www. sagmal.de/grigat.htm [20. August 2002].

111) Ebd.

한 시간에 떠오르는 기억을 영원히 잡아두는 공간이다. 「23:40」은 순간의 기억을 영원의 기억으로 옮겨 놓으려는 시도이며, 집단 기억의 형식을 통해 누구에게나 개방되고 접근 가능한 인터넷이라는 매체의 특성을 이용한 작업으로 하이퍼텍스트적인 속성을 적절하게 구현한다.

에틀링엔 인터넷 문학대회가 비교적 수준 있는 작품들로 어느 정도 관심을 얻기는 했지만, 여전히 이 같은 종류의 새로운 문학 활동은 주류 문학관련 분야의 커다란 반향을 일으키지 못했다. 기성작가들의 참여가 없었고 대부분이 신진 작가들이나 독자들의 텍스트에만 의존하는 경향이 많았기 때문이다. 그런 의미에서 이 대회는 인터넷 문학에 대한 대중적인 관심이 아직은 부족함을 다시 한번 확인하고 그 가능성 정도를 열어놓은 대회였다.112) 과연 인터넷 문학이란 어떤 것이며, 하이퍼텍스트를 이용하는 실험적인 문학이 무언인가에 대한 명확한 해답을 여전히 제시하지 못한 점이 문제였다. 이 대회를 주도했던 인물 중에 한 사람이었던 칼리어(Michael Charlier)의 대회 축사(Laudatio)에는 이 같은 문제점이 잘 드러나고 있다:

> "인터넷 공간 안에서 사고하고 글을 쓴다는 것. 그것이 도대체 가능한 것인가? 네트 문학. 그런 것이 있기는 하는 것인가? [……] 비록 처음부터 그 자리에 참여해 왔지만, 나 역시도 아직은 네트 문학이라는 것이 무엇인지는 잘 모르고 있다. [……]"

---

112) 예를 들어 99년 10월 27일자 슈투트가르트 신문은 이 대회를 비교적 성공적으로 평가하면서도 제도권에 있는 출판사나 학계와 자연스럽게 연결되고 있지 못하다는 점에서 이 같은 문학 활동을 아직은 실험이나 시도의 수준에서 다루고 있다.

"Denken und Dichten im Internet. Geht das überhaupt? Netzliteratur. Gibt es das überhaupt? [······] obgleich ich also von Anfang an dabei war, weiß ich auch nicht, was Netzliteratur ist [······]"113)

하지만 이 같은 인식은 인터넷을 문학적으로 활용하는 작가들과 학자들이 비교적 늘어난 2000년도 이후에 들어서면서 변화를 보이는데, 그에 따라 인터넷을 이용한 문학은 점차적으로 제도권의 관심을 끌어가며 자리를 잡아가는 추세를 보인다. 대표적으로 2000년 여름 독일과 프랑스 연합방송인 '아르떼(arte)'의 후원을 받아 진행되었던 「테마-문학-대회(them@-Literatur-Wettbewerb)」114)와 2001년 독일의 출판사인 '독일문고출판사(dtv)'와 통신회사인 '테-온라인(T-Online)'이 후원한 「문학 디지털 2001(Wettbewerb Literatur.digital 2001)」115)은 새로운 매체를 이용한 문학 활동에 대한 제도권과 대중적인 관심을 얻는데 비교적 성공한 대회이다. 그러나 비교적 짧은 역사를 가진 독일어권의 하이퍼텍스트 문학에서 그 토대를 다진 것은 이러한 문학대회들 이외에 온라인 저널의 역할이 크다고 할 수 있는데,116) 그 대표적인 것은 99년부터 지마노프스키(Roberto Simanowski)에 의해 발행되고 있는 「문학-디지털(Dichtung-Digital)」117)이다. 이

---

113) Michael Charlier: Wie kommt das Neue in die Welt? Laudatio zum 1. Ettlinger-Literaturwettbewerb 1999. URL:http://www.literatur wettbewerb.de/kommentare.html [20. August 2002].

114) "them@-Literatur-Wettbewerb". URL:http://www.arte-tv.com/them @/dtext/wettbewerb/lit_wett/lit_wett_fs.html [20. August 2002].

115) "Wettbewerb Literatur.digital 2001". URL:http://www.t-online. de/literaturpreis [20. August 2002].

116) Vgl. Beat Suter: "Fluchtlinie", a. a. O.

책에서도 자주 인용되고 있는 문헌들의 출처이기도 한 「문학 – 디지털」
은 이론적인 작업을 정리하고 실제적인 작품 활동을 소개하며 온라인
상의 문학대회를 지원하는 등의 활동을 통해 99년 이후부터 실질적으
로 독일어권의 하이퍼텍스트 문학을 주도하고 있다. 「문학 – 디지털」
외에도 「메일링리스트 네트 문학(Mailingliste Netzliteratur)」, 「베를
린의 방(Berliner Zimmer)」[118], 「텔레폴리스(Telepolis)」의 네트 문
학,[119] 스위스의 「하이퍼픽션(hyperfiction.ch)」[120] 등이 독일어권의
새로운 문학 활동을 이론적, 실제적으로 지원하는 중요한 역할을 하
고 있다.

2. 2. 3. 매체 중심적 글쓰기

위에서 살펴 본 것처럼 독일어권에서 시도되고 있는 대부분의 하
이퍼텍스트 관련 작품들은 인터넷을 직접 이용하는 형태를 취하고
있다. 미국의 경우처럼 스토리스페이스와 같은 글쓰기 전용 프로그
램을 이용하지 않고 인터넷에 직접 출판하는 이 같은 형태는 독일어
권 하이퍼텍스트 문학의 진행 방향을 가늠해준다. 초기에 이 같은
종류의 작업을 '하이퍼텍스트 문학', 혹은 '하이퍼픽션'이라고 부르던
것을 각종 대회를 중심으로 '인터넷 문학'으로 그 명칭을 바꾼 것을

---

117) "Dichtung-Digital". URL: http://www.dichtung-digital.de [30. Mai
    2000].

118) "Berliner Zimmer". URL: http://www.berlinerzimmer.de [30. Mai
    2000].

119) "Telepolis". URL: http://www.heise.de/tp/deutsch/kunst/lit/default.html
    [30. Mai 2000].

120) "hyperfiction.ch". URL: http://www.hyperfiction.ch [30. Mai 2000].

보면, 인터넷이 앞으로의 문학 활동의 중요 매체로 자리 잡을 것이라는 사실을 조심스럽게 말해준다. 이는 인터넷이 멀티미디어의 경향이 강해지고 그동안 개별적으로 전개되어왔던 네트워크를 통합하여 진정한 의미에서의 네트워크의 네트워크로[121] 자리 잡기 시작하면서, 그리고 일반인들의 접근이 쉬어지고 인터넷에서 사용되는 HTML에 의한 웹 문서의 저작이 간단해지면서 자연스럽게 나타나는 현상이라 할 수 있다.

상업과 일상생활에서 인터넷을 이용하는 비중이 점차 높아지면서 마치 필기도구와 같이 친숙해진 컴퓨터는 또한 인터넷을 형식적인 면에서뿐만 아니라 내용적인 면에서도 이전과는 다른 현상들을 나타낸다. 소위 "문화적 분절화와 일상미학의 탈수직화 경향(Entwicklungstendenz der kulturellen Segmentierung und der Entvertikalisierung der Alltags-ästhetik)"[122]으로 나타나는 이 같은 현상은

---

121) 이전에 쓰였던 네트워크의 여러 형태들은 텔넷(Telnet)이나 파일전송규약(FTP)과 같이 복잡한 명령어를 필요로 하고, 또한 서로 호환이 잘 되지 않았기 때문에 일반인들의 접근이 어려운 것이 사실이었다. 하지만 마우스 클릭만으로도 사용이 가능한 웹(WWW)이 등장하여 이전의 모든 네트워크의 형태들을 통합, 네트워크의 네트워크로 거듭나면서 인터넷은 오늘날 우리가 사용하는 간단한 방식으로 발전하여 읽고 쓰는 커뮤니케이션의 새로운 매체로 이해된다. 배식한: 인터넷, 하이퍼텍스트 그리고 책의 종말, 책세상, 2000, 96쪽 이하 참조.

122) Georg Jäger/Roberto. Simanowski(Leitung): Netzkunst. Künstlerische Gestaltungsmöglichkeiten von Hyperfiction und Hypermedia. URL: http://iasl.uni-muenchen.de/discuss/lisforen/netzkun.htm [24. April 2001]. 사회가 복잡해지고 다양해지면서 문화적 관심분야도 그만큼 다양해지고 있다. 개인의 취향에 따른 다양한 분야가 문화적 관심의 테마로 등장하는데, 이전에 고급문화에서 주목받지 못한 것들이 전면에 등장하기도 한다. 예를 들어, 음식, 의상, 여가활동과 관계된 것들이나, 한

인터넷문학에서 두드러지게 나타난다. 일반인들의 다양한 관심이 커다란 어려움 없이 표출되고, 고급문화와 저급문화의 거리가 좁혀지며, 일상생활에서 벌어지는 다양한 사건들이 자연스럽게 네트워크상에서 전달된다. 앞서 예를 든 「연상 – 기관총」과 「23:40」에서처럼 개인의 일상생활에서 나타나는 연상이나 기억들을 작품에 반영하고자 하는 시도들이 이에 대한 적절한 사례를 보여준다. 「23:40」에 올라온 몇몇 글들을 보자:

"11:18:28

구름 한 점 없는 좋은 날씨, 나는 잠을 푹 잤다. 상쾌한 하루의 출발을 위한 기분 좋은 전제조건. 하지만 나에게는 해당되지 않는다. 나는 할 일도 없고, 끔찍하게 지루하다. 누군가가 지루하다면, 그에게 있어 좋은 날씨와 충분한 수면은 벌써 질펀한 우울증에 걸리는 계기가 될 수도 있고, 기본적으로 즐겁고 활기차게 여기저기를 떠돌아다닐 수 있는 조건을 약속할 수도 있다. 거지같은 좋은 날씨, 거지같은 9시간의 수면, 나는 지루해 죽겠다!"

"11:18:28

der tag ist wolkenlos schön, ich bin ausgeschlafen. gute vorraussetzung für einen guten start eigentlich, doch nicht für mich. ich habe nichts zu tun, mir ist schrecklich langweilig. wenn einem langweilig ist, dann kann gutes wetter und ausgeschlafen sein schon mal anlass für eine saftige depression sein, verpflichten einen diese vorraussetzungen doch im grunde, fröhlich tatenfreudig

---

개인의 일상에서 벌어지는 사소하고도 은밀한 이야기들과 같은 것들이 그것이다. 즉, 복잡해지는 사회 현상과 병행하여 문화가 계속적으로 분절되고 한 개인의 일상적인 것들이 가치평가와 무관하게 문화의 영역으로 파고든다. 최근 우리나라에서 폭발적으로 늘어가고 있는 온라인상의 동호회가 이에 대한 좋은 예가 될 것이다.

umherzuspringen. scheiss gutes wetter, scheiss 9 stunden schlaf,
mir ist schlecht vor langeweile!"[123]

"11:59:46
이런, 곧 12시다!"
"11:59:46
Mein Gott, gleich zwölf!"[124]

 11시 18분의 기억은 누군가의 지루함에 대한 이야기이다. 좋은 날
씨와 충분한 수면에도 불구하고 지루함을 달래지 못하는, 삶의 지극
히 개인적이고 일상적일 수 있는 이야기이다. 그리고 이 이야기는
대문자와 소문자를 구분하지 않으면서 시각적으로 화자의 지루함을
더 지루하게 보이도록 한다. 11시 59분의 기억은 곧 다가오는 12시
자정에 대한 감탄사만을 적고 있다. "이런, 곧 12시다!"와 같은 짤막
한 한 문장이 11시 59분에 있었던 기억의 전부이다. 일상의 기억은
한 순간일 수도, 한 시간일 수도, 하루일 수도 있는, 그래서 쉽게 잊
혀질 수도 있고, 오래 기억될 수도 있는 감각이다. 하지만 순간의 감
각을 영원히 보관할 수 있다면, 일상의 모든 것들이 기억의 공간에
저장될 수 있는 소재가 된다. 이런 식으로 인터넷에서는 일상적인
것과 비일상적인 것 사이의 구분이 사라지면서 모든 소재를 글쓰기
의 대상으로 삼게 되는 수평적인 글쓰기가 자유롭게 표출된다.[125]
이는 인터넷이라는 매체 자체가 가지고 있는 개방적이고 민주적인

---

123) "11:18:28". In: "23:40", a. a. O. URL:http://www.dreiundzwan
　　　zigvierzig.de/cgi-bin/2340index.pl [20. März 2003].

124) "11:59:46". In: "23:40", a. a. O. URL:http://www.dreiundzwan
　　　zigvierzig.de/cgi-bin/2340index.pl [20. März 2003].

125) 심광현: 전자복제시대와 이미지의 문화정치, 앞의 책, 23쪽 참조.

성격에 기초한 것인데, 독일어권의 경우에는 이처럼 형식적, 내용적으로 인터넷이라는 매체 자체의 특성을 살려 "일상으로서의 글쓰기"[126]라는 방향으로 문학적 활동이 전개되는 예가 많다.

2. 3. 한국의 경우

미국에서 80년대 후반, 독일어권에서 90년대 중반부터 하이퍼텍스트나 인터넷을 문학의 주요 매체로 이용하기 시작한 것에 비해 한국에서는 2000년대 들어와서야 이 같은 활동이 나타난다. 물론 90년대 소위 '통신문학'[127]이라는 장르로 소개된 몇몇 작품들이 있기는 했지만, 구조적으로 인쇄 문학의 내용과 형식을 공간적으로 옮겨 놓은 것에 불과하고 작품의 질적인 면에 있어서도 많은 문제점을 드러낸 것이 사실이어서[128] 통신문학을 하이퍼텍스트 문학이나 인터넷 문학의 범주로 보기에는 어려움이 많다. 따라서 구체적으로 하이퍼텍스트가 가지고 있는 특성을 문학적으로 응용하고 이에 대한 관심을 일으키려는 시도였던 두 프로젝트인 「언어의 새벽」, 「디지털 구보

---

126) 이용욱: 정보화 시대의 문학, 그 문학적 상상력의 세 가지 토대. URL: http://www.jjujjubar.co.kr/webzine/offoff/critic/c__icerain01.html [2000년 11월 24일].

127) 이에 대해서는 Ⅳ장의 1. 1. 통신문학을 참조.

128) 90년대 후반 한국의 통신문학에 대한 평가는 긍정론과 부정론으로 분명하게 나누어진다. 통신문학이 문자 문학의 위기로 초래된 문학의 위기를 극복할 수 있는 가능성을 제공했다는 점에서는 긍정론이, 반대로 문학의 저급화 또는 문학의 독자적인 위엄의 상실을 가져왔다는 점에서는 부정론이 우세하다. 통신문학의 상반된 평가에 대해서는 다음을 참조. 심우장: 통신문학의 구술성에 관하여. -통신의 유머를 중심으로. 실린 곳: 사이버 문학의 이해, 김종회/최혜실 편저, 집문당, 2001, 236-240쪽.

2001」이 등장한 2000년대를 한국에서의 하이퍼텍스트 문학, 혹은 디지털 문학의 출발점으로 보아야 한다.

2. 3. 1. 「언어의 새벽」[129]

문화관광부는 2000년을 '새로운 예술의 해'로 정하고 새로운 세기에 한국문화를 세계화시키는 데 기여할 새로운 조류를 만들어보겠다는 의욕을 보이며 디지털 기술을 문예활동에 접목시키기는 몇 가지 프로젝트를 지원한다. 「언어의 새벽」은 이러한 흐름 가운데 문화관광부 산하 문학 분과 위원회의 주도로 하이퍼텍스트와 문학이 만날 수 있는 가능성을 타진했던 프로젝트이다. 이 프로젝트는 김수영 시인의 시 「풀」을 씨앗글로 삼아 사이버공간에서 일종의 시 창작 릴레이를 진행시키는 방식을 취하고 있다. 예를 들어, 김수영의 시 「풀」의 첫 구절 "풀이 눕는다"를 화두로 5명의 문인이 "풀이 눕는다"의 단어나 음절, 어절이 반드시 포함된 200자 이내의 텍스트를 작성하고, 이 5인의 글을 화두로 다시 다섯 사람씩 앞선 텍스트의 일부분을 포함시켜 글을 이어가는 방식이다. 처음에 작품의 질적 수준의 문제로 인해 100명 이상의 기성 문인들을 중심으로 이루어진 이 프로젝트는 나중에 일반 독자도 참여시키며 일종의 이어쓰기 형식으로 발전한다. 시인 김수영의 시를 뿌리로 해서 소위 "시의 나무"[130]를 가지 쳐 나가는 「언어의 새벽」의 창작 의도는 이 프로젝트가 어떻게

---

129) 「언어의 새벽」의 주소는 다음과 같다: URL: http://eos.mct.go. kr. 하지만 문화관광부에 링크되어 있던 이 사이트는 현재 그 흔적이 남아있지 않아 원래의 모습을 확인할 수 없다.

130) 이강윤: 하이퍼텍스트 '시의 나무' 만들다, 국민일보, 2000년 4월 29일.

하이퍼텍스트와 관련을 맺고 있는지를 보여준다.

> "이 실험의 기본적인 의도는 동영상음향을 주된 매질로 하고 감
> 각적 반응시간을 최대한도로 단축하는 하이퍼텍스트를 순수한 문자
> 언어로만 구성하여 감각적 반응시간을 가능한 한 지연시키고 그 사
> 이에 사유와 상상이 개입될 여백을 열어놓음으로써 문자언어 특히
> 문학의 고유한 본성인 반성적 활동을 하이퍼텍스트에 심어보고자
> 한 것입니다."131)

문자 매체의 지위 하락과 영상 매체의 영향력 확산을 받아들이면
서 시각적인 요소와 청각적인 요소의 통합에 의한 통합 매체의 가능
성을 시연해 보인 「언어의 새벽」은 그러나 몇 가지 점에서 중요한
문제점을 드러내 보인다. 위의 창작의도에서 밝히고 있는 것처럼, 「언
어의 새벽」은 "동영상음향을 주된 매질로 하고 감각적 반응시간을
최대한도로 단축하는 하이퍼텍스트"를 응용하면서도 인쇄 매체의
"순수한 문자언어"로 구성하고 있기 때문에 분명치 못한 자세를 나
타낸다. 하이퍼텍스트란 개념 자체가 이미 "순수한 문자언어"의 영
역을 넘어서 있으며, 하이퍼텍스트 문학 자체가 이미 "문학의 고유
한 활동인 반성적 성찰"132)에 큰 비중을 두지 않기 때문이다.133) 속
성상 유희적이고 즉흥적이며, 멀티미디어가 강조되어가는 하이퍼텍
스트에 순수한 문자언어를 여전히 강조하고 반성적 성찰을 심으려는

---

131) 최혜실: "디지털 문예의 원년, 그 의도된 의욕의 의미". URL:http:
//www.kcaf.or.kr/yearbook/2001/ilban [2002년 8월 20일].

132) 위의 주소.

133) 김종회: 새로운 문학의 길, 하이퍼텍스트 소설의 도전 -「디지털 구보
2001」의 성격과 의의. 실린 곳: 사이버 문학의 이해, 김종회/최혜실
편저, 집문당, 2001, 312쪽 참조.

시도에는 무리가 따른다. 이 때문에 하이퍼텍스트 시 체계를 구축하려 했던 국내의 첫 시도는 하이퍼텍스트가 가지고 있는 과감한 실험성과 시가 지니고 있는 문학적 진지함을 모두 놓친 시도로 끝나고 만다. 한편으로는 시 자체가 하이퍼텍스트의 즉흥적이고 산만하며 끝없이 텍스트를 확장시켜 나가는 성격과 잘 맞지 않는 부분도 있다는 사실을 확인해 보인 이 프로젝트는 다음해 최혜실에 의해 진행된 「디지털 구보 2001」에서 새로운 가능성을 발견한다.

2. 3. 2. 「디지털 구보 2001」

「디지털 구보 2001」[134]은 인터넷 전자 서점인 북토피아와 문화방송의 인터넷 자회사인 iMBC가 공동으로 제작한 한국 최초의 본격 하이퍼텍스트 소설이다. 앞선 「언어의 새벽」이 시에 초점을 맞춘 것에 비해 「디지털 구보 2001」은 산문 텍스트를 중심으로 동영상, 소리, 이미지에 함께 디지털 단편 영화까지 덧붙여 멀티미디어적 기능을 크게 추가시킨 프로젝트이다. 내용적으로는 카이스트(KAIST)의 최혜실과 오내영, 노희준, 이혜진 등 세 명의 작가가 각각 구보, 이상, 어머니의 이야기를 창작하고 북토피아와 iMBC가 설계와 제작을 맡아 진행되었다. 또한 김영대 감독에 의해 별도의 디지털 단편영화로도 제작되어 사이트 오픈과 동시에 공개되고, 이 과정을 정보통신부, 한국과학기술원, 영상문화학회가 후원했을 정도로 대규모로 진행된 프로젝트이다.[135]

---

134) "디지털 구보 2001". URL:http://www.booktopia.com/booktopia
  /contents/hypertext/main.asp?category=03 [2002년 9월 3일].
135) 위의 주소 참조.

「디지털 구보 2001」은 또한 "이해와 영역이 다른 다양한 장르, 기업, 사람이 웹에서 결합되어 하나의 작품을 만든 것"으로 하이퍼텍스트의 "이야기 구조를 어떻게 짤 것인가, 그 이야기를 어떻게 영상으로 옮길 것인가, 이야기 구조를 어떻게 설계하고 웹으로 실현할 것인가"[136]라는 고민이 담겨있는 한국에서의 본격적인 하이퍼텍스트 실험이다. 작품의 구조는 구보(여주인공), 이상(남주인공), 구보의 어머니 등 3인의 하루를 통해 3인의 과거와 현재, 의식의 흐름, 사건들을 시간대별로 나열하고 결합한 것으로 되어 있다. 이야기가 출발하는 3편의 단편 텍스트에는 드라마틱한 복선과 의미, 각종 문화적 코드가 깔려 있고, 음향, 문자, 음악, 동영상으로 된 사이트 등 천여 개의 관련 사이트에 연결되어 있어 대서사 소설의 형식으로 나타난다.

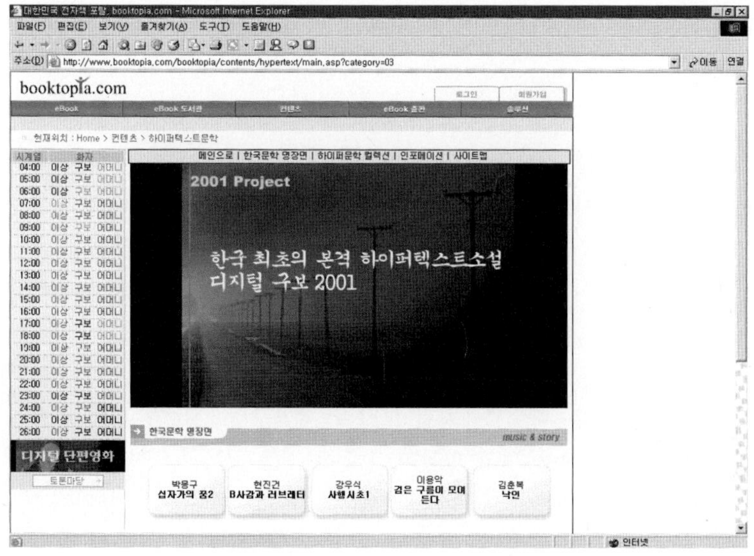

[그림 14] 「디지털 구보 2001」의 초기화면

---

136) 위의 주소.

「디지털 구보 2001」의 독자는 등장인물, 시간, 공간을 자유롭게 선택하여 이야기를 따라갈 수 있으며, 링크를 통해 전혀 별개의 세계로 옮겨갈 수 있다. 예를 들면, 오전 8시 구보의 이야기를 보다가 같은 시간대의 이상을 볼 수도 있고, 관련된 다른 이야기로 넘어갈 수도 있다. 또한 이상의 이야기 속에 등장하는 TV드라마나 음악, 특정 회사의 상표, 기타 다양한 문화 코드에 끌리면 클릭만으로 곧바로 해당 사이트로 이동할 수 있다. 여기에 더불어 독자는 등장인물이나 이야기를 나름대로 변형시키거나 새로 창조할 수도 있으며, 작가가 되기도 하고 다시 독자로 돌아와야 하는 역할을 수행할 수 있다. 이를 통해 「디지털 구보 2001」은 하이퍼텍스트의 주요 특징인 상호작용성을 집중적으로 구조화시켜 이를 읽고 쓰는 어느 누구도 이야기를 멈추게 할 수도, 결론을 내릴 수도 없도록 한다. 오전 5시 구보의 텍스트를 중심으로 어머니의 텍스트와 이를 이어 쓴 텍스트를 보자:

　"05:00 구보

　불도 켜지 않은 어두운 부엌 구석에 오르락내리락 하는 것은 분명 사람 그림자였다. 구보의 입에서 반사적으로 비명이 터져 나왔다. 귀를 찢는 날카로운 금속성의 비명소리에 놀란 구보가 얼른 주먹으로 제 입을 틀어막았다. 냉장고 앞에서 일렁이는 산발한 머리에 파자마 차림의 실루엣은 분명 어머니였다.

　－도대체 뭐하는 거예요!

　놀란 어머니는 바퀴벌레처럼 쪼르르 부엌구석으로 가 잔뜩 몸을 웅크린 채 오들오들 떨고 있었다.

　"틈이 보이길래 …… 나는 그저 틈이 보이길래 …… 니가 갇힐까봐, 나는 그저 ……"

　구보는 실내화를 소리가 나도록 끌며 냉장고 앞으로 가 제대로 닫히지도 않은 냉장고 문을 거칠게 열어젖혔다.

　　－이러지 않아도 돼요! 난 이 틈새로 들어갈 수 없을 만큼 컸어
요!"[137]

　구보는 새벽까지 논문을 쓰다가 진척이 잘 되 않자 채팅을 하며
머리를 식힌다. 그런데 갑자기 이상한 소리가 들려 부엌으로 가보자
그곳에 어머니가 냉장고를 앞에 두고 또다시 환영을 보는 것이었다.
구보의 어머니는 냉장고에 구보가 갇힐까 걱정하며 신문지나 식기,
행주 같은 것들로 냉장고를 가득 채우고 있었다. 어머니가 냉장고에
집착하는 것은 구보가 어렸을 때의 냉장고에 얽힌 가슴 아픈 기억
때문이다. 이 기억은 같은 시간에 나열된 어머니의 텍스트에 등장한다:

　"05:00 어머니
　어머니가 냉장고를 처음 본 것은 구보가 아홉 살쯤 된 무렵이었
다. 물건을 나르느라 미군 부대에 드나들던 남편이 버려진 냉장고를
주워온 것이었다. 남편은 아내에게 물건의 쓰임새를 알려주지 않았
고 아내 역시 굳이 그것의 용도를 알고 싶어 하지 않았다. 있으나마
나 한 물건이었으므로 어머니는 그것을 마당 한쪽에 함부로 부려
놓을 수 있었다. 그렇던 것이 하나밖에 없는 자식을 집어삼키리라고
는 꿈에도 생각하지 못했었다. 모처럼 집에 와 집의 기둥이라도 뽑
아내 갈 것처럼 돈을 내놓으라며 난리를 쳐대던 술 취한 남편은 구
보를 냉장고 안에 가두어버렸다. 겨우 정신을 차린 어머니가 구보를
찾아냈을 때, 구보는 이미 까무룩히 정신을 잃어가고 있었다. 제 몸
보다도 작은 공간에 구겨 넣어져 있던 몸은 뻣뻣해 잘 펴지지도 않
았다. 어머니는 금방이라도 숨이 넘어갈 듯 껄떡거리는 아이를 맵게
때렸다. 아이의 몸에 붉은 손자국이 성큼성큼 나는 것도 몰랐다. 다

---

137) "디지털 구보 2001". URL:http://www.booktopia.com/booktopia/contents/
　　hypertext/main.asp?category=03&　teller=구보&seqno=1 [2003년 3
　　월 1일].

행히 집 앞을 지나가던 언청이 노파의 눈에 띄어 아이는 서둘러 응급처치를 받을 수 있었고 목숨도 구할 수가 있었다. 그러게, 부정 탄 물건을 함부로 들이는 게 아녀. 노파의 음산한 말투는 지금도 잊을 수가 없었다."[138]

구보는 남편과 이혼하고 벙어리인 딸을 홀로 키우며 하이퍼텍스트에 관한 논문을 쓰는 시인이다. 술주정뱅이 남편과 사별하고 홀로 살아온 어머니는 자신의 처지와 비슷한 딸을 옆에서 지켜보는 것이 못내 안쓰럽다. 이런 구보와 어머니를 이어주는 것은 그들의 마음속에 자리 잡고 있는 남편에 대한 가슴 아픈 기억이고, 그러한 기억을 냉장고가 중개해준다. 하지만 같은 냉장고를 두고 구보와 어머니의 시각은 다르다. 이제는 틈새로 들어갈 수 없을 정도로 커버린 구보에게 냉장고는 과거의 생각하기 싫은 단순한 기억일 뿐이지만, 어머니에게 그것은 아직까지 자신과 구보를 얽매는 족쇄와 같은 기억이다. 그러한 시각의 차이를 이 작품에서는 시간대별로, 화자별로 독립된 텍스트를 개별적으로 나열함으로써 드러낸다. 텍스트에 선행하여 시간대와 화자를 분명하게 표시해 놓은 것은 이 같은 이유에서인데, 이를 통해 독자는 시간과 공간을 넘나드는 독서과정에서도 각각의 등장인물들의 시각을 분명하게 인지하며 텍스트를 읽어나간다. 이에 대한 두 가지 이어쓰기의 텍스트를 보자:

"단순무식
어머니는 말했다.

---

138) "디지털 구보 2001". URL:http://www.booktopia.com/booktopia/ contents/hypertext/main.asp?category=03&teller=어머니&seqno=2 [2003년 3월 1일].

다 큰 게 늦게까지 채팅질이냐? 그만 자라 전기 아깝다."[139]

"손님

어머니가 냉장고를 남편으로 생각하는 것을 누구도 뭐라 타박하는 사람은 없다. 어머니가 냉장고이든 남편이 냉장고이든 구보는 키보드 앞에 앉아서 밤을 세울 테니까. 논문에 끼워 넣을 그럴 듯한 정보를 찾아 헤매다 컴퓨터 메트릭스의 뜨끈한 체온에 몸을 맡긴 채 샤워를 하든 한번 들어가 공격 받으면 누군가의 도움 없이는 살아남기 어려운 사이버스페이스에서 밤을 세우든 구보는 구보다. 어머니가 여전히 냉장고 속 빈틈을 채워 넣으려 이방 저방을 헤매다 그 안을 채울 물건으로 자신을 선택하든 말든 구보와는 상관없는 일이다. 냉장고 속에 들어앉아 마요네즈 병을 거꾸로 들고 쥐어짜거나 도마도케찹을 온몸에 발라 대든 그 어머니가 밤새도록 컴퓨터 앞에 앉아 있는 구보와 관계를 맺을 수 있는 방법은 아무것도 없다. 있다면, 단 하나. 그것은 어머니가 구보가 되거나 구보가 어머니가 되는 방법이다. 그러면 그 둘 중 어느 누군가는 사라져버릴 테니까. 그러면 남는 것은 그 둘 중 하나이다. 누가 살아남을 수 있을까. 어머니일까, 구보일까. 아님, 그 둘도 아닌 어머니와 자식의 중간쯤 돼는 그 무엇. 그런 것은 없다."[140]

첫 번째 이어쓰기는 ID가 '단순무식'인 사람이 쓴 텍스트이다. 이어쓰기는 누구나 자신의 생각을 이을 수 있다. 그것이 심오한 문제이건, 아니면 순간에 떠오르는 감정의 표현이건 이어쓰기는 원칙적

---

139) "디지털 구보 2001". URL：http://www.booktopia.com/booktopia/
contents/hypertext/relay/view.asp?category＝03&page＝1&no＝6&file
＝0500.asp [2003년 3월 1일].

140) "디지털 구보 2001". URL：http://www.booktopia.com/booktopia/
contents/hypertext/relay/view.asp?category＝03&page＝1&no＝4&file
＝mom__0500.asp [2003년 3월 1일].

으로 누구에게나 개방되어 있다. 하지만 이 텍스트는 이어쓰기의 문제점을 단적으로 드러내 준다. 구보의 채팅 장면을 읽고서 아무런 생각 없이 그저 즉흥적으로 장난처럼 이어 쓴 이 텍스트는 이어쓰기 프로젝트에서 텍스트의 질적인 문제가 제기되고, 그 대안으로 이어 쓰는 참여자를 일정 수준 이상의 작가들로 제한해야 한다는 의견이 제기되는 이유를 보여준다. 하지만 ID가 '손님'인 두 번째 이어쓰기는 냉장고를 중심 소재로 구보와 구보의 어머니에 대한 관계를 나름대로 형상화시킨다. 05:00 어머니의 텍스트를 읽고 어머니의 입장에서 구보를 생각하며 쓴 이 텍스트는 임의의 독자가 이어놓은 텍스트이다. 이 텍스트는 앞서의 즉흥적이고 의미 없이 이어 쓴 텍스트와 달리 본 텍스트와 유기적인 의미망을 형성하며 이야기를 잇고 있다. 이어 써나가는 텍스트의 내용상 의미의 유무를 떠나 「디지털 구보 2001」은 기존 텍스트에 독자의 반응을 텍스트로 이어가며 확장되는 이어쓰기의 중요한 특징을 보여준다.

작품의 제목이 암시하는 바와 같이 박태원, 최인훈, 주인석으로 이어지는 구보계 소설의 범주를 잇고 있는 「디지털 구보 2001」은 내용적으로도 21세기 디지털 기술이 지배하는 시대의 새로운 인물들로 구성되어 있다. 주인공 구보를 남성이 아닌 여성으로 설정하고 역사적 인물로서의 작가 이상을 구보의 남자친구로 패러디하면서 전통적인 의미에서 구보나 이상이 가지고 있는 진지하고 사색적인 지식인의 모습은 새로운 시대의 즉흥적이면서 가볍고 일탈적인 모습으로 바뀐다. 이는 하이퍼텍스트라는 매체 자체가 끊임없이 확장하려는 성격과 실시간적인 특징으로 인해 일면 집중을 요하는 독서를 필요로 하고 있지 않는 것과도 관련이 있는데, 오늘날의 감각적이고 빠른 반응을 요구하는 문화적 추세를 수용하고 있는 듯 보인다. 이를 통해 이 프로젝트는 디지털 문화의 기계적 과정과 사회적 매개체로서의 인간의 삶을 유기적으로 연결하려 시도하지만, 그러나 일상적인 사건을 나열하고 있는 내용 자체는 이러한 의식변화에 대한 진지한 모색이 부족했다는 평을 받고 있는 것이 사실이다.[141] 또한 형식적인 측면에서도 본문에 연결된 텍스트가 새로운 텍스트로의 연결을 시도하지 않고 다시 본문으로 돌아오도록 만들고, 게시판의 형식을 빌려 이어쓰기를 하고 있다는 점은 이 프로젝트가 가지고 있는 한계라 하겠다. 하지만 가상공간에서 인터넷을 이용한 하이퍼텍스트 소설로서의 「디지털 구보 2001」은 한국에서 진행된 최초의 하이퍼텍스트 소설이라는 점 이외에도 그동안 내용적인 것에만 치우쳐왔던 작업에 형식의 중요성과 기술적인 측면에서의 공동작업[142]을 중요시했다는 점, 그리고 문자 텍스트를 각종 멀티미디어와 연결시켰다는 점에서 한국에서의 하이퍼텍스트 문학 실험의 하나의 실례를 보여주고 있다.

---

141) 김종회: 새로운 문학의 길, 하이퍼텍스트 소설의 도전, 앞의 책 314쪽 참조.

142) 앞에서 예로 든 독일의 경우에서처럼 대부분의 작업들은 한 사람의 노력에 의해 진행되고 있지 않다. 내용과 기술적인 측면을 지원하는 팀이 따로 있어 공동작업을 이루고 있는 경우가 많은데, 이와 같은 집단창작의 형태가 창작과정의 중요한 방법으로 제시되고 있다. 이에 대해서는 다음 장에서 살펴보기로 한다.

V. 새로운 문학에서의 쓰기와 읽기, 그리고 그 가능성

앞장에서 문학의 중요 분석대상인 텍스트의 환경변화가 생산과 소비의 측면에서 여러 가지 변화를 가져옴을 살펴보았다. 전통적인 것과 비교하여 하이퍼텍스트의 환경은 그 기술적 측면에 따라 문학의 생산과 소비의 과정 자체를 전혀 새로운 방식으로 이끈다. 이러한 변화들은 기본적인 문학적 활동인 '쓰기'와 '읽기'에서 두드러진 특징들을 나타내는데, 여기에서는 '쓰기'와 '읽기'와 관련하여 하이퍼텍스트의 사용으로 인한 문학 개념의 새로운 현상들을 살펴보기로 한다.

1. 쓰기 개념의 변화

전통적으로 글을 쓴다는 것은 문자기호들을 정돈하고 배열시키는 하나의 동작으로 이해된다. 이때 문자기호들은 직, 간접적으로 인간의 사고를 위한 기호들로 받아들여지기 때문에, 글쓰기는 사고들을 지향하고 정돈하는 동작으로 이해된다.[1] 인간의 사고방식을 유형화시키는 작업으로서의 이러한 글쓰기는 인쇄기술에 힘입어 혼란스러

---

1) 빌렘 플루서(윤종식 역): 디지털 시대의 글쓰기, 문예출판사, 1998, 19쪽 참조.

운 사고의 순환으로부터 행으로 정돈된 사고로의 안내 역할을 하며, 논리적으로 사고하고 계산하고 비판하고 과학하며 철학할 수 있게 하는 기능을 담당하는 것으로 이해된다.[2] 다시 말해 글쓰기는 인간의 기억 속에서 정리되지 않은 채 어지럽게 흩어져 있던 무의식적 정보, 혹은 이야기들을 정돈된 의식의 세계로 끄집어내는 중요한 지적 활동이다. 체계적인 글쓰기 과정이 글을 쓰는 사람으로 하여금 무수한 생각의 가지를 선형적으로 보기 좋게 나열시키는 방식을 선호하게 만들어 오늘날 우리가 읽는 방식의 전형을 만들어 온 것이다.

하지만 이러한 쓰기의 개념은 구텐베르크 은하계의 문화기술이 디지털 담론의 시대로 넘어가는 과도기에서 중요한 패러다임의 변화를 나타낸다.[3] 원래 '쓰기'는 하나의 기술이다. 쓰기는 물리적인 동작의 행위로서 철필이나 펜, 종이, 가죽, 나무껍질과 같은 정교하게 다듬어진 표면, 잉크나 페인트 등의 여러 가지 장치나 도구의 사용을 필요로 하기 때문이다. 쓰기를 이처럼 하나의 기술로서 이해할 때, 그 기술의 변화는 쓰기의 내용과 형식을 그에 상응하게 변화시킨다.[4] 디지털 시대의 쓰기가 펜과 종이가 아닌 모니터와 키보드 같은 도구를 이용할 때, 쓰기의 형식과 내용, 텍스트와 비평, 생산과 수용 사이의 관계는 상당한 변화를 나타낸다. 특히 하이퍼텍스트 환경에서

---

2) 위의 책, 23쪽 참조.

3) Vgl. Heiko Idensen: Hyper-Scientifiction. Von der Hyperfiction zur vernetzten Kulturwissenschaften. In: Hyperfiction. Hyperliterarisches Lesebuch: Internet und Literatur(CD-Rom). Hrsg. v. Beat Suter/ Michael Böhler, Basel, Frankfurt am Main 1999, S. 62.

4) 월터 옹(이기우/임명진 역): 구술문화와 문자문화, 문예출판사, 1997, 128-131쪽 참조.

의 쓰기는 전통적인 의미에서의 쓰기 개념을 "혁명적(revolutionär)"[5]으로 바꾸어 놓는다. 혁명적이라는 것은 전통적인 의미에서의 쓰기 개념을 크게 변화시킨다는 의미에서이다. 문자의 사용에다 각종 멀티미디어적 요소의 이용, 혹은 작품의 구성에 적극적으로 독자를 참여시키는 공동 창작의 형식, 자유로운 피드백과 상호작용성 등이 이러한 글쓰기의 예가 될 수 있다. 이러한 방식의 쓰기에서는 편집의 중요성, 일시적인 빠른 글쓰기, 일상적 글쓰기, 구어에 가까운 언어 형태, 네트워크적 속성, 손쉬운 글쓰기, 일차 문헌과 이차 문헌의 경계소멸 등이 새로운 특징으로 자리 잡는다. 이로 인해 글을 쓰는 저자 혹은 작가의 개념 역시 상당 부분 변화를 보이고 글을 쓰는 방식과 과정, 그리고 글을 쓰는 공간 자체가 달라진다.

1. 1. 저자 개념의 변화

후기 구조주의의 대표적 이론가인 바르트는 1968년 자신의 에세이에서 "저자의 죽음(the death of the author)"[6]을 선언한다. 당시의 개념에서 이 같은 선언은 복잡하고 추상적인 의미를 가진 것으로, 바르트가 의미하는 저자의 죽음은 저자의 기능을 위임받는 독자의 탄생을 전제로 하는 것이었다. 즉, 텍스트를 누가 썼느냐 하는 것에서가 아니라 결과적으로 텍스트의 의미를 누가 만들어내느냐 하는 관점에서 볼 때, 전통적으로 의미를 생산하는 것으로 인정되던 저자

---

5) Heiko Idensen/Mathias Krohn: Connect it! Eine Navigation durch die PooL-Datenbank zur Ars Electronica 1989. In: Im Netz der Systeme. Hrsg. v. der Ars Electronica, Berlin 1990. S. 138.

6) Roland Barthes: Image-Music-Text. Trans. and ed. Stephen Heath, New York: Hill and Wang, 1977, S. 172.

의 기능 중 상당부분이 독자에게로 옮겨졌다는 것이다. 이때부터 저자의 문제는 후기 구조주의와 포스트모더니즘이 문제시했던 주체의 문제와 관련하여[7] 새로운 조명을 받기 시작한다.

'저자'라는 개념은 인쇄기술의 발전과 한 개인의 창조성을 강조한 낭만주의 시대의 영향에 힘입어 굳어진 개념이다. 인쇄기술로 인해 나타난 지적 소유권이라는 근대적 개념과, 생산되어 대량 유통되는 책이 저자에게 고유한 권력과 기능을 부여하기 때문이다. 책 자체가 원작자에게 고유한 정신적인 창조 행위의 산물이라는 사고가 이 같은 저자의 기능을 강조해 온 것이다. 인쇄기술 그 자체가 원작자, 즉 저자와 출판에 대한 새로운 개념들을 창출한 것인데[8], 이는 책이 어떻게 출간되고 있는지를 살펴보면 명확히 드러난다. 책을 인쇄하는 데에는 상당한 비용의 자본과 노동이 요구되며, 그러한 투자를 보호할 필요 때문에 지적 소유권이라는 개념들이 생기게 된다. 하지만 이러한 개념들은 무엇보다도 인쇄된 책이라는 물리적으로 분리되고 고정된 텍스트가 없다면 불가능한 것들이다. 개별 텍스트의 고정된

---

7) 호머에서 프로이트에 이르기까지 원래 주체라는 개념은 인간의 자연스러운 사고방식이 아니다. 후기 구조주의의 이론가들은 이점을 강조하여 주체의 문제성을 제기하는데, 하이퍼텍스트 이론가들 역시 이 문제와 관련하여 통일적이고 규정 가능한 분명한 주체로서의 전통적인 저자 개념을 부정한다. 이들에 의하면 주체로서의 저자는 관습적이고 구성적인 것으로, 하이퍼텍스트에서는 엄밀한 의미에서 저자는 없고 다만 하이퍼텍스트 시스템을 공동으로 만들어나가는 적극적인 사용자만이 있을 뿐이라고 주장한다. Vgl. Norbert Gabriel: Kulturwissenschaften und neue Medien. Wissensvermittlung im digitalen Zeitalter, Darmstadt 1997, S. 76.

8) Cf. Jay David Bolter: Writing Space. The Computer in the History of Literacy, Hillsdale, N. J.: Lawrence Erlbaum Associates 1990, pp.148-149.

특징이 어떤 독특하고 고유한 것을 생산한다는 저자의 개념을 일반적인 것으로 만들어 준다.

하지만 하이퍼텍스트 환경에서는 '저자'를 어떻게 규정할 것인가 하는 것이 자연스럽게 문제시된다. 디지털 시대에 텍스트가 고정되어 있지 않고 물질적인 속성을 벗어나 유동적이고 변형 가능한 것이 될 때, 그래서 텍스트의 권위가 약화될 때, 하이퍼텍스트 환경에서처럼 출판이 용이하고 편집과 인용이 자유로우며, 원 텍스트에 대한 소유의 개념이 약화될 때 전통적인 저자의 개념 역시 자연스럽게 약화되기 때문이다. 텍스트의 권위가 약화되면 개인적인 자아로서 텍스트를 창조하는 '저자'라는 인식 또한 약화된다.

한국의 경우 통신문학이 주목을 받을 당시, 누구나 글을 쓰고 발표할 수 있는 통신 공간의 환경에서 등단절차의 소멸로 인한 문단의 비공식성 때문에 저자 권위의 약화가 문제시된 적이 있다. 심사과정이 없이 게시판과 같은 공간에 누구나 작가로 등단하고 객관적 평가 기준이 없이 단순히 조회수로 작품을 평가받는 점이 문제점으로 지적되었다. 하지만 이 같은 저자의 문제는 근본적으로 저자와 독자가 직접 만나고 둘 사이의 경계가 희미해진다는 데 있다.[9] 지금까지 독자에게는 저자의 작품에 손을 대는 것은 물론이고 저자를 만나는 기회를 가진다는 것 자체가 어려운 일이었다. 하지만 네트워크로 연결된 하이퍼텍스트 환경에서 저자와 독자는 텍스트를 놓고 직접 만난다. 뿐만 아니라 저자는 독자의 내용에 대한 수정요구를 받아들일 수 있는데, 이처럼 쓰기와 읽기 사이의 거리가 좁혀지면서 적극적인

---

9) 복거일: 전산통신망 시대의 문학하기. 실린 곳: 문예중앙, 1995년 가을호, 33쪽 참조.

독자가 기존 텍스트의 구성에 참여하게 되면, "텍스트의 자율성 (Autonomie des Textes)"[10]이 줄어들면서 더불어 저자의 자율성도 감소된다. 이로 인해 텍스트가 수정되면 누가 진짜 저자이고 독자인지가 문제되는데, 이처럼 저자와 독사 사이에, 텍스트와 텍스트 사이에서 벌어지는 하이퍼텍스트의 연결기능은 저자의 지배적 위치를 축소시켜 저자로 하여금 독자의 역할을 함께 수행하도록 한다.

저자는 또한 텍스트가 멀티미디어의 경향을 띠게 되면서 새로운 역할을 부여받게 된다. 저자는 텍스트의 생산이라는 측면에서 작가 외에도 다양한 재능을 요구받는데, 이러한 문제는 다음에서 다룰 공동작업을 통해 어느 정도 해결할 수 있다. 이때 중요한 것은 이 같은 멀티미디어 문학이 저자를 "시나리오 작가의 역할로(in die Rolle des Drehbuchschreibers)"[11] 이끈다는 점이다. 내용과 더불어 각종 멀티미디어적 요소를 어떻게 배치하며 어느 정도 사용할 것인가 하는 것은 단순히 글만 쓰던 저자에게 새롭게 요구되는 능력이다. 따라서 저자는 단순한 텍스트의 저자가 아니라 일종의 "편저자 (Herausgeber)"[12]로서, 내용적으로는 완결된 픽션이 아니라 독자가 이를 연결, 조합시킬 수 있도록 일련의 소재들과 이야기들을 나누어 제공하고, 형식적으로는 각각의 이질적인 매체를 조화롭게 배치시키는 디자이너와 같은 역할을 수행하게 된다. 한편으로는 그 권위가

---

10) Norbert Gabriel: Kulturwissenschaften und neue Medien, a. a. O., S. 74f.

11) Dirk Schröder: Der Link als Herme und Seitensprung. Überlegungen zur Komposition von Webfiction. In: Hyperfiction. Hyperliterarisches Lesebuch, a. a. O., S. 47.

12) Beat Suter, Michael Böhler: Hyperfiction-ein neues Genre? In: Hyperfiction. Hyperliterarisches Lesebuch, a. a. O., S. 19.

약화되면서도 다른 한편으로는 좀 더 복잡한 능력과 기능을 요구받
는 저자가 등장하게 되는 것이다.

이 때문에 디지털 환경에서 저자의 기능이 약화 되었다기보다는
오히려 강화 되었다고 보는 견해도 있다. 몇몇 이론가들은 하이퍼텍
스트의 복잡한 구조가 독자에게 텍스트에 대한 상당한 제어기능을
부여하는 것이 아니라 오히려 저자에게 한층 강화된 기능을 부여한
다고 주장한다. 즉, 저자는 하이퍼텍스트의 복잡함 뒤에서 모든 관계
들을 설정하고 형성하며 프로그램 하는 "막강한 권력을 소유한 저자
(ein übermächtiger Autor)"13)라는 것이다. 앞장에서 예로 든 작품
들의 경우, 하나의 작품 안에서 수많은 개별 텍스트들이 서로 연결
되고 조합되어 있으며 다양한 매체들이 통합되어 있는데, 이때 텍스
트를 읽어나가는 경로는 전적으로 독자의 몫이기는 하지만 그 경로
를 보이지 않게 일정한 틀 안에서 제어하는 이는 저자이기 때문이다.
그러나 저자의 기능이 약화되었는가 아니면 강화되었는가의 문제를
떠나, 새로운 환경에서의 저자의 역할은 전통적인 의미에서의 그것
을 상당히 벗어나 있는 것으로 보인다. 결국 텍스트의 디지털 환경
자체가 전통적인 저자 개념을 부정하는 "저자성의 해체(Dekonstruktion
der Autorenschaft)"14)를 가져와 저자의 개념 자체를 재설정할 것을
요구한다.

---

13) Anja Rau: What you click is what you get? - Die Stellung von
    Autoren und Lesern in interaktiver digitaler Literatur, Dissertation,
    Mainz, 2000, S. 105.
14) Jay David Bolter: Das Internet in der Geschichte der Technologie
    des Schreibens. In: Mythos Internet. Hrsg. v. S. Münker/A. Roesler,
    Frankfurt am Main 1997, S. 40.

1. 2. 공동작업

엄밀한 의미에서 하이퍼텍스트 환경 내에서 이루어지는 모든 글쓰기는 공동작업으로 이루어지는 글쓰기이다. 단선적인 인쇄 텍스트에 비해 독자에 의해 텍스트에 대한 교정 및 수정이 가능한 가변적인 비선형적 하이퍼텍스트는 다양한 결말의 구성을 위해 여러 독자의 참여를 요구한다. 이처럼 어떤 텍스트가 전자적 연결점들로 이루어진 그물 속에 위치하게 되면, 그 텍스트는 더 이상 혼자 존재하는 것이 아니라 공동작업의 방식으로 이루어지게 된다.[15] 이는 이러한 방식의 이야기가 "다중적으로 만들어져(multipel angelegt)" 이야기와 구조의 해석을 넘어 독자에게 "결정할 것(Entscheiden)", "함께 반응할 것(Mitagieren)", "함께 영향을 미칠 것(Mitwirken)"[16]을 요구하기 때문이다. 이 때문에 공동작업으로 이루어진 하이퍼텍스트에서는 저자라는 개념보다도 "생산된 것(Die Produkte)"이라는 개념이 더욱 중요하며, 이러한 생산물들은 "고도로 조직화된 공동작업의 결과물(Resultate einer hochgradig kooperativen Organisation)"[17]로 이해된다.

이러한 공동작업으로 이루어지는 대표적인 방식은 앞에서 살펴본

---

15) 여국현: '사이버문학'과 사이버시대의 텍스트 짜기. ─『사이버문학의 도전』에 대한 비판을 중심으로. 실린 곳: 문화과학, 1997년 봄호, 문화과학사, 209쪽 참조.

16) Beat Suter/Michael Böhler: Hyperfiction-ein neues Genre?, a. a. O., S. 18.

17) Jay David Bolter: Das Internet in der Geschichte der Tech- nologie des Schreibens, a. a. O., S. 50.

이어쓰기와 머드의 경우다. 문학에 네트워크의 기능을 강조하며 여러 작가들의 참여를 이끌어내려는 작업을 선호하는 이어쓰기와 머드는 다수의 저자를 가지기 때문에 공동작업의 특징을 나타낸다. 전체 텍스트의 저자가 하나가 아니라는 사실은 내용적으로 산만한 느낌을 줄 수도 있지만, 한편으로는 역동적이고 다양한 목소리를 허용한다. 구 러시아의 문예이론가인 바흐친은 도스토예프스키(Fyodor M. Dostoevskii)의 작품세계를 분석하면서, 그의 소설 속에 나타나는 작중인물들은 작가의 의도에 따라 움직여지는 자동인형들이 아니라 작가의 의도를 비판하거나 배반하기도 하는, 한 시대의 다양한 욕망의 목소리들을 들려주는 살아 있는 주체들로 등장한다고 말하면서 이러한 인물들의 다성성에 주목한다.[18] 이때 작중인물들은 작가의 의도에 통제받지 않고 비교적 자유롭게 행동하고 사고하며, 다양한 의식이나 목소리를 드러내는 것처럼 보이지만, 그렇다고 작가의 의도를 완전히 배제한 채로 다양한 목소리를 전달하지는 못한다. 작중인물들이 다양한 목소리를 낸다 해도, 작가가 하나인 이상 이것역시 철저하게 작가의 의도에 따른 것이기 때문이다. 하지만 하이퍼텍스트 문학의 경우에는 기능적인 측면에서 하나의 작가가 아니라 전혀 다른 사람들의 의견이 자유롭게 삽입되면서 바흐친 '대화론'의 핵심적 특징인 다성성과 같은 특성이 좀 더 실제적이고 자연스럽게 나타난다. 실제로 이어쓰기와 머드에서처럼 다수의 저자가 전체 텍스트를 구성할 때 등장인물들의 다양한 목소리는 구체적으로 전달된다.

그러나 전체 텍스트에 대한 책임을 누가 질 것인가에 대한 문제가 제기될 수 있다. 하지만 하이퍼텍스트의 특성 자체가 고정적인 것이

---

18) 서정철: 인문학과 소설 텍스트의 해석, 민음사, 2002, 388쪽 참조.

아니고 변화와 소멸의 가능성을 늘 지니고 있기 때문에, 텍스트에 대한 책임과 평가의 문제 역시 다수의 독자로서의 저자들에게로 나누어지고 공동 분배된다.

텍스트 생산의 측면에서 하이퍼텍스트 문학이 멀티미디어의 경향을 띠면서 공동작업의 방식은 더욱 선호된다. 한 사람의 저자가 모든 분야에서 숙련된 기술을 습득하고 있기란 쉽지 않다. 따라서 스토리와 멀티미디어등과 같은 개별적 기능을 담당하는 작가와, 이를 통합하여 디자인하고 인터넷상에서 출판하는 책임자가 따로 있어 함께 전체 텍스트의 구성을 이루기도 한다. 또한 텍스트 자체가 원작자라는 개념보다는 이미 말하고 쓰여 있는 어떤 것들의 인용이나 편집에 가까운 개념으로 이해될 때, 공동작업의 의미는 더욱 분명해진다. 현재의 텍스트는 수많은 앞선 텍스트들의 저자들과 함께 만들어진 것이기 때문이다. 하이퍼텍스트 환경에서는 텍스트 자체에 숨겨져 있던 이 같은 공동작업적 성격이 실재적으로 드러난다.

1. 3. 가변적, 동시적 글쓰기

사이버문학 이론가인 이용욱은 전자시대의 글쓰기에 대한 개념으로 '가변적 글쓰기'를 제안한다. 그에 의하면 컴퓨터 워드 프로세서를 문학의 저작 도구로 이용하고, "통신 공간"을 문학의 소통 공간으로 사용하며, "가상현실"을 문학이 반영해야 할 또 다른 현실로 인정할 때, 글쓰기는 공간적으로 "가변적"인 것이 되며 시간적으로 "동시적"[19]인 것이 된다는 것이다. 가변적이라는 것은 텍스트의 위치가 지

---

19) 이용욱: "정보화 시대의 문학, 그 문학적 상상력의 세 가지 토대".

면에서 화면으로 옮겨지고 컴퓨터의 사용으로 인해 글쓰기의 수정과
편집이 자유로워지면서 나타나는 특성이다. 책으로 인쇄되어 나온 텍
스트의 수정이 쉽지 않을 경우, 글쓰기는 의식적으로 사고의 집중과
인내를 필요로 한다. 작가는 글을 쓰면서 텍스트 전체와의 관계를 끊
임없이 고민해야 하고 글쓰기 과정 자체에 힘겨운 노력을 경주한다.
하지만 텍스트의 수정이 어느 때고 가능해질 때, 이 같은 글쓰기 방
식은 달라진다. 일단 쓰고 이후에 얼마든지 고칠 수 있기 때문에 사
고의 분절과 단편적인 속성이 글의 형식과 내용에 나타나게 된다. 오
랜 사고 끝에 나오는 글쓰기가 아니라 단기간의 기억이 바로 글쓰기
로 이어진다. "글씨 쓰기에서의 손가락에 대한 자의식이 없어지고 그
것의 문자화 속도가 머리 속의 사유 속도와 거의 같다는 점" 때문에
"내면 의식의 표출에 즉각성과 솔직성"[20]이 나타나는 것인데, 디지
털 문학의 표현들이 구어체에 가까운 것도 이 때문이라 할 수 있다.

'동시적 글쓰기'는 작가와 독자 사이의 자유로운 소통과 경계의 무
너짐을 의미한다. 누구나 텍스트의 저자가 될 수 있는 시대에 글쓰
기는 언제나 동시적이다. 네트워크기술의 발전으로 인해 공간의 제
한 없이 작가와 독자가 직접 만나는 것이 가능하고, 실시간으로 서
로 간의 대화를 통해 텍스트를 직접 만들어 가는 것이 가능해질 때,
글쓰기는 동시적이다. 또한 작가가 독자가 되고, 독자가 작가가 될
수 있는 시대에 글쓰기 역시 동시적 의미를 지닌다. 둘 사이의 역할
에 대한 경계를 서로 넘어서면서 동시에 두 가지 역할이 모두 수행

URL: http://www.jjujjubar.co.kr/webzine/offoff/critic/c_icerain01.html
[2000년 11월 24일].

20) 김병익: 컴퓨터는 문학을 어떻게 변화시킬 것인가. 실린 곳: 동서문학,
1994년 여름호, 259쪽 참조.

될 수 있기 때문이다.

　글쓰기가 하이퍼텍스트에서 가변적이고 동시적이 되면 전통적인 글쓰기에 비해 소위 "방향감 상실의 문제(disorientation problem)"[21]가 야기될 수 있다. 방향감의 상실이란 전체 텍스트와의 관계에서 현재 진행되는 글읽기에 대한 비선형적 문서에서의 독자의 위치와 방향감각의 상실 경향을 말한다.[22] 하지만 방향감 상실의 문제는 독자의 위치에서뿐만 아니라 저자의 측면에서도 중요한 문제로 대두된다. 자신이 쓴 혹은 쓰고 있는 글이 어느 위치에 있고 또한 있을 것인지를 고민하고, 또한 그것이 시간의 경과에 따라 변하거나 사라질 수 있기 때문에, 이에 따른 혼란스러움은 저자나 독자에게 같은 무게로 다가온다. 하지만 미학적 측면에서 이러한 방향감 상실의 문제는 문학의 경우 긍정적인 경험을 제공한다. 저자로서 "예술가의 역할이란 방향감 상실의 기회를 창조하고, [……] 그것을 경험하는 이해자의 역할을 창조하는 것(the artist's role is to create occasions for disorientation, and [……] the perceiver's role to experience it)"[23]이기 때문이다.

　　"[……] 예술은 실제적이고 의미 있는 문제가 드러날 수 있도록 하기 위해 방향감 상실을 견뎌내는 능력을 강화하는 것이다. 또한 예술은 실제 세계의 긴장감과 문제점들에 자신을 노출시키는 것을

---

21) 조지 랜도우(여국현 외 역): 하이퍼텍스트 2.0. 현대 비평이론과 테크놀로지의 수렴, 문화과학사, 2001, 168쪽.

22) 위의 책, 169쪽 참조.

23) Morse Peckham: Man's Rage for Chaos: Biology, Behavior, and the Arts, New York: Schocken, 1967, p.254.

견디어 낼 수 있도록 하기 위해 잘못된 세계의 긴장감과 문제점들
을 드러내는 것이다."

"[……] art is the reinforcement of the capacity to endure
disorientation so that a real and significant problem can emerge.
Art is the exposure to the tensions and problems of a false world
so that man can endure exposing himself to the tensions and
problems of a real world."[24]

하이퍼텍스트에서 글쓰기는 가변성과 동시성을 통해 의도적으로
텍스트에서의 방향감을 상실토록 함으로써 독특한 미학적 경험을 제
공한다. 마치 미로에 있는 것과 같은 느낌을 주면서 다분히 임의적
으로 개별 텍스트들을 배치시키거나 독자에게 독서경로의 선택권을
주는 글쓰기는 따라서 독자에게 능동적인 역할을 부여하는 글쓰기이
다. 저자가 지금 쓰고 있는 텍스트는 불완전한 텍스트로, 언제든지
임의의 독자에 의해 보충되고, 사라지다 나타나며, 재배치되는, 가변
적이고 동시적인 텍스트이다.

2. 읽기 개념의 변화

쓰기 개념의 변화는 자연스럽게 읽기 개념의 변화를 가져온다. 하
이퍼텍스트에서의 쓰기는 쓰기의 도구와 대상, 그리고 공간이 바뀌
면서 쓰인 것을 읽는 방식 자체도 변화시킨다. 이 같은 변화는 읽기
의 주체인 독자의 개념과 역할, 읽기 방식의 변화로 나타난다.

---

24) Ebd., S. 314.

"행이 없는 글의 시작과 더불어 과거의 글은 공간적으로 변화된 조직 원칙하에 읽히게 된다. 오늘날 읽기의 문제가 학문의 전면에 부각되고 있다면, 그것은 읽기가 아직 두 시대 사이에서 분명한 방향을 잡지 못하고 있기 때문이다. 우리가 글쓰기를, 다른 방식으로의 글쓰기를 시작하고 있기 때문에, 우리는 이제껏 쓰인 것 역시 다른 방식으로 읽어야 한다."

"Mit dem Beginn der zeilenlosen Schrift wird man auch die vergangene Schrift unter einem veränderten räumlichen Organisations-prinzip lesen. Wenn das Problem der Lektüre heute im Vordergrund der Wissenschaft steht, so deshalb, weil sie noch unentschieden zwischen zwei Epochen schwankt. Weil wir zu schreiben, auf andere Weise zu schreiben beginnen, müssen wir auch das bisher Geschriebene auf andere Weise lesen."[25]

선형적 글쓰기와 비선형적 글쓰기라는 두 가지 글쓰기 형태를 구분하면서 선형적 글쓰기에 억눌려 있던 비선형적 글쓰기의 활성화를 주장한 데리다(Jacques Derrida)는 다른 글쓰기에 따른 다른 글읽기에 주목한다. 행이 없는 문자로 표현한 비선형적 글쓰기가 구체적으로 하이퍼텍스트를 정확하게 지칭하고 있지는 않지만, 이 같은 데리다의 주장은 하이퍼텍스트의 환경에서 쉽게 이해의 가능성을 제공한다.

하이퍼텍스트 환경은 실제로 쓰기에서뿐만 아니라 읽기에서도 새로운 개념을 나타낸다. 읽기의 문제는 자연스럽게 읽기의 주체인 독자의 개념을 새롭게 요구한다. 하이퍼텍스트 환경은 수동적인 읽기에서 독서방식의 도구가 변하면서 등장하는 기술적이고 전략적인 읽

---

25) Jacques Derrida: Grammatologie, Frankfurt am Main 1974, S. 155.

기로의 전환을 필요로 하며, 쓰기의 개념을 포함하는 것으로서의 읽기 개념을 설정한다. 하이퍼텍스트가 지니는 상호작용성이 독자로 하여금 자신의 독서 행위에서 즉각적인 반응을 주고받을 수 있도록 하기 때문이다. 결국 독자는 텍스트를 그것에 침잠하여 감상하는 것이 아니라, 그것에 부딪쳐 텍스트라는 대상을 변화시키는 방식으로 읽기를 하게 되는데, 소위 "눈으로 읽기에서 몸으로 읽기"[26]로의 읽기 방식의 전환이 나타난다. 단순히 시각만을 사용하던 읽기에서 청각과 촉각을 이용하는, 몸 전체를 움직이는 방식의 독서가 필요하게 된다.

2. 1. 독자 개념의 변화

인쇄술의 발명으로 형성된 책의 화법은 오로지 시각에만 기초한 선형적 화법이다. 이러한 선형적 화법에서는 조용한 시각적 읽기를 통한 텍스트의 해독이 중요하다. 행과 면으로 고정된 정태적 공간으로서의 책의 텍스트가 인간 사유의 추상화, 객관화, 개념화의 길을 제시하기 때문이다.[27] 하지만 선형적 문자성에 근거한 책의 문화가 새로운 시청각 매체의 출현으로 크게 위협받고, 오늘날처럼 새로운 매체가 발달하여 자유롭게 움직이는 문화공간으로서 하이퍼텍스트의 비선형적 사유와 표현의 방법이 제시될 때, 이전과 같은 읽기 방식과 독자의 개념 역시 상당한 변화가 요구된다.

---

26) 최혜실: 디지털 서사(e-narrative)의 현황과 전망. 실린 곳: 사이버 문학의 이해, 김종회/최혜실 편저, 집문당, 2001, 93쪽.

27) 이광복: '텍스트'에서 '하이퍼텍스트'로: 매체의 변화와 그것의 문학교수법적 수용에 대하여. 실린 곳: 독어교육, 한국 독어독문학교육협회, 2001년 5월 제21집, 33-35쪽 참조.

이 가운데서도 독자의 문제는 가장 커다란 변화를 보이는 부분이다. 하이퍼텍스트는 기본적으로 "하이퍼-독자가 무엇을, 언제, 어떤 순서로 읽을 것인가를 결정하는(dass der Hyper-Leser selbst entscheidet, was er wann und in welcher Reihenfolge liest)"[28] 텍스트이고, "독자가 비로소 텍스트를 완성해야 하는(daß der Leser den Text erst fertig schreiben muß)"[29] 텍스트이다. 하이퍼텍스트는 자의적 구조로 되어 있는 각각의 텍스트 요소들을 서로 연결시켜 독자들을 한 요소에서 다른 요소로 쉽게 안내하는 특성을 지닌다. 따라서 독자는 탐정과 같은 역할을 수행하면서 텍스트의 흔적을 읽고 링크를 따라가며 "다양한 텍스트 파편들로부터 그럴듯한 이야기의 관계(einen plausiblen Zusammenhang zwischen den verschiedenen Textfragmenten)"[30]를 생산해야 하는 과제를 갖는다. 하이퍼텍스트의 링크 구조가 독자로 하여금 텍스트에서 텍스트를 넘나드는 글읽기, 즉 "도약의 독서(das springende Lesen)"[31]를 강요하는 것인데, 때문에 하이퍼텍스트 구조에서는 독자를 단순히 시각적으로 텍스트를 읽는 독자에서 몸과 도구를 사용하는 "사용자(Benutzer)"[32]로, 작

---

28) Rolf Todesco: "Hyperkommunikation: Schrift-Um-Steller statt Schriftsteller". URL:http://www.snafu.de/~klinger/symposium/todesco. htm [1. März 2000].

29) Roberto Simanowski: "Digitale Literatur. Begriffsbestimmung und Typologi-sierung". URL: http://www.dichtung-digital.de/Simanowski/ 28-Mai-99-1/typologie.htm [15. November 2000].

30) Uwe Wirth: Wen kümmert's, wer spinnt? Gedanken zum Schreiben und Lesen im Hypertext. In: Hyperfiction. Hyperliterarisches Lesebuch, a. a. O., S. 35. Oder URL:http://www.update.ch/beluga/ digital/99/wirth.htm [1. März 2000].

31) Ebd., S. 32.

32) Norbert Gabriel: Kulturwissenschaften und neue Medien, a. a. O., S. 81.

가와 함께 글을 쓰는 "작독자(Wreader)"로, 일정한 환경에서 텍스트를 선택 조합하는 "제어된 탐색가(gesteuerter Navigator)"[33]의 개념으로 이해한다.

하이퍼텍스트는 적극적인 독자를 요구한다. 사용자, 작독자, 제한된 탐색가는 이전의 수동적 자세에서 적극적인 자세로 텍스트를 읽어 나가는 독자를 가리키는 표현들이다. 독자는 하이퍼텍스트 시스템을 개방된 시스템으로 이해하고, "정보의 가변적 제공(als sich wandelndes Informationsangebot)"[34]이라는 의미로서 받아들인다. 독자는 어떠한 방향으로 독서를 할지를 스스로 결정하기도 하지만 동시에 작가로서 읽고 쓰는 기회를 갖는다. 읽기와 동시에 작가로서 하나의 문서를 다른 문서에 연결시키기도 하고 또한 자신의 텍스트를 추가시킬 수 있게 된다.

해석의 측면에서 하이퍼텍스트의 글읽기는 텍스트에 대한 텍스트, 이야기에 대한 이야기를 읽는 것이기 때문에 또한 "메타적 글읽기(ein Metalesen)"[35]로 이해된다. 따라서 디지털 텍스트의 전체구조

---

33) Georg Jäger/Roberto Simanowski(Leitung): "Netzkunst. Künstlerische Gestaltungsmöglichkeiten von Hyperfiction und Hypermedia". URL: http://iasl.uni-muenchen.de/discuss/lisforen/netzkun.htm [24. April 001].

34) Norbert Gabriel: Kulturwissenschaften und neue Medien, a. a. O., S. 82.

35) Anja Rau: What you click is what you get?, a. a. O., S. 96: 하이퍼텍스트는 관계된 텍스트들의 연결구조로 이해되기 때문에 관련 텍스트들을 넘나드는 독서방식이 요구된다. 이러한 독서방식에서는 각 텍스트들의 연결구조와 연결방식이 해석의 중요한 단서를 제공하며, 존재하는 텍스트를 자신의 선택에 의하여 새로운 텍스트로 만들어 읽게 되는데, 이러한 읽기 방식을 메타적 글읽기라 한다.

뿐만 아니라 독서환경의 기능들까지 하이퍼텍스트에서는 해석되어야 한다. 때문에 독자는 단순히 코드화된 문자나 그림, 음성뿐만 아니라 기호나 인터페이스의 아이콘 등도 해석할 수 있어야 하는데, 하이퍼텍스트와 같은 디지털 텍스트에서 독자는 이 같은 소위 "디지털 독서능력의 습득(Erwerb von digitaler Lesekompetenz)"[36]을 요구받는다. 앞서 저자가 새로운 환경에서 새로운 능력과 글쓰기 방식을 요구받고 있는 것처럼 독자 역시 새로운 읽기 방식과 더불어 또 다른 능력을 필요로 한다.

2. 2. 저자로서의 독자

책으로 된 텍스트를 읽는 것과 하이퍼텍스트를 읽는 것의 가장 커다란 차이점은 저자의 위치가 상대적으로 약해지는 것과 더불어 나타나는 독자의 역할 증대에 있다. 이는 독자 지향적인 속성을 지니고 있는 하이퍼텍스트의 특성상 "글읽기가 문자 그대로 글쓰기로 전환"[37]되어 버리는 경우가 많기 때문이다. 선택과 연결[링크]를 중심으로 하는 하이퍼텍스트에서의 읽기는 그 자체가 바로 쓰기와 연결된다. 직접 텍스트를 작성하는 것만이 아니라 텍스트와 텍스트를 연결시키고 조합하는 행위 역시 텍스트 구성이라는 측면에서 쓰기로 이해할 수 있다. 특히 이어쓰기의 경우 독자는 텍스트 만들기에 직접 참여하는 구체적인 작가로 나타나는데, 이때 독자는 독자이면서 동시에 작가인 "작독가(Wreader)", "함께 쓰는 독자(mitschreibender

---

36) Ebd.

37) 강내희: 디지털 시대의 문학하기. 실린 곳: 문화과학, 1996년 여름호, 80쪽.

Leser)"[38]가 된다. 단순히 읽는 주체로서의 독자가 아니라 함께 읽고 쓰는 독자로서의 역할을 수행하는 것이다. 이는 하이퍼텍스트에서 저자가 사라지지 않고, 작가뿐만 아니라 디자이너, 건축가, 조경인이 되어 하나의 구조적인, 혹은 지리적인 공간을 만들고, 독자로 하여금 마치 자기 자신을 찾듯이 이 공간을 탐색할 수 있도록 하기 때문이다.[39]

전통적인 읽기 방식에서는 독자가 자신의 위치를 분명하게 인지할 수 있다. 독자 자신이 현재 어느 곳을 읽고 있는지, 앞으로 얼마나 더 읽어야 하는지를 페이지 번호를 통해 인지하며 독서를 해나간다. 일정한 분량이 있는 시·공간적 연속선상에서의 독서와 달리 하이퍼텍스트에서는 독자 자신이 시·공간적 제약에서 벗어난 또 다른 공간에서의 읽기를 수행해야 한다. 앞서 쿠버의 지적대로 독자는 저자가 제공하는 구조적 지리적인 공간을 스스로 항해하며 텍스트를 읽게 된다. 일종의 독서지도를 나름대로 만들어가며 읽는 이 같은 독서방식은 선적이며 순차적, 위계적인 텍스트의 순서를 비선형적, 비물질적으로 만들어버린 하이퍼텍스트의 구조적 특징 때문이다. 따라서 저자로서의 독자는 하이퍼텍스트에서 독자의 역할과 위치를 단적

---

38) Uwe Wirth: Wen kümmert's, wer spinnt?, a. a. O., S. 30f.

39) Vgl. Robert Coover: Goldene Zeitalter. Vergangenheit und Zukunft des literarischen Wortes in den digitalen Medien. In: TEXT+KRITIK. Heft 152. Hrsg. v. R. Simanowski, München 2001, S. 26: "Der Autor verschwand nicht, wie gehofft oder gefürchtet wurde, sondern wurde eine Art Designer oder Architekt oder Landschaftsgestalter ebenso wie Schriftsteller, der einen struktuellen oder geografischen Raum bildete oder gestaltete, den der Leser durchstreifen mochte, als wäre er auf der Suche nach sich selbst."

으로 드러내주는 표현이며, 하이퍼텍스트를 읽는 전략적인 방법으로 이해된다.

2. 3. 경로 찾기

인쇄된 책을 읽을 경우, 독자는 어디를 읽고 있는지 자신의 위치를 페이지 번호를 통해 정확히 알 수 있다. 하지만 하이퍼텍스트는 독자에게 텍스트에서의 방향감을 상실토록 하는 면이 있어, 독자 자신이 어디에 위치하고 있는지가 불분명해진다. 하이퍼텍스트는 손쉬운 독서를 허락하지 않는다. 읽을 곳을 직접 선택하고 좀 더 관심이 있는 곳을 중점적으로 읽다가 다른 곳으로 쉽게 이동할 수 있는 형태는 독자에게 좀 더 많은 읽기 과정에서의 수고와 선택을 요구한다.

독자는 하이퍼텍스트의 분산되어 있는 개별적 텍스트들을 어떻게 조합을 시키며 읽을 것인가를 고민해야 한다. 일종의 독서 경로를 만들어 가면서 텍스트를 읽어 나가는 것이 필요한데, 하이퍼텍스트에서의 읽기는 독서 경로를 찾는 것이라 할 수 있다. 앞서 예를 들었던 조이스의 「오후, 어떤 이야기」에서처럼 독자는 저자가 만들어 놓은 텍스트 환경에 따라 다양한 경우의 수 가운데 몇 가지를 선택하며 독서를 한다. 그 수가 몇 가지나 될지는 텍스트의 환경에 따라 달라진다. 특정한 환경에서 같은 텍스트라 하더라도 경로에 따라 그 내용과 줄거리 전개 방식이 각각 달라지기 때문에, 독자는 자신의 독서경로 선택에 의해 전통 텍스트를 읽는 것과는 또 다른 경험을 갖는다.

하이퍼텍스트에서 독자는 나름대로의 독서 경로를 찾아서 읽어야 하는 부담을 갖게 된다. 인쇄문화에 익숙해 있는 독자라면 다소간 혼란스럽게 느껴질 수 있는 이 같은 부담은 다른 한편으로 텍스트를 읽는 또 다른 즐거움을 부여한다. 텍스트를 읽는다는 것은 저자와 독자 간의 대화이고, 그 대화 속에서 벌어지는 비어 있는 어떤 공간을 채워나가는 작업이다. 수용미학자인 이저(Wolfgang Iser)는 문자 텍스트를 읽어나가면서 나타나는 긴장감에 대한 은유적 표현으로 "빈 공간(Leerstelle)"[40]을 상정하고, 이를 채워나가는 것이 독서과정에서 중요한 요소임을 주장한다. 여기서 이저의 '빈 공간'이란 개념은 일정한 거리를 두고 독자의 깊은 사유와 주체적인 사고를 통한 독서과정에서의 텍스트 수용방식을 가리킨다. 이에 비해 하이퍼텍스트에서는 독자의 다분히 즉흥적인 편집과 링크를 통해 텍스트가 수용된다. 따라서 일부분 즉흥적인 행위를 통한 예상치 못한 이야기의 경험과 직접적이며 감각적인 독서체험이 '경로 찾기'라는 과정을 통해 빈 공간과 같은 긴장감을 채워나가게 된다. 이저의 개념이 물리적인 행위를 가리키는 것은 아니지만, 하이퍼텍스트에서는 독자의 이 같은 정신적인 행위가 링크나 텍스트 편집과 같은 적극적이고 물리적인 행위로 나타난다. 텍스트에 숨어 있는 빈 공간을 좀 더 적극적으로 채워나가는 독자의 행위가 독서의 즐거움을 더해줄 수 있는 것이다.

---

40) Wolfgang Iser: Der Lesevorgang. In: Rezeptionsästhetik. Hrsg. v. Rainer Warning, München 1988, S. 258.

3. 새로운 문학의 가능성

3. 1. 이미지 재현의 문학

문학의 일차적인 분석 대상인 텍스트가 형질 변화를 보이면서 텍스트를 읽고 쓰는 방식이 달라지면 문학에 대한 근본적인 개념도 달라진다. 독일어권에서 '문학(Literatur)'이란 단어가 처음으로 등장할 때, 이 것이 가리키는 의미가 "문자예술[기술](Schriftkunst)"[41]이었음을 생각해보면, 문학이 그 의미의 넓고 좁음을 떠나 문자와 관계되어 있음을 알 수 있다. 디지털 기술이 고도로 발달한 오늘날에 문학의 개념이 문제가 되는 것은, 자신의 고유한 전달매체로 사용해 왔던 문자의 역할이 희미해지고 우리의 감각에 직접 작용하는 이미지가 급속하게 그 자리를 대체해 나가고 있다는 사실에 있다. 전통적인 문학에서와 달리 디지털 형식의 새로운 문학에서는 이 같은 이미지가 텍스트를 통해 떠오르는 이미지를 벗어나 구체적, 직접적으로 다가온다. 시각적, 청각적, 다감각적 이미지들이 독자 앞에 직접 재현됨으로써 문학은 더욱 감각적인 장르가 된다.

전통적인 문학은 그 내용을 이해하는 데 있어 직접적이고 즉물적인 방식보다는 시간을 두고 사유하는 자세를 요구한다. 텍스트에 대한 집중을 요구하는 방식은 오디오, 비디오, 컴퓨터 등과 같이 빠른 속도로 이미지를 재현하는 매체 앞에서 상대적으로 문화적 매력을 발산하지 못하고 있다. 문자 언어가 이미지에게 그 역할을 잠식당하

---

41) Günther Schweikle/Irmgard Schweikle(Hrsg.): Metzler Literatur Lexikon. Begriffe und Definitionen, 2. Aufl., Stuttgart 1990, S. 273.

면서 문자문화시대는 이제 종말을 고하고 있는 것이 아닌가 하는 진
단마저 등장하고 있다.[42]

  이러한 사실은 디지털 방식의 문학이 어느 방향으로 나아갈 것인
지를 단편적으로 보여준다. 디지털 매체에서의 문자사용에 대한 관
심을 가져온 문학 이론가 쿠버(Robert Coover)는 문학에서 문자가
차지하는 위상 변화를 조심스럽게 예견한다. 쿠버는 점차로 문학에
서 문자가 차지하는 역할이 감소되며, 이전과 달리 문자는 "아이콘
(Icon)"이나 "제목(Überschrift)"[43] 정도로 축소될 것이라고 하면서,
결국 문자가 아니라 이미지가 앞으로의 새로운 문화적 커뮤니케이션
을 규정하게 될 것이라 주장한다.[44]

  디지털 문학은 따라서 기존의 문자가 문학에서 수행해왔던 기능을
대폭 축소하고 다양한 감각적 매체의 수용을 통해 영화에서처럼 상상
속의 이미지를 독자에게 직접 재현하는 방식으로 발전할 가능성이 커
보인다. 독일에서 2002년 있었던 「디지털 문학대회(Wettbewerb
Literatur. digital)」[45]는 실제로 이 같은 가능성을 단적으로 보여준다.
오프라인 출판사인 독일문고출판사 dtv와 온라인 통신회사인 티-온
라인(T-Online)이 후원한 이 대회에서는 심사위원회와 온라인 독자들

---

42) Vgl. Angela Spahr: Magische Kanäle. Marschall McLuhan. In:
    Medientheorien. Eine Einführung. Hrsg. v. D. Kloock/A. Spahr.
    München 1997, S. 59-63.

43) Robert Coover: Goldene Zeitalter. a. a. O., S. 27.

44) Vgl. Ebd., S. 30.

45) "Wettbewerb Literatur.digital". URL: http://www.t-online.de/ literaturpreis
    [26. Dezember 2002].

이 함께 당선작을 선정했는데[46], 당선작들 모두가 이전의 대회들과는 달리 문자 텍스트를 줄이고 플래시나 애니메이션의 사용 등을 통해 감각적인 이미지의 재현에 중점을 두고 있다. 「디지털 문학대회」에서 공동 수장작으로 선정된 라베(Julius Raabe)의 「사운강시(Knittelverse)」[47] 는 이 대회를 통해 드러난 위와 같은 현상을 보여준다.

그림 15)의 가운데 보이는 그림은 다다이즘 운동에 참여했던 화가 그로츠(George Grosz)의 그림 「카페 카이저호프의 보석 암거래상(Brillantenschieber im Cafe Kaiserhof)」이다. 언뜻 아무런 이야기가 진행될 것 같아 보이지 않는 그림으로부터 4명의 인물들을 클릭 하는 순간 이야기는 진행된다. 뿐만 아니라 어떤 인물을 먼저 클릭 하는가에 따라 이야기가 달리 진행되며, 각 인물들의 머리 부분도 서로 다른 인물의 몸에 붙으면서 등장인물들의 숨겨져 있는 생각이 텍스트로 나타난다. 다시 말해 문자로 된 텍스트가 숨겨져 있다가 그림을 통해 나타나게 되는데, 이야기 전개에 대한 기대감을 전제로 하는 사유를 통한 행위가 아니라 독자의 즉흥적인 행위를 통해 이야기가 전개된다. 이런 식으로 「사운강시」는 약 2페이지 반 분량의 텍

---

46) 이 대회를 통해 독일 온라인 공급업체의 대표적인 회사인 티-온라인 T-Online은 인터넷이 상업적인 수단뿐만 아니라 미학적 프로젝트의 공간이 될 수 있음을 보여 주었고, 출판업계의 대표로서 독일문고출판사 dtv는 오프라인에서의 문학시장 외에 온라인상에서도 인터넷을 기반으로 한 새로운 문학형식이 가능함을 제시하고 있다. 대회가 끝난 이후, 대회의 성과와 평가를 담은 책이 수상작들을 담은 씨디-롬과 함께 dtv에서 출판되기도 했다. Vgl. Robert Simanowski(Hrsg.): Literatur.digital. Formen und Wege einer neuen Literatur(mit CD-Rom), München 2002.

47) Julius Raabe: "Knittelverse". In: Roberto Simanowski(Hrsg.): Literatur.digital, a. a. O. Oder URL:http://www.t-online.de/literaturpreis/index/prolwx125. htm [26. Dezember 2002].

스트와 1,800여 단어가 조합되어 4개의 강운(Hebung)을 가진 연시
인 사운강시(Knittelverse)가 만들어진다.

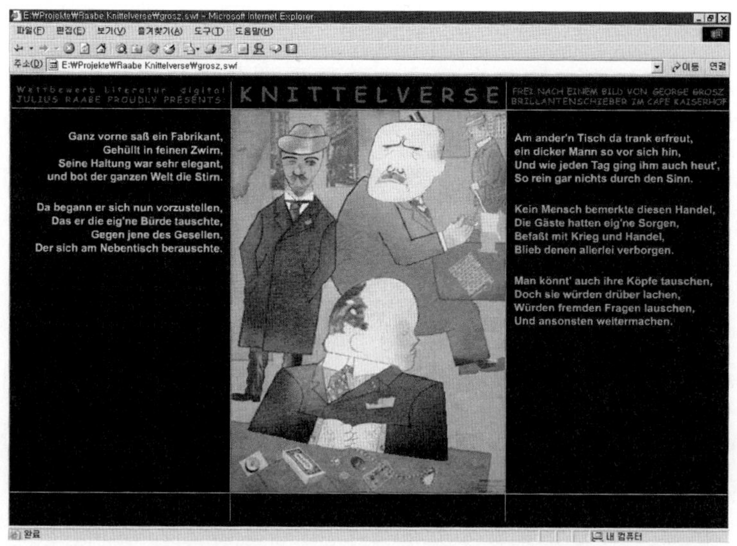

[그림 15] Julius Raabe: 「Knittelverse」

　그림과 텍스트를 유희적으로 결합하고 인터넷의 특징을 잘 살린
작품이라는 심사위원들의 수상 선정 이유를 통해서도 나타나는 것처
럼,48) 이 작품은 앞으로의 디지털 문학을 가늠하는 데 있어 적절한
예가 되고 있다. 마우스 클릭을 통해 이루어지는 작품과 이를 읽는
독자와의 "상호작용성(Interaktivität)", 움직이는 그림과 텍스트를 적
절히 결합시킨 "상호 미디어성(Intermedialität)", 그리고 이 둘을 미

---

48) Vgl. Roberto Simanowski: "Laudatio zum Wettbewerb. Literatur. digital
　　2001 von DTV und T-Online". URL:http://www.dichtung-digital.
　　de/Verschiedenes/Events/dtv-laudatio.htm [6. Juni 2002].

적으로 연출해내는 "연출(Inszenierung)"[49] 등, 이 작품은 수상작 선정의 기준으로 제시한 세 가지 디지털 문학의 특성들을 흥미롭게 결합시키고 있다. 이 작품에서 알 수 있듯이, 앞으로 디지털 문학에서의 문자 텍스트는 이미지의 직접적인 재현을 위한 보완적 역할로 기능할 것으로 보인다. 이는 텍스트를 읽고 떠오르는 이미지를 독자의 상상 속에서가 아니라 독자의 눈앞에 직접 재현시키기고, 이미지를 독자의 감각에 빠른 속도로 전달하기 위한 디지털 문학의 전략적인 방법으로 이해된다.

이미지란 독자의 마음속에 그려지는 사물의 감각적 영상을 말한다. 실제로 체험하지 않고도 언어에 의해 마음속에 그려지는 감각적인 모습이나 느낌을 말하며 심상(心象)이라고 한다.[50] 시어로 형상화된 여러 형태의 심상은 우리의 마음속에 감각을 재생시키는 역할을 한다. 즉 시인은 심상을 통하여 자신이 전달하고자 하는 의미를 전달하거나 어떤 정서나 분위기를 환기시키며, 시적 상황을 생생하게 느낄 수 있게 한다. 또한 심상은 시적 상황을 구성하여 상상력을 자극하고 미적 쾌감을 주는 역할도 한다. 시와 같은 전통적인 문학에 있어서 이미지는 주제나 의미를 간접적으로 노출시킨다. 시인이 자신이 전달하고 싶은 시적 의미들을 예술적으로 형상화하여 전달하기 때문이다. 이러한 이미지를 통해 시인은 자신이 전달하고 싶은 관념과 정서를 표현하고 산문적인 언어나 관념적인 언어로는 포착할 수 없는 것의 예민한 느낌을 전달한다. 때문에 시의 의미를 이해하기 위해서는 독자의 깊이 있는 상상력과 사유능력이 요구되는데, 디지털 문학의

---

49) Ebd.
50) 황송문: 현대시작법, 국학자료원, 1999, 87쪽 참조.

경우에는 이미지를 전달하는 **빠른** 속도와 독자의 사유가 갖는 느린 속도 사이의 차이를 좁히기 위해 영상이나 사운드를 사용을 통해 독자의 상상 속에 전개되는 이미지를 스크린에 직접 재현시킨다.

3. 2. 혼종형식으로서의 문학

모더니즘과 포스트모더니즘 이후 새로운 문화적 운동의 관점으로 렉(Hans Ulrich Reck)은 혼종문화(Hybridkultur)의 시각을 제안한다. 그에 의하면 혼종문화란 몽타주와 같이 이질적인 것들의 단순한 결합이 아니라, 근본적으로 서로 다른 콘텍스트나 개별적 영역의 결합 속에서 하나의 "인식가능한 질서(erkennbare Anordnung)"[51]와 방향을 제시하는 문화로 이해된다. 혼종문화는 "매우 상이한 관점으로부터 하나의 사고를 혼합, 연결, 네트워크 속에서 전개시키려는 (von ganz unterschiedlichen Perspektiven aus, ein Denken in Vermischung, Verkettung, in Netzen zu entfalten)"[52] 의도를 지닌다. 이 같은 의도는 혼종성을 통해 "근대화의 선형적 사고방식(lineare Vorstellungen von Modernisierung)"[53]에 대한 강한 의문을 제기하고, 오늘날 예술과 철학, 예술과 매체, 정보와 오락이 서로 혼합되고 네트워크로 묶이는 현상에 주목하며 이를 다루는 "매체 간의 소통문제(Medienkommunikation)"[54]를 비판적으로 관찰하기 위해서이다.

---

51) Hans Ulrich Reck: Entgrenzung und Vermischung: Hybridkultur als Kunst der Philosophie. In: Hybridkultur. Medien, Netze, Künste. Hrsg. v. Irmela Schneider, Christian W. Thomsen, Köln 1997, S. 91.

52) Irmela Schneider: Einleitung. In: Hybridkultur, a. a. O., S. 7.

53) Ebd.

54) Ebd.

multi~, hyper~, inter~, trans~ 등과 같이 최근의 담론에서 자주 사용되는 접두어들이 단적인 예로 오늘날의 문화가 하나 이상의 이질적인 요소들의 결합으로 이루어진 혼종문화임을 나타내준다.

　맥루한은 매체들 간의 상호 침투가 핵분열이나 핵융합에서처럼 폭발적으로 새로운 힘이나 에너지를 분출시킨다고 하면서, 혼종 형식을 하나의 새로운 미학적 형식으로 주목한다.[55] 맥루한이 전자 환경의 특징으로 "혼종화 현상(das Phänomen der Hybridisierung)"[56]을 지적한 바와 같이, 디지털의 영향을 받는 문화가 나타난 곳에서는 혼종형식이 선호된다. 디지털 문학은 이러한 의미에서 혼종형식으로 이해된다. 이미 몽타주나 콜라주 형식에서 이러한 특징들이 발견되지만, 디지털 문학은 좀 더 적극적으로 혼종 형식을 사용한다. 디지털 문학은 우선 0과 1이라는 이진법 코드를 사용하여 각 매체들을 혼종 시킨다. 텍스트와 영상, 사운드를 서로 교차시키고 뒤섞음으로써 각각의 매체들이 지니고 있는 개별적인 미학적 구상을 통합시켜 하나의 새로운 매체적 콘텍스트로 묶는다.[57] 이로 인해 각 매체가 지니고 있던 고유한 형식들이 자연스럽게 혼종 된다. 문자를 통한 문학적 형식, 영상을 통한 미술적 형식, 사운드를 통한 음악적 형식 등이 단일한 전자적 표면 위에 동시적으로 타나난다.

---

55) Vgl. Marshall McLuhan: Die Magische Kanäle, Düsseldorf, Wien 1968, S. 58f: "Die wechselseitige Durchdringung der Medien setzt gewalttätige neue Kräfte und Energien frei, ähnlich wie bei der Kernspaltung oder Kernfusion."

56) Sabine Fabo: Bild/Text/Sound-Hybride des Digitalen? In: Hybridkultur, a. a. O., S. 117.

57) Ebd., S. 178.

디지털 문학은 하나의 완결된 작품이 아니라, 독자와 함께 다양한 작품의 해석을 현실화시키는 과정으로서 구조적 환경을 제시하여 저자와 독자를 혼종 시킨다. 이를 통해 저자와 독자는 하나의 작품을 두고 서로 개입하고 수정하며, 함께 만들어 나가게 되어, 둘 사이의 명확한 구분은 점차로 희미하게 된다. 앞서 상호작용성이라는 개념으로 설명했던 이 같은 특징을 통해 디지털 문학은 다시 한번 고도의 "실험성(Experimentalität)", "혼종성(Hybridität)", "불확정성(Nichtendgültigkeit)"[58]을 얻는다.

3. 3. 연출로서의 문학

앞서 언급했던 2002년 「디지털 문학대회」에서 심사위원회는 디지털 매체를 사용하는 문학의 주요 평가 기준으로 세 가지를 제시한다. 작품구성에 있어서 수용자의 참여를 의미하는 상호작용성, 전통적인 매체들을 하나로 통합시키는 상호매체성, 그리고 작품 내재적으로, 즉 수용과정 내에서 벌어지는 퍼포먼스를 위한 프로그래밍의 개념으로서의 "연출(Inszenierung)"[59]이 그것이다. 상호작용성과 상호매체성이 디지털 매체 자체가 지니고 있는 영역에 속하는 것인 반면, 연출은 저자에게 고유한 영역이다. 즉, 저자가 각각의 이질적인 매체를 어느 정도로 사용하고, 어떻게 배치시키며, 어떻게 연결시키는가에 따라 하나의 작품은 다양한 평가를 얻게 된다.

---

58) Beat Suter: Hyperfiktion und interaktive Narration im frühen Entwicklungsstadium zu einem Genre, Zürich 2000, S. 14.

59) Roberto Simanowski: "Laudatio zum Wettbewerb", a. a. O.

하이퍼텍스트로 쓰인 디지털 문학은 이중구조로 되어 있다. 컴퓨터 언어인 하이퍼텍스트 언어와 저자의 의도대로 스크린상에 보이는 모습이 그것이다. '소스(Quellcode)'에서 보이는 하이퍼텍스트 언어인 HTML은 복잡한 명령어로 이루어져 있다. 하지만 독자는 스크린에서 이 언어를 직접 보는 것이 아니라 컴퓨터의 연산 작용을 통해 그림이나 텍스트로 보게 된다. 앞에서 예를 든 「될에게 바치는 벌레 사과파이」는 원래 그림 17)에서 보이는 것처럼 복잡한 컴퓨터언어로 되어있다. 이 복잡한 언어는 독자에게 그대로 전달되지 않고 코드화 작업을 통해 그림 16)의 모습으로 나타난다. 다시 말해, 디지털 문학은 보이는 구조와 보이지 않는 구조의 이중구조로 이루어져 있다. 보이는 구조는 단일한 인터페이스인 스크린에서 보이는 구조이다. 보이지 않는 구조는 스크린에서 보이는 형태가 아닌 하이퍼텍스트 자체의 언어로 이루어져 있는 구조이다.

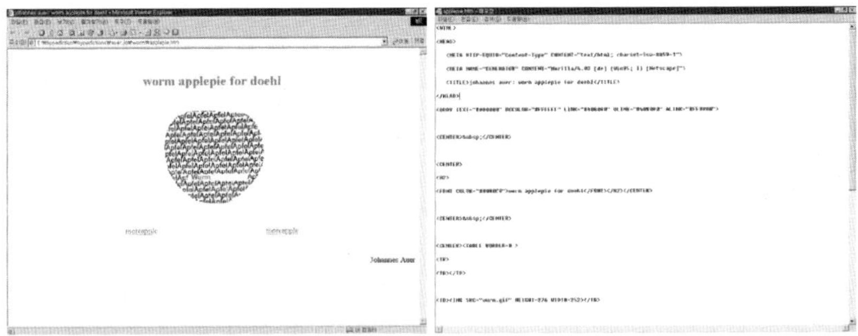

[그림 16] 「worm applepie for doehl」 스크린상의 모습

[그림 17] 「worm applepie for doehl」 하이퍼텍스트 생성 언어로 구성되어 있는 모습

이 같은 구조에서 문제가 되는 것은, 스크린상에 보이는 모습이 한 작품의 전부가 아니라는 점이다. 원래 텍스트인 HTML 코드에는 여러 명령어와 함께 이미지 링크 등이 숨겨져 있어, 마우스 클릭과 같은 독자의 참여를 통해 이것이 스크린에 나타나기도 하고 나타나지 않기도 한다. 앞의 예 「뙬에게 바치는 벌레 사과파이」에서 처음에는 사과모양의 시를 글자 벌레(Wurm)가 갉아먹는 형태로 나오지만, 독자가 아래쪽의 moreapple을 클릭하게 되면, 벌레가 없어지고 사과모양의 형태가 여러 가지로 바뀌게 되는데, 이처럼 수용자의 개입을 통해 작품 전체에 일정한 변화를 가져오는 것을 "연출"[60]이라고 한다.

연출이 디지털 문학에서 중요한 것은, 연출에 따라 다른 두 가지 요소인 상호작용성과 상호매체성을 어떻게 구현하는가가 정해지기 때문이다. 저자는 초기 스크린에는 나타나지 않은 필요한 텍스트 데이터와 영상 데이터, 음성 데이터 등을 소스에 집어넣고 있다가, 독자의 참여를 통해 이를 직접 스크린에 나타나게 한다. 즉, 필요한 모든 데이터들을 저장시켜 놓고서, 어느 곳에서, 어떤 데이터들을 어떻게 나타나게 할 것인가에 대한 구조적인 환경을 제공한다. 앞서 작가의 개념이 디자이너의 개념으로 이해된다고 한 것도 이 같은 연출이 디지털 문학에서 중요한 기능을 담당하기 때문이다. 마치 전통적인 문학에서 작가가 등장인물과 줄거리, 시간구조 등을 치밀하게 배열시키는 것과 마찬가지로, 디지털 문학에서의 작가는 각각의 이질적인 매체를 어떻게 어느 정도로 사용하고, 어떻게 결합시키며 어느

---

60) Roberto Simanowski: Autorschaften in digitalen Medien. Eine Einleitung. In: TEXT+KRITIK, a. a. O., S. 5.

곳에서 어떤 데이터를 사용할 것인가를 결정한다. 이러한 의미에서 연출은 전통 산문 문학에서와 달리 디지털 문학에서 중요한 개념으로 자리 잡는다.

때문에 이러한 연출의 강조가 하이퍼텍스트의 개방성과 일면 모순되는 점도 있을 수 있다. 저자의 상상력 내에서 모든 것이 결정되고, 독자의 참여가 단순히 저자가 미리 준비해 놓은 것을 불러내고 조합하는 것뿐이라면, 하이퍼텍스트 자체가 내부의 폐쇄성을 가지고 있다고도 할 수 있다. 독자가 저자의 일정한 독서 환경 내에서만 작품에 참여하기 때문에, 진정한 개방성이 없다는 주장도 설득력을 가질 수 있다. 하지만 비록 제한되어 있다 하더라도 일정 부분 텍스트에 대한 선택권을 독자에게 부여하고, 이를 통해 독자가 자신의 텍스트를 스스로 만들 수 있다는 것은 하이퍼텍스트가 추구하는 개방성에 부합하는 특성이다. 따라서 연출은 독자에게 강요된 탐색과 선택 기능을 통해 텍스트의 세계에 침몰하는 것을 막고 매체적 상황을 의식하도록 하여 독서환경의 개방성을 드러내도록 하는 것이 중요하다.[61]

---

61) Vgl. Ebd., S. 9.

Ⅵ 나오는 말

　　매체와 관련하여 중요한 개념으로 전제되는 것 중의 하나는 속도
이다. 불란서의 건축 학자이자 에세이스트인 비릴리오(Paul Virilio)
는 속도에 관한 하나의 학문으로서 소위 "속도학(Dromologie)"[1]을
주장하며, 이를 근본적인 매체 이론으로까지 제시한다. 이처럼 속도
가 매체에서 문제가 되는 것은, 모든 매체가 자체적으로 정보 전달
의 속도를 높이는 과정으로 발전해 왔기 때문이다. 초기의 비둘기나
사자(使者)를 이용하는 방식에서 전화나 라디오를 거쳐 인터넷에 이
르기까지 정보전달의 속도는 몰라보게 빨라지고 있다.

　　특히 오늘날과 같이 정보가 빛의 속도로 전달되는 시대에 있어 더
욱 문제가 되는 것은 이 같은 속도와 관련한 인간의 인지기능이다.[2]
비릴리오에 의하면, 인간의 인지기능은 이제 실제 공간에서 이루어

---

1) 속도학(Dromologie)은 비릴리오가 만들어낸 용어로 속도의 논리(Logik
　 der Geschwindigkeit)를 가리키는 개념이다. 비릴리오는 속도를 모든
　 매체가 지니는 기본적인 속성으로 파악하여 이로부터 매체이론과 전쟁,
　 사회, 정치를 분석한다. 속도학에 관해서는 다음의 그의 저서를 참조.
　 Vgl. Paul Virilio: Geschwindigkeit und Politik. Ein Essay zur
　 Dromologie, Berlin 1980.

2) Vgl. Daniela Kloock: Ästhetik der Geschwindigkeit. Paul Vililio. In: In:
　 Medientheorien. Eine Einführung. Hrsg. v. D. Kloock/A. Spahr,
　 München 1997, S. 134f.

지는 것이 아니라, 더 이상 가속되지 않는 빛의 속도의 상태인 "실시간(Echtzeit)"3)상에서 이루어진다는 것이다. 인간의 인지기능이 실시간에 이루어진다는 것은, 물리적인 시간과 공간의 한계를 넘어 인지의 지평이 무한히 확대되는 것을 의미한다. 인간의 지각이 닿지 않는 멀리 떨어진 곳에서도 방송을 통해 전쟁의 시작과 끝을 동시에 경험했던 걸프전은 이에 대한 좋은 예를 제공한다. '여기에 지금'이라는 시·공간적 제약을 넘어 인간의 육체가 수행하는 기능을 무한히 확장하고자 하는 매체는 빛의 속도의 시대에 인간의 인지기능을 빠르고 실시간적인 것으로 만든다.

하이퍼텍스트 문학을 중심으로 한 디지털 문학 역시 속도의 개념으로 이해되는 새로운 문학 형태다. 텍스트에서 하이퍼텍스트로 옮겨가는 매체적 환경의 변화는 이 같은 매체의 전달 속도 증가를 위한 기술적 조건과 발전과정을 나타내주는 대표적인 예다. 구텐베르크 은하계의 종말로 표현되는 인쇄문화의 종말은 그동안 책으로 대표되던 인쇄문화의 유효성이 점차로 감소해 가는 경향을 드러내준다. 그 대신 기존의 아날로그 방식으로 처리되던 책의 내용은 정보의 개념으로 이해되면서 디지털 방식으로 전환되기 시작한다. 그럼으로써 각 매체들 간의 혼합 및 통합을 통한 멀티미디어 작업이 생겨나고, 이것이 네트워크로 서로 묶이게 되면, 기존의 책이 전통적으로 전달하고자 했던 것의 전달 속도뿐만 아니라, 그것을 둘러싼 생산자와 수용자 사이의 관계 또한 더욱 직접적이고 빨라지게 된다.

---

3) Paul Virilio: Fluchtgeschwindigkeit. Essay, Frankfurt am Main 1999, S. 56.

이 같은 매체적 환경의 변화 속에서 등장한 하이퍼텍스트 문학은 속도의 문제를 일부분 어떻게 문학적으로 수용할 것인가 하는 문제를 아울러 지닌다. 문학이 그 속성상 "전통적으로 느리고 기술적인 것에 대해 취약한(traditionell langsam und technikarm)" 특징을 보이는 데 비해, 컴퓨터를 이용한 네트워크는 "빠르고 기술 집중적이며 행위 중심적(schnell und technikintensiv und aktionsreich)"[4]이기 때문이다. 따라서 이를 사용하는 하이퍼텍스트 문학은 자신의 빠르고 기술 집중적이며 행위 중심적 형식에 전통 문학의 일면 느리고 집중을 요하는 내용을 얼마나 조화롭게 담아낼 수 있는가 하는 과제를 지닌다. 이러한 과제의 해결은 무엇보다 새로운 감수성을 지닌 적극적인 독자들의 전자 텍스트에 대한 상호작용에 달려 있다. 전자 매체 시대에 텍스트를 읽는 독자의 감수성이 변화하고 그에 따라 텍스트를 쓰는 방법과 매체, 텍스트의 형질이 변화하고 있기 때문이다. 이러한 변화에 따라 컴퓨터와 더불어 성장한 세대들이 지닌 감수성에 가장 잘 호소하는 형태의 텍스트들이 전자매체의 시대 텍스트 구성의 주류를 이루게 될 것으로 보인다.

디지털 문학의 장르적 개념 규정은 아직까지 명확하게 이루어지지 못하고 있고, 형식적인 실험의 차원에서 이해되는 면이 적지 않다. 그러나 대부분의 디지털 문학은 이어쓰기나 하이퍼픽션에서처럼 독서경로의 측면에서 다양한 경우의 수를 두는 방식으로 전개된다. 때문에 특정한 텍스트가 제시되지 않은 채 다양한 텍스트가 조합될 수

---

4) Robert Coover: Goldene Zeitalter. Vergangenheit und Zukunft des literarischen Wortes in den digitalen Medien. In: TEXT+KRITIK. Heft 152. Hrsg. v. R. Simanowski, München 2001, S. 26.

있으며, 텍스트의 가변적인 속성으로 인해 어제 생산된 텍스트가 오늘의 텍스트와 다르기도 하는 특성을 가지고 있다. 이로 인해 개별 작품의 분석이 구체적이고 심도 있는 해석에까지 이르지 못하는 경우가 많은데, 디지털 문학을 둘러싸고 벌어지고 있는 논쟁의 중심은 따라서 내용적인 것보다는 형식적인 측면과 다양한 매체의 사용 문제, 전통적인 문학과의 관계 설정 문제, 그리고 앞으로 전개될 디지털 문학의 방향과 관계된 것이 주를 이룬다.

"내가 보기에 하이퍼텍스트는 특히 문학계의 흥미를 끄는 과도적인 장르인 것 같다. 왜냐하면 그것은 포스트모던적인 멀티미디어의 매력으로 전통적인 문학연구를 치장하고 있기 때문이다. 상호작용적인 컴퓨터 텍스트들을 설명하기 위해 하이퍼텍스트의 중요성에 주목하는 것은 영화 자체를 보지 않고 영화 대본에 관한 연구에 근거를 두는 것과 같다. 필요한 것은 이러한 새로운 종류의 시청자와 텍스트 사이의 상호작용에서의 명확한 특성에 근거한 분석이다."5)

전통적인 문학은 작가 중심의 문학이다. 작가 중심의 문학은 텍스트의 해석과 소유의 문제에서 한 사람의 작가를 중심으로 논의가 이루어지는 문학이다. 또한 전통적인 문학은 정신적인 행위를 중심으로 하는 문학이다. 따라서 그것은 일면 개인적인 작업으로 상호작용을 필요로 하지 않는 지적 활동이다. 하지만 하이퍼텍스트 문학을 중심으로 하는 새로운 문학의 형태는 독자 중심의 문학이다. 독자가 한 사람이 아닌 다수의 불특정한 사람을 가리킬 때, 새로운 문학은 상호작용이 강조되는 문학이다. 작가와 독자, 작가와 작가, 독자와

---

5) 테드 프리드만: 하이퍼텍스트와 대중문화. 실린 곳: 사이버 문학의 이해, 김종회/최혜실 편저, 집문당, 2001, 139쪽.

독자 간의 상호작용이 중요한 문학이다. 따라서 새로운 문학은 이들 사이에 타협이 가능해진 문학으로 "진행 중인 작업(work in progress)"[6] 으로서 이해된다. 앞서 살펴본 예에서처럼 작가와 독자가 모두 작독가가 되어 서로 일정한 영향을 미치면서 상호작용 아래 열린 작품을 만들어가는 문학이 그것이다. 하이퍼텍스트가 자체적으로 가지고 있는 구조적 특성인 교차성과 가변성, 비선형성, 리좀적 구조, 상호텍스트성과 상호작용성 등이 이를 응용하고 있는 하이퍼텍스트 문학을 어느 한편의 일방적인 것으로 만들지 않고 좀 더 개방적이며 열려있는 것으로 만들기 때문이다.

또한 새로운 매체를 사용하기 때문에, 새로운 문학에서는 정신적인 측면과 함께 육체적 움직임이 강조된다. 전통적인 문학에서 조용한 쓰기와 읽기를 통한 의미 찾기가 강조되었던 것에 비해, 새로운 문학에서는 스크린상에서 마우스와 같은 인터페이스를 꾸준히 움직이고 클릭하며 쓰기와 읽기가 이루진다. 새로운 매체가 그 기술적 발전에 상응하여 어느 정도까지 인터페이스를 발전시키는가에 따라 새로운 문학은 좀 더 인간의 오감을 자극하는 방식으로 전개될 것이다. 그렇다고 하이퍼텍스트 문학이 기존의 문학이 지니고 있는 전통적인 가치들을 모두 감각적으로만 대치하지는 않을 것으로 보인다. 하이퍼텍스트에 사용되는 멀티미디어적 특성들이 문학을 치장하는 도구에 그치지 않도록 하고, 다양한 매체의 특성을 사용하지만, 여전히 텍스트가 지니는 감수성을 포기하지 않으며, 그리고 저자와 독자,

---

6) Mike Sandbothe: Interaktivität-Hypertextualität-Transversalität. Eine medienphilosophiesche Analyse des Internet. In: Mythos Internet. Hrsg. v. S. Münker/A. Roesler, Frankfurt am Main 1997, S. 74.

텍스트와 저자·독자와의 상호작용을 명확하게 분석 가능하도록 하
면서 새로운 실험들을 계속해 갈 때, 하이퍼텍스트 문학을 중심으로
한 디지털 문학은 새로운 문학으로서의 자기 정체성을 찾을 수 있다.

전통적인 문학과 관련하여 대부분의 학자들은 디지털 문학이 기존
의 문학을 완전히 대체해 나가는 것이 아니라 서로 병존해 가는 방
향으로 전개될 것이라는 의견에 동의한다.[7] 문제는 앞으로의 디지털
문학이 그 기술적 발전의 조건에 따라 어떠한 형식으로 새로운 실험
들을 계속해 나아갈 것인가 하는 것이다. 혹자는 문학의 내적, 외적
변화뿐만 아니라 문학을 보는 방식과 창작하는 방식마저 변화시키고
있는 디지털 문학이 시각과 청각에 의존하고 있는 지금의 텍스트에
서 촉각과 후각에까지 호소하는 형식으로 진행될 것으로 예견한다.[8]
또한 어떤 이는 디지털 문학이 더 이상 문학이라는 고유한 독자적인
영역에 머무르지 않고 영화나 게임 분야와 관련하여 인접 예술분야
와 결합, 하나의 이야기 틀을 제공하는 "디지털 스토리텔링(digital
storytelling)"[9]의 개념으로 자리 잡아 갈 것이라는 견해를 내놓는다.

---

7) 움베르토 에코: 디지털 매체, 책 말살하지 못한다. 실린 곳: 시사저널,
   1996년 12월 4일 참조.
   "[……] 한 가지 분명한 것은 하이퍼텍스트가 결코 전통적인 텍스트를
   대체하지는 못하리라는 것입니다. 음악에다 비유하면 전통적인 텍스트
   는 권위 있는 악보에 바탕을 둔 클래식 음악에 해당하며, 누구나 한 줄
   즉흥적으로 써 넣을 수 있는 열린 텍스트인 하이퍼텍스트는 재즈 음악
   에 해당한다고 할 수 있겠지요. 재즈의 즉흥 연주가 클래식의 악보 위
   주 연주를 대체하지 않는 것처럼, 하이퍼텍스트와 전통적인 텍스트 역
   시 서로 공존해 갈 것입니다."
8) 김재국: 디지털 시대의 새로운 소설과 이론. 사이버리즘과 사이버소설,
   국학자료원, 2001, 259쪽 참조.
9) 이야기를 이끌어가는 방식을 가리키는 단순한 스토리텔링에 비해 디지

하지만 이와 더불어 더욱 중요한 것은 디지털 문학이 자체의 고유한 문학성을 어떠한 모습으로 담지 해 낼 것인가 하는 점이다. 창의적인 실험 형식에도 불구하고 높은 평가를 받지 못하고 있는 이유 중에 하나인 문학성의 문제를 어떻게 풀 것인가 하는 것은 앞으로도 디지털 문학의 풀어야 할 숙제로 남는다. 그러나 새로운 시대에 새롭게 등장하는 내용들을 새로운 형식으로 담고자 하는 디지털 문학의 노력은 그 자체로 평가를 받아야 할 것이다.

털 스토리텔링(digital storytelling)은 컴퓨터 게임 등 컴퓨터상에서 일어나는 모든 서사행위와 더불어 웹상에서 일어나는 상호작용적인 멀티미디어 서사의 창조를 말한다. 여기에는 텍스트뿐 아니라 이미지, 음악, 목소리, 비디오, 애니메이션 등이 모두 포함된다.

1. 전자문헌(Elektronische Literatur)

1. 1. 1차 전자문헌(Elektronische Primärliteratur)

Auer, Johannes: "worm applepie for doehl". In: Hyperfiction. Hyperliterarisches Lesebuch: Internet und Literatur (mit CD-Rom). Hrsg. v. Beat Suter/Michael Böhler, Basel, Frankfurt am Main 1999. Oder URL: http://www.s.netic.de/auer/worm /applepie.htm [1. März 2000].

Ders: "Kill the Poem". In: "kill the poem", digitalle-konkrete poesie und poem art(CD-Rom), Zürich 2000. Oder URL: http: //www.s.netic.de/auer/kill/killpoem.htm [1. März 2001].

Auer, Martin: "Nine Rooms". In: Hyperfiction. Hyperliterarisches Lesebuch, a. a. O. Oder URL: http://www.martinauer.net/ 9rooms/ [1. März 2000].

Böttcher, Bastain: "Looppool". URL: http://www.looppool.de [1. März 2001].

Freude, Alvar/Espenschied, Dragan: "Assoziations-Blaster". URL: http:// www.assoziations-blaster.de [20. August 2002].

Grigat, Guido: "23:40". URL: http://www.dreiundzwanzigvierzig.de/ cgi-bin/2340index.pl [20. August 2002].

Idensen, Heiko/Krohn, Matthias: "Die imaginäre Biblio- thek". URL: http://www.hyperdis.de/pool/index.html [16. August 2002].

Joyce, Michael: "Afternoon, a story"(diskette), MA.: Eastgate

Systems, 1987.

Kieninger, Martina: "Der Schrank. Die Schranke.". In: Hyperfiction. Hyperliterarisches Lesebuch. a. a. O. Oder URL: http://www. textgalerie.de/mk/schrank/s1.htm [20. August 2002].

Klinger, Claudia: "Beim Bäcker". URL: http://home.snafu.de/klinger/ baecker [24. April 2001].

Raabe, Julius: "Knittelverse". In: Roberto Simanowski (Hrsg.): Literatur.digital. Formen und Wege einer neuen Literatur(mit CD-Rom), München 2002. Oder URL: http://www.t-online.de/ literaturpreis/index/prolwx125.htm [26. Dezember 2002].

"디지털 구보 2001". URL: http://www.booktopia.com/booktopia/contents/ hypertext/main.asp?category=03 [2002년 9월 3일].

1. 2. 2차 전자문헌(Elektronische Sekundärliteratur)

"Ars Electronica". URL: http://prixars.aec.at/history [16. August 2002].

Ahn, Mun-Young: "Die poetologische Bedeutung der Konkreten Poesie in zenbuddhistischer Sicht". URL: http://www.reinhard-doehl.de/doehlahnmun.htm [1. März 2000].

Auer, Johannes: "Homepage". URL: http://www.s.netic.de/auer [1. März 2001].

Ders: "7 Thesen zur Netzliteratur". URL: http://www.s.netic.de/auer/ thesen.htm [24. April 2001].

"Berliner Zimmer". URL: http://www.berlinerzimmer.de [30. Mai 2000].

Baumgartel, Tilman: "Immaterialien. Aus der Vor-und Frühgeschichte der Netzkunst". URL: http://www.heise.de/tp/deutsch/special/ ku/6151/1.html [1. April 2001].

Block, Friedrich W.: "Acht poetologische Thesen zur digitalen Poesie".

URL: http://www.brueckner-kuehner.de/stiftung/block/acht__ thesen.htm [24. April 2001].

Bush, Vannnevar: "As we may think". URL: http://www.theatlantic. com/unbound/flashbks/computer/bushf.htm [28. Januar 2002].

Charlier, Michael: "Wie kommt das Neue in die Welt? Laudatio zum 1. Ettlinger-Literaturwettbewerb 1999". URL: http://www. literaturwettbewerb.de/kommentare.html [20. August 2002].

"Dichtung-Digital". URL: http://www.dichtung-digital.de [30. Mai 2000].

Günther, Dirk/Klötgen, Frank: "Die Aaleskorte der Ölig". URL: http:// www.internetkrimi.de/aaleskorte/Pegasus98 [20. August 2002].

Döhl, Reinhard: "Homepage". URL: http://www.uni-stuttgart.de/ndl1 [1. März 2001].

"Easgate". URL: http://www.eastgate.com [3. März 2000].

Espenschied, Dragan: "Assoziations-Blaster. URL: http://www.assoziations-blaster.de [20. August 2002].

"Ettlinger Internet-Literaturwettbewerb 1999". URL: http://www. literaturwettbewerb.de [25. Februar 2000].

Gassner, Oliver: "OLLI". URL: http://literaturwelt.de/lit [20. August 2002].

Grigat, Guido: "Interview bei sagmal.de mit Guido Grigat über dreiundzwanzigvierzig, bla und kolumnen.de". URL: http://www. sagmal.de/grigat.htm [20. August 2002].

Ders: "bla". URL: http://www.bla2.de [20. August 2002].

"Das Projekt Gutenberg-DE". URL: http://www.gutenberg2000.de/ index.htm [21. Juli 2002].

"Hypercard by Apple". URL: http://www.apple.com/pr/library/1998/jan/ 07hypercard.html [10. August 2002].

"hyperfiction.ch". URL: http://www.hyperfiction.ch [30. Mai 2000].

Jäger, Georg/Simanowski, Roberto(Leitung): "Netzkunst. Künstlerische

Gestaltungsmöglichkeiten von Hyperfiction und Hypermedia".
URL: http://iasl.uni-muenchen.de/discuss/lisforen/netzkun.htm
[24. April 2001].

Kieninger, Martina: "tanGo". URL: http://www.textgalerie.de/tango
[1. März 2001].

"Pegasus98". URL: http://www.translitera.de/pegasus98/fsp.htm [20.
August 2002].

Simanowski, Roberto: "Digitale Literatur. Begriffsbestimmung und
Typologisierung". URL: http://www.dichtung-digital.de/Simanowski/
28-Mai-99-1/typologie.htm [15. November 2000].

Ders: "Die Ordnung des Erinnerns. Kollektives Gedächtnis und
digitale Präsentation am Beispiel der Internetprojekte 'Das
Generationenprojekt' und '23:40'". URL: http://www.dichtung-
digital.de/Simanowski/30-Dez-99/index.htm [1. März 2001].

Ders: "Interaktive Fiction und Software-Narration. Begriff und
Bewertung digitaler Literatur". URL: http://www.dichtung-
digital.de/2000/Simanowski/29-Nov/index.htm [3. April 2001].

Ders: "Kollaborativ-Sex und soziale Ästhetik. Über ein Mitschreibeprojekt
Claudia Klingers". URL: http://www.literaturkritik.de/txt/2000-
04-19.html [24. April 2001].

Ders: "Laudatio zum Wettbewerb. Literatur.digital 2001 von DTV und
T-Online". URL: http://www.dichtung-digital.de/Verschiedenes/
Events/dtv-laudatio.htm [6. März 2002].

"Die Softmoderne". URL: http://www.berlin.heimat.de/softmoderne/soft/
[20. August 2002].

Stillich, Sven: "Mailingliste Netzliteratur". URL: http://www.netzliteratur.
de [20. August 2002].

Suter, Beat: "Fluchtlinie. Zur Geschichte deutschsprachiger Hyperfictions".
http://www.dichtung-digital.de/Autoren/Suter/26-Nov-99/inde

x.htm [30. Mai 2000].

"Telepolis". URL: http://www.heise.de/tp/deutsch/kunst/lit/default.html [30. Mai 2000].

"them@-Literatur-Wettbewerb". URL: http://www.arte-tv.com/them@/dtext/wettbewerb/lit_wett/lit_wett_fs.html [20. August 2002].

Todesco, Rolf: "Hyperkommunikation: Schrift-Um-Steller statt Schriftsteller". URL: http://www.snafu.de/~klinger/symposium/todesco.htm [1. Mai 2000].

"Wettbewerb Literatur.digital 2001". URL: http://www.t-online.de/literaturpreis [20. August 2002].

"Xanadu". URL: http://www.xanadu.net [13. Mai 2002].

김홍년: "'통신 문학'에 대해". URL: http://my.netian.com/~reedhat/frame.htm [2000년 11월 4일].

두산출판사업부: 두산세계대백과 Encyber(CD-Rom), 2002.

이용욱: "사이버문학 발달사". URL: http://myhome.hananet.net/~icerain/frame.htm [2001년 11월 4일].

이용욱: "정보화 시대의 문학, 그 문학적 상상력의 세 가지 토대". URL: http://www.jjujjubar.co.kr/webzine/offoff/critic/c_icerain01.html [2000년 11월 24일].

최혜실: "디지털 문예의 원년, 그 의도된 의욕의 의미". URL: http://www.kcaf.or.kr/yearbook/2001/ilban/ [2002년 8월 20일].

2. 인쇄문헌(Printliteratur)

Aarseth, Espen J.: Nonlinearity. In: Hyper/Text/Theory. Ed. George P. Landow, Baltimore, London: Johns Hopkins UP., 1994, pp.51-86.

Auer, Johannes: Wie sich Kunst Gehör verschafft. In: Hyperfiction,

Hyperliterarisches Lesebuch: Internet und Literatur(CD-Rom). Hrsg. v. Beat Suter/Michael Böhler, Basel, Frankfurt am Main 1999, S. 203.

Barthes, Roland: Die Lust am Text, Frankfurt am Main 1974.

Ders: Image-Music-Text. Trans. and ed. Stephen Heath, New York: Hill and Wang, 1977.

Benjamin, Walter: Erwiderung an Oskar A. H. Schmitz. In: Gesammelte Schriften II. 2, Frankfurt am Main 1980, S. 751-755.

Ders: Das Kunstwerk im Zeitalter seiner technischen Reproduzierbarkeit. In: Gesammelte Schriften I. 2, Frankfurt am Main 1980, S. 471-508.

Böhler, Christine: Literatur im Netz. Projekte, Hintergründe, Strukturen und Verlage im Internet, Wien 2001.

Bolter, Jay David: Writing Space. The Computer in the History of Literacy, Hillsdale, N. J.: Lawrence Erlbaum Associates 1990.

Ders: Das Internet in der Geschichte der Technologie des Schreibens. In: Mythos Internet. Hrsg. v. S. Münker/A. Roesler, Frankfurt am Main 1997, S. 37-55.

Bolter, Jay David u. a.: Getting Started with Storyspace for Windows, MA.: Eastgate Systems, 1998.

Bolz, Norbert: Am Ende der Gutenberg-Galaxis. Die Neuen Komunikationsverhältnisse, München 1995.

Braun, Michael: Hügelzeit und Hyperfiction/"Kill the poem": Die 23. Solothurner Literaturtage. In: Frankfurter Rundschau, 29. 05. 2001.

Coover, Robert: Goldene Zeitalter. Vergangenheit und Zukunft des literarischen Wortes in den digitalen Medien. In: TEXT+KRITIK. Heft 152. Hrsg. v. R. Simanowski, München 2001, S. 22-30.

Dedekind, Henning: Was aber macht die originäre Netzliteratur aus? In: Stuttgarter Nachrichten, 17. 10. 2001.

Delaney, Paul/Landow, George P.: Hyertext, Hypermedia and Literary Studies. In: Hypermedia and Literary Studies, Cambridge, London: MIT Press, 1991, pp.3-50.

Deleuze, Gilles/Guattari, Félix: Rhizom, Berlin 1977.

Derrida, Jacques: Grammatologie, Frankfurt am Main 1974.

Fabo, Sabine: Bild/Text/Sound-Hybride des Digitalen? In: Hybridkultur. Medien, Netze, Künste. Hrsg. v. Irmela Schneider/Christian W. Thomsen, Köln 1997, S. 177-192.

Gabriel, Norbert: Kulturwissenschaften und neue Medien. Wissensvermittlung im digitalen Zeitalter, Darmstadt 1997.

Glück, Helmut(Hrsg.): Metzler Lexikon Sprache, Stuttgart, Weimar 1993.

Idensen, Heiko: Schreiben/Lesen als Netzwerk-Aktivität. Die Rache des(Hyper-)Textes an den Bildmedien. In: Hyperkultur. Zur Fiktion des Computerzeitalters. Hrsg. v. Martin Klepper u. a., Berlin, New York 1996, S. 81-107.

Ders: Die Poesie soll von allen gemacht werden! Von literarischen Hypertexten zu virtuellen Schreibräumen der Netzwerkkultur. In: Literatur im Informationszeitalter. Hrsg. v. D. Matejovski/F. Kittler, Frankfurt am Main, New York 1996.

Ders: Hyper-Scientifiction. Von der Hyperfiction zur vernetzten Kulturwissenschaften. In: Hyperfiction. Hyperliterarisches Lesebuch, a. a. O., S. 61-84.

Idensen, Heiko/Krohn, Mathias: Connect it! Eine Navigation durch die PooL-Datenbank zur Ars Electronica 1989. In: Im Netz der Systeme. Hrsg. v. der Ars Electronica, Berlin 1990, 123-140.

Innis, Harold A.: Tendenzen der Kommunikation. In: Kreuzwege der Kommunikation. Ausgewählte Texte. Hrsg. v. Karlheinz Barck, Wien 1997.

Iser, Wolfgang: Der Lesevorgang. In: Rezeptionsästhetik. Hrsg. v.

Rainer Warning, München 1988, S. 253-276.

Keweloh, Katja: Literarische Software am Computer und im Gespräch. Erstes deutsches Hypertext-Festival im Podewil. In: Berliner Zeitung, 12. 04. 1995.

Kieninger, Martina: lifelong nonsense. Dreimal Hyperdada: Der Schrank. Die Schranke, Der Fall. die Falle, la manga de lemanja. In: Hyperfiction. Hyperliterarisches Lesebuch, a. a. O., S. 217.

Killy, Walther(Hrsg): Literatur Lexikon. Autoren und Werke deutscher Sprache, Bd. 3, Gütersloh, München 1989.

Kloock, Daniela: Ästhetik der Geschwindigkeit. Paul Vililio. In: Medientheorien. Eine Einführung. Hrsg. v. D. Kloock/A. Spahr, München 1997, S. 133-164.

Kloock, Daniela/Spahr, Angela: Medientheorien. Eine Einführung, München 1997.

Köhler, Doris: Den Link übersetzen-Afternoon wird nachmittags. In: Hyperfiction. Hyperliterarisches Lesebuch, a. a. O., S. 149-158.

Kristeva, Julia: World, Dialogue and the Novel. In: Desire in Language. A Semiotic Approach to Literature and Art. Ed. Leon S. Roudiez, Oxford: Blackwell, 1982, pp.64-91.

McLuhan, Marshall: Die Gutenberg-Galaxis. Das Ende des Buchzeitalters, Düsseldorf, Wien 1968.

Ders: Die Magische Kanäle, Düsseldorf, Wien 1968.

Nelson, Theodor Holm: Literary Machines, Pennsylvania (self-published) 1981.

Nestvold, Ruth: Das Ende des Buches. Hypertext und seine Auswirkungen auf die Literatur. In: Hyperkultur. Zur Fiktion des Computerzeitalters, a. a. O., S. 14-30.

Ortmann, Sabrina: Netzliteraturprojekt. Entwicklung einer neuen

Literaturform von 1960 bis heute, Berlin 2001.

Peckham, Morse: Man's Rage for Chaos: Biology, Behavior, and the Arts, New York: Schocken, 1967.

Pfeifer, Wolfgang u.a.: Etymologisches Wörterbuch des Deutschen. H-P, Berlin 1989.

Porombka, Stephan: literatur@netzkultur.de. Auch ein Beitrag zur Literaturgeschichte der 90er. In: Neue Rundschau. Ⅲ. Jahrgang 2000 Heft 2. Hrsg. v. Martin Bauer, Frankfurt am Main 2000, S. 49-64.

Rau, Anja: What you click is what you get? - Die Stellung von Autoren und Lesern in interaktiver digitaler Literatur, Dissertation, Mainz 2000.

Reck, Hans Ulrich: Entgrenzung und Vermischung: Hybridkultur als Kunst der Philosophie. In: Hybridkultur, a. a. O., S. 91-117.

Ritter, Joachim/Grüner, Karlfried(Hrsg): Historisches Wörterbuch der Philosophie, Bd. 4, Basel, Stuttgart 1976.

Sandbothe, Mike: Interaktivität-Hypertextualität-Transversalität. Eine medienphilosophiesche Analyse des Internet. In: Mythos Internet, a. a. O., S. 56-82.

Schneider, Irmela: Einleitung. In: Hybridkultur, a. a. O., S. 7-12.

Schröder, Dirk: Der Link als Herme und Seitensprung. Überlegungen zur Komposition von Webfiction. In: Hyperfiction. Hyperliterarisches Lesebuch, a. a. O., S. 43-60.

Schweikle, Günter/Schweikle Irmgard(Hrsg.): Metzler Literatur Lexikon, 2. Aufl., Stuttgart 1990.

Simanowski, Roberto: Autorschaften in digitalen Medien. Eine Einleitung. In: TEXT+KRITIK. Heft 152, a. a. O., S. 3-21.

Ders.(Hrsg.): Literatur.digital. Formen und Wege einer neuen Literatur (mit CD-Rom), München 2002.

Spahr, Angela: Magische Kanäle. Marschall McLuhan. In: Medientheorien, a. a. O., S. 39-76.

Suter, Beat/Böhler, Michael: Hyperfiction-ein neues Genre? In: Hyperfiction. Hyperliterarisches Lesebuch, a. a. O., S. 7-25.

Suter, Beat: Hyperfiktion und interaktive Narration im frühen Entwicklungsstadium zu einem Genre, Zürich 2000.

Turkle, Sherry: Leben im Netz. Identität in Zeiten des Internet, Reinbeck 1999.

Virilio, Paul: Geschwindigkeit und Politik. Ein Essay zur Dromologie, Berlin 1980.

Welsch, Wolfgang: Die zeitgenössische Vernunftkritik und das Konzept der transversalen Vernunft, Frankfurt am Main 1996.

Wilpert, Gero v.: Sachwörterbuch zur deutschen Literatur, Stuttgart 2001.

Wirth, Uwe: Wen kümmert's, wer spinnt? Gedanken zum Schreiben und Lesen im Hypertext. In: Hyperfiction. Hyperliterarisches Lesebuch, a. a. O., S. 29-42.

Zimmer, Dieter E.: Die Bibliothek der Zukunft. Text und Schrift in den Zeiten des Internets, Hamburg 2000.

강내희: 디지털 시대의 문학하기. 실린 곳: 문화과학, 1996년 여름호, 69-89쪽.

김병익: 컴퓨터는 문학을 어떻게 변화시킬 것인가. 실린 곳: 동서문학, 1994년 여름호, 254-264쪽.

김병익: 신세대와 새로운 삶의 양식, 그리고 문학. 실린 곳: 문학과 사회, 1995년 여름호, 665-687쪽.

김성곤: 멀티미디어 시대와 미래의 문학. 실린 곳: 문학사상, 1994년 11월호, 104-112쪽.

김욱동: 포스트모더니즘의 이론. 문학/예술/문화, 대우학술총서 인문사회과학 63, 민음사, 1992.

김재국: 디지털 시대의 새로운 소설과 이론. 사이버리즘과 사이버소설,
　　　국학자료원, 2001.
김종회: 새로운 문학의 길. 하이퍼텍스트 소설의 도전 「디지털 구보
　　　2001」의 성격과 의의. 실린 곳: 사이버 문학의 이해, 김종회/최
　　　혜실 편저, 집문당, 2001, 307-316쪽.
김형수(편집): 세계미술용어사전, 월간미술사, 1992.
니콜라스 네그로폰테(백욱인 역): 디지털이다, 커뮤니케이션북스, 1996.
랜도우, 조지(여국현 외 역): 하이퍼텍스트 2.0. 현대 비평이론과 테크
　　　놀로지의 수렴, 문화과학사, 2001.
류현주: 하이퍼텍스트문학, 김영사, 2000.
배식한: 인터넷, 하이퍼텍스트 그리고 책의 종말, 책세상, 2000.
복거일: 전산통신망 시대의 문학하기. 실린 곳: 문예중앙, 1995년 가을
　　　호, 32-37쪽.
서정철: 인문학과 소설 텍스트의 해석, 민음사, 2002.
시정곤: 디지털 네트워크와 커뮤니케이션 구조. 실린 곳: 디지털 시대
　　　의 문화 예술. 통합의 가능성을 꿈꾸는 KAIST 사람들, 최혜실
　　　편, 문학과 지성사, 1999, 113-134쪽.
심광현: 전자복제시대와 이미지의 문화정치: 벤야민 다시 읽기. 실린
　　　곳: 문화과학, 1996년 여름호, 13-30쪽.
심우장: 통신문학의 구술성에 관하여. 통신의 유머를 중심으로. 실린
　　　곳: 사이버 문학의 이해, 김종회/최혜실 편저, 집문당, 2001,
　　　233-272쪽.
안문영: 문학적 담론의 새로운 가능성으로서 가상공간의 이론적 근거.
　　　실린 곳: 독일언어문학 제16집, 독일언어문학연구회, 2001,
　　　317-342쪽.
에코, 움베르토: 디지털 매체, 책 말살하지 못한다. 실린 곳: 시사저널,
　　　1996년 12월 4일.
여국현: ‘사이버문학’과 사이버시대의 텍스트 짜기. 『사이버문학의 도
　　　전』에 대한 비판을 중심으로. 실린 곳: 문화과학, 1997년 봄호,

204-213쪽.

옹, 월터(이기우/임명진 역): 구술문화와 문자문화, 문예출판사, 1997.

유현주: 하이퍼텍스트. 디지털미학의 키워드, 연세대학교 출판부, 2003.

이강윤: 하이퍼텍스트 '시의 나무' 만들다, 국민일보, 2000년 4월 29일.

이광복: '텍스트'에서 '하이퍼텍스트'로: 매체의 변화와 그것의 문학교수
    법적 수용에 대하여. 실린 곳: 독어교육 제21집, 한국 독어독문
    학교육협회, 2001, 27-51쪽.

이광형: 디지털 문화 시대. 실린 곳: 디지털 시대의 문화 예술. 통합의
    가능성을 꿈꾸는 KAIST 사람들, 최혜실 편, 문학과 지성사,
    1999, 25-45쪽.

장경렬: 컴퓨터로 글쓰기, 무엇이 문제인가? 실린 곳: 현대 비평과 이
    론, 1992년 가을/겨울호, 26-47쪽.

장석주: 글쓰기와 글읽기의 혁명적 전환－PC통신과 미래의 문학. 실린
    곳: 문학사상, 1994년 11월호, 113-120쪽.

최유찬: 컴퓨터 게임의 이해, 문화과학사, 2002.

최혜실: 모든 견고한 것은 하이퍼텍스트 속으로 사라진다, 생각의 나무,
    2000년.

최혜실: 하이퍼텍스트 소설 이렇게 만들었다. 실린 곳: 포엠Q픽션, 웅
    동, 2001년 2호, 6-15쪽.

최혜실: 디지털 서사(e-narrative)의 현황과 전망. 실린 곳: 사이버 문
    학의 이해, 김종회/최혜실 편저, 집문당, 2001, 85-106쪽.

프리드만, 테드: 하이퍼텍스트와 대중문화. 실린 곳: 사이버 문학의 이
    해, 김종회/최혜실 편저, 집문당, 2001, 139-140쪽.

플루서, 빌렘(윤종식 역): 디지털 시대의 글쓰기, 문예출판사 1998.

쿠버, 로버트(유희식 역): 하이퍼픽션: 컴퓨터를 위한 소설들. 실린 곳:
    사이버 문학의 이해, 김종회/최혜실 편저, 집문당, 2001, 275-284쪽.

황송문: 현대시작법, 국학자료원, 1999.

· 저자 ·

김요한   · 약 력 ·

한국외국어대학교 및 동대학원 독문과 졸업
한국외국어대학교 문학박사
한국외국어대학교 인하대학교 강사
원광대학교 인문학연구소 전임연구원

· 주요논저 ·

『눈사태』(역)
『문학 텍스트의 환경변화』
「몰입, 변형, 에이전시-디지털 스토리텔링의 수사학」
외 다수

디지털 시대의 문학하기

· 초판 인쇄	2007년 8월 31일
· 초판 발행	2007년 8월 31일
· 지 은 이	김요한
· 펴 낸 이	채종준
· 펴 낸 곳	한국학술정보㈜

경기도 파주시 교하읍 문발리 526-2
파주출판문화정보산업단지
전화 031) 908-3181(대표) · 팩스 031) 908-3189
홈페이지 http://www.kstudy.com
e-mail(출판사업부) publish@kstudy.com

· 등   록
· 가   격   24,000원

ISBN   978-89-534-7431-4 93850 (Paper Book)
       978-89-534-7432-1 98850 (e-Book)